隐身对其可见

树犹如此　著

重庆出版集团　重庆出版社

图书在版编目（CIP）数据

隐身对其可见 / 树犹如此著. -- 重庆：重庆出版社，2013.3
ISBN 978-7-229-06004-6

Ⅰ. ①隐… Ⅱ. ①树… Ⅲ. ①长篇小说－中国－当代 Ⅳ. ①I247.5

中国版本图书馆CIP数据核字(2012)第292504号

隐身对其可见
YIN SHEN DUI QI KE JIAN

树犹如此 著

出 版 人：罗小卫
责任编辑：陶志宏 何 晶
责任校对：郑小石
装帧设计：回归线设计

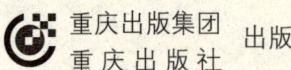
重庆出版集团 出版
重庆出版社

重庆长江二路205号 邮政编码：400016 http://www.cqph.com
北京兴湘印务有限公司制版
北京兴湘印务有限公司印刷
重庆出版集团图书发行有限公司发行
E-MAIL：fxchu@cqph.com 邮购电话：023-68809452
全国新华书店经销

开本：710mm×1000mm 1/16 印张：15 字数：250千
2013年3月第1版 2013年3月第1版第1次印刷
ISBN 978-7-229-06004-6
定价：28.00元

如有印装质量问题，请向本集团图书发行有限公司调换：023-68706683

版权所有 侵权必究

如果是你，你会在QQ里为谁"隐身对其可见"？为什么？

——题记

目录

第一章　和某人同居的日子 / 001

第二章　那段青葱岁月 / 010

第三章　你敢说我敢做 / 020

第四章　关征的平步青云 / 028

第五章　好友与基友 / 040

第六章　谁是"老板娘" / 049

第七章　潘渔舟的失踪 / 060

第八章　翠竹山之行 / 072

第九章　讳莫如深的日子 / 082

第十章　那一场演出事故 / 093

第十一章　程娇之死 / 105

第十二章　潘渔舟的秘密 / 115

第十三章　在营销部的日子 / 126

第十四章　隐身对其可见 / 138

第十五章　一场大雨漂来的爱情 / 149

第十六章　想爱的人在身边 / 160

第十七章　黑夜前的余晖 / 171

第十八章　牢狱之灾 / 180

第十九章　寻找真相之路 / 191

第二十章　潘渔舟的决绝 / 199

第二十一章　深夜的血光 / 210

第二十二章　趁时光还在 / 218

尾声 / 227

第一章　和某人同居的日子

关语沫把丽港晚报放在桌上的时候，修长的手指轻轻地敲了敲桌子，愠怒中不失优雅。

蔡姚伸头看过去，一张大幅照片和一篇题为"情侣吵架造成三环堵车半小时"的文章占据了几乎一个版面，简直乐得快把一口橙汁喷出来。

"你还好意思笑，你和关征两个到底在搞什么？"关语沫明显有几分生气，一向清秀的脸庞也显出愠怒的神色。

"语沫姐，这你得问你的宝贝弟弟，谈分手非在三环上谈，谈崩了我要下车，他也下车。再说了，分手这事，不是一两句话能讲清楚的，于是站的时间长了些，但我保证我已经长话短说了。"蔡姚无辜地伸出三根手指头。

关语沫直接气结，一直以来自己这个弟弟都以理智著称，可和蔡姚恋爱的这一年多来，完全像变了个人。

"你们真的分手了？"

"真的，他提出的。"

"怎么说？"

"跟葛优说的那句似的，散买卖不散交情，多大事啊？"

蔡姚轻松的语气让关语沫心里暗自感叹自己已经落伍了，蔡姚只比她小几岁而已，对于恋爱、分手的理念好像完全和她不同。

本来是想劝劝蔡姚，如今看来，是她多虑了，现在的年轻人根本不会当回事。

蔡姚从没想过自己和关征的分手竟然成了丽港晚报的新闻。不是因为别的，而是自始至终和关征的恋爱就是一场闹剧。分手了，反而平静了。

从一开始她就知道，关征虽然嘴上不说，可心里拥有一般男人没有的野心，所以她明白，自己永远不是他的终点站。

蔡姚前几年进入一家通讯公司做后台监督工作，表面听起来属于世界五百强企业的白领，只是开始工作的好几年，仍是个编外人士，工资微薄，每日奔波劳累，没有编制，这些是蔡姚当年工作中的三大不顺心。每周定期的业务考核，没完没了的业务资料，简直让人看不到希望。后台的办公室里有她的办公桌，可她很少能安心地坐下，每天辗转于各个营业厅检查营业情况和礼仪规范，有不符合要求的当场开罚单。事实上，这项工作可谓出力不讨好，营业员的工资本来已经少得可怜，再被以各种名目层层盘剥，拿到手的屈指可数。对于隔三差五的突击检查，更是恨之入骨。而蔡姚扮演的恰恰是挑毛拣刺的周扒皮的角色。似乎永远在重复无意义的事，并且这些无意义的事，会将人压得透不过气来。

但尽管是这样，她仍旧倔强地不想接受母亲帮她铺设的道路，傻傻地想通过自己来成就些什么，只是认识关征以后，她才知道，世界上的事永远不是她所想的那样简单，如果没有一定的助推力，自己可能永远像老牛耕犁一样来来回回，默默无闻。

要不是因为关语沫的关系，她也许再熬十年也未必能入编，所以对于关家，对于曾经帮助过她的人，她始终心存感激。

同事的姐妹从前都在羡慕蔡姚找了个相当不错的男朋友，不但人帅，关键是年轻有为，创业六年，自己的公司已经盈利过千万。可谓是新一代的钻石王老五，步入阔太太行列指日可待。不过分手的事，已经让这一切都归零了，同事朋友中有看到晚报的，一定也都知道这件事了，她知道背地里不乏冷嘲热讽的看笑话者。

谈话中蔡姚一直表现得很潇洒，而关语沫却不时地叹气，这一年多来，她真的以为自己这个弟弟已经快要脱胎换骨了，没想到还是一场空。

"有空一起吃顿饭吧，你们分手了，我一时间挺不能接受的。"关语沫显然对此很失望，长叹了口气。

"好啊，不过我会叫上叶总一起参加的。"蔡姚兵来将挡。

关语沫没有说话，眼神里已经开始闪现不满："你怎么总……"

"别说不愿意，其实坦白说，你和叶总分手，我同样一时间难以接受。"蔡姚说的实话，只是此言一出，关语沫再也没说别的。

蔡姚整个人疲惫地回到家，感觉四肢都要散架。看到厨房的窗口亮了灯，心中才渐渐踏实，她知道室友潘渔舟在做饭。

她了解自己和关征还有一个分手的原因，就是她长期和一个娘娘腔合租房子，出入都在一个门里，关征还是个传统男人，当然接受不了这种方式。

开始工作后，蔡姚就和"好姐妹"潘渔舟合租了一套公寓，潘某人可谓"贤妻良母"的表率，不但烧着一手好菜，并且洗衣打扫，缝缝补补，上至装修买家具，下至缴付水电煤气费，无一不做得井井有条，里里外外一把手，只不过这个"好姐妹"的性别和她刚好相反。

每每蔡姚累了一天回到家里，看到潘渔舟烧了几道家常小菜端上桌，坐在对面看着她狼吞虎咽，还轻声细语地从旁安慰，那时候，她总有种干脆嫁了这个娘娘腔的冲动，尽管他是个GAY。

第一章
和某人同居的日子

潘渔舟很瘦，从侧面看像一张相片，眼睛狭长，皮肤很白，看起来稍显羸弱，声音也不够阳刚。做事却异常仔细。蔡姚是个神经大条的女人，常常丢三落四，每次都是潘渔舟帮忙寻找，像个妈妈照顾女儿一样，边帮她找东西，边抱怨她的粗心。

她知道潘渔舟有个固定情人，地下的，他从来没告诉过别人那个他是谁，只是每个周末都有一天不回家住，时间久了，蔡姚就猜出他是去约会了。

"怎么你们俩的恋情这么隐秘？不会你的那个他已经结婚了吧？"蔡姚某天曾调侃地问过他。

那天潘渔舟的脸色不太好："他没结婚，但是他是个有头有脸的人，我不希望他因为我名声受到牵连。"

蔡姚当时真是被他的深明大义折服了，竟有些嫉妒那个被潘渔舟保护的男人，心里莫名的酸酸的。

一直以来，在别人眼里，关征是个光鲜的男人，事业有成，英俊潇洒，各方面看起来无可挑剔。可蔡姚有时候觉得，关征更重视事业和自我，对爱情的投入往往没有她想要的深。所以她曾经想，如果这辈子找个像潘渔舟一样的老公，也未尝不是一种幸福，生活的踏实体贴，平民的快乐是另一番感受，当然前提是，如果他也喜欢女人的话。

即便如此，女人还是一种虚荣的动物，蔡姚还是安于别人眼里的般配和荣耀，满以为和关征真的会有结果，没想到还是分了手。

吃过饭后，潘渔舟看到蔡姚情绪怏怏的，让她到一边休息，自己独自收拾碗筷。

手机在包里响了很多遍，蔡姚才懒懒地接起，不出所料是母亲打来，同样不出所料的是，母亲又是一顿数落，责怪她不该和关征分手，而后又猛为她张罗了和某青年才俊的相亲会。

一直以来，对于相亲，蔡姚已经身经百战，不为别的，只为给母亲博个面子。母亲是个女强人，名牌大学的教授，因为上过百家讲坛，讲的课题在观众中有不小的反响，也算业内名声显赫的人物。

可自己这个女儿，好像是她人生中最失败的作品，不但学习成绩不理想，高考后动用了所有关系，才勉强进了丽港大学下属的民办二级学院。这在学校老师的子女中，成绩属于少有的不济。

母亲曾经介绍给她不少条件很好的男生，一心想让女儿在另一半上弥补自身条件的不足，只是都没成功，关征曾经就是这些才俊中的一个。

"老潘。"蔡姚懒散地进了厨房，一直这么称呼潘渔舟，好像几十年老夫老妻的感觉，意兴阑珊地转到他前面，从菜筐里拿起一棵上海青。

潘渔舟正认真地收拾厨房，看到蔡姚的样子，喷了一句："有话直说。"

"老潘，我看我这辈子是没人要了，别人一旦听说我十几岁时干的那些荒唐事，恨不得躲我像躲瘟疫一般。我妈那头的相亲会安排得紧锣密鼓，快被压得透不过气了，我看我这老姑娘也推销不出去了，干脆咱们俩凑合一对吧，好歹你我也是知根知底。这棵上海青，就当我向你求婚送的花了。"蔡姚半调侃地将青菜塞到他手里。

"呸呸呸！"潘渔舟有时说话也有轻翘兰花指的毛病，被蔡姚笑话了很多次，"你那些事，算不上什么，都是年少无知，也没造成多大影响。只是你遇人不淑罢了，当初我也提醒过你，别和关征来往太密切，他的目标和咱们这些小老百姓不同，他是要找白富美的。"

"可我之前认识他的时候，他就是小老百姓。"

"伪装的，精英男最大的特点就是虚伪。"

"你的那个男人不是据说也很精英吗？这么说他也属于虚伪范畴？"

"他不同。"

"双重标准。"

"真的不同。"潘渔舟很确定地跟她解释。

蔡姚听不下去，挥了挥手离开了厨房："恋爱中的人，智商为零，而你已经跌到负值了。"

她听到潘渔舟在她背后不满地嚷嚷。

她和关征没再联系，但她还记得那天他们吵架时，关征说得和她一样潇洒，可到最后是她先离开的三环，关征始终没动……

第二天回到家的时候，看到冰锅冷灶的情形，就明白潘渔舟去约会了，连婚纱店也提前打烊。只是不同的是，平时他去约会都是在周末，且出门前总会留点饭菜在锅里，即使实在没空，也会电话通知蔡姚。

狐疑地在房间里转了转，发现桌上压了一张字条，字写得很匆忙，大体意思是去中心医院看病人，让她自己吃饭。

蔡姚把字条揉成一团，直接扔到纸篓里，拿出储藏的方便面，泡了一桶，准备晚饭将就着解决。刚吃到一半，就听到潘渔舟的个性手机铃声在房间里响个不停，她这才意识到，那家伙的手机忘了带走。

端着桶面凑到手机旁，看到上面写了婚纱店房东的名字，蔡姚犹豫了一下，怕房东这时候打电话来有急事，拿起手机接了起来。

房东是个年近五旬的大婶，家里有好几个店面房，每天过着包租婆的生活，靠收房租过日子，人生最大爱好就是打麻将，一口丽港本地口音，说起话来显得刻薄凌厉。而今天的语气更多了几分颐指气使。

"你是蔡姚啊？让潘渔舟那小子接电话！"

蔡姚听出她兴师问罪的口气，为了不把矛盾激化，忙客气地说："李婶，老潘今天去医院看病人去了，手机没带，所以……"

"他准是故意的！"

"……"

"你告诉他，不管他背后撑腰的来头有多大，老娘不怕他！老娘我表哥的连襟的把兄弟可是姓叶的！有本事叫他别租我的房，别做这生意！"

蔡姚刚要张口向李婶说点什么，电话直接被挂断了。

她料想大概出了点问题，潘渔舟平时为人软弱，和房东出现分歧时，经常被欺负。今天李婶这种态度，看来是被人教训了。

这让蔡姚莫名地想起了潘渔舟那个地下情人。

关于那个人的蛛丝马迹，蔡姚从前也窥探到一鳞半爪，那人大约很高，潘渔舟曾经帮他买的衣服，裤长总是优先考虑的问题。

他喜欢宝蓝色，喜欢游泳和网球。潘渔舟还提到过那个他皮肤很好。有一天蔡姚看到潘渔舟从一辆银色豪华轿车上下来，从窗口她似乎隐约看到了一个熟悉的面孔，那个人似乎有点像从前认识的一个人，不过她猜想那仅仅是像而已。

当时蔡姚忽的想起了一个人，一个早已经淹没在心里许久的人，一个八年来从未联系过，却始终让她设置成"隐身对其可见"的人。

那个人是她见过男人中极少数皮肤好的一个，蜜色的肌理，滑腻且质感非常。

当时蔡姚还是不知天高地厚的年纪，小太妹的痞劲始终未脱，曾经大胆地趁他不备，将双手伸进他的T恤衫里乱摸，两条胳膊像两条灵滑的蛇在他的前胸后背摸索。她邪恶的心思至今仍旧感叹，那手感的确很好。当时她似乎很单纯，不懂忌讳"非礼"了那个人。

那次她确定他开始由气愤转为一种羞赧，最后那发红的眼睛里竟然有种冲动和隐藏在背后的温柔。也许很多年前，那个男人也对她动过情。只是后来证实，一切根本不是她理想中那样。

思考的时间太长，泡面因为时间过长而泡糊了，软软腻腻的在面碗里，让蔡姚一点食欲也没有。

叹了口气，将面倒掉，提着包出了家门，看来是时候去寻觅些吃的。

母亲那里是去不了了，自从自己和关征分手后，见到母亲总被安排去让人厌恶的相亲。盘算了半天，终于决定去父亲那里。

不用怀疑，蔡姚的父亲和母亲离婚已经接近十年，父亲曾经是一家纺织厂的中层干部，因为过于正直，得罪了领导，加上时运不济，在20世纪90年代的时候就下了岗，之后辗转工作了好几家小公司，总也混不开，年年月月守着那点死工资。而母亲却八面玲珑，左右逢源，事业蒸蒸日上。

母亲看不惯父亲的迂腐穷酸，父亲也受不了母亲指点江山的派头，最终一拍两散。现在蔡姚想想，还觉得他俩离婚那段日子，真的像一场戏。

母亲离婚后找个同校的丧偶教授，和母亲倒显得很般配，虽然没再婚，但一直在一起，蔡姚不喜欢那个教授，总觉得他看起来道貌岸然，却表里不一。

父亲离婚后找了一个比他小十多岁的单身母亲，带着一个十来岁的儿子，据说父亲和此女本也算情投意合，但由于那孩子过于顽劣，坚决反对母亲再婚，寻死觅活，威胁相加。而蔡姚也不是个省油的灯，高三的那年住在父亲那里，被那孩子撕了模拟卷子，由此引发了唇枪舌剑，而后是大打出手。后来蔡姚失手推了他一把，那孩子的头撞在门框上，送进医院缝了几针。

当时很混乱，那孩子醒来后，见到母亲就哭个不停，痛陈如何被蔡姚欺负。父亲在医院里训斥了蔡姚一番，要她赔礼道歉，她的委屈心情没人理解，憋屈得火冒三丈，那时蔡姚说了一句话，似乎成了父亲和那女人分手的导火索。

"爸，您要是和这种女人在一起，一辈子都不会幸福！我也不再是您女儿了！"当初蔡姚气愤地甩手离开，坚决而理直气壮。

后来没多久，听说父亲和那女人真的分道扬镳了，之后的很多年，父亲一直一个人。

"为什么和关征分手？"父亲烧了几道菜端上桌来，关切地问她。现在她的终身大事成了全家的焦点，随时随地成为亲友的谈资。

"没有为什么，说不清，总之就是分手了。"蔡姚夹了一口鱼香茄子漫不经心地说道。

"你难道不觉得太草率了吗？爸爸一直觉得关征是个好小伙子，何况你们的婚期都定了……"父亲觉得可惜，总在质询蔡姚还有没有挽回的余地。

"是他要分手的，不是我提的，难道我还得死缠烂打抱着他的大腿哭喊着不同意?"蔡姚嚼着一口馒头反问道,显然对这个问题已经没兴致再讨论。

"你们这些年轻人!"父亲显然悲愤交加,筷子猛然拍在桌上。

"爸,您着什么急?嫁不出去又怎么了?像您和妈妈,结婚这么多年,最后不也离了。"蔡姚低着头,心里哽得难受。

"那不一样,这个社会毕竟还是世俗的,一个女孩子,还是得找个归宿。我和你妈妈的例子不能用在你身上!"

蔡姚摇头:"我总觉得,找到合适的不容易,找到合适又相爱的就更难了。何况是我这种,从前有过不良记录的……"

蔡父忽然沉默了,想起蔡姚混迹街头当小太妹的那几年,恰好是自己和妻子吵闹最凶的时候。对于女儿从前的管教疏漏,一直是他和蔡母心里的一块伤疤。

"姚姚,你也不小了,不能耽误,如果关征那小子看不上咱们,如果你妈妈那边介绍的也没有合适的,爸爸想帮你介绍一个。"蔡父忽然转了话题。

"谁?"

"暂时卖个关子。"

"搞什么呀爸,相亲这种事还卖关子?"

"这个人比较特殊。"

"残疾人?"

蔡姚的疑问把蔡父逗得乐不可支:"有父亲给自己的女儿介绍个残疾女婿吗?"

"那他特殊在哪里?"

"等见了面再说,相信爸爸的眼光。"

蔡姚觉得些许郁闷,本来避开母亲那边,选择到父亲这里来,就是为了躲掉质问分手和相亲的事宜,现在非但没有成功,连一向沉默寡言的父亲也开始替她张罗起这些事。

一种危机感油然而生。压力是来自外界的,周围所有人都在用行动告诉她,现在她面临的头等大事就是将自己嫁出去。

天南海北地和父亲侃了一通,暂时将相亲的事敷衍了过去。没想到最后出门时,父亲还是郑重地提醒道:"别忘了我刚才跟你说的事。"

一路上蔡姚实在提不起精神,被一连串的事弄得一点情绪也没有。外面五光十色的霓虹,让整个街道亮如白昼。而蔡姚就呆呆地望着窗外,任公交车带着她穿过这个城市的大街小巷。

重新回到家里,潘渔舟的手机上已经显示十几个未接来电,各种各样的人打来,有婚纱店的客户,送货的师傅,还有他的母亲。这让蔡姚疲于应付。潘渔舟向来做事婆妈,因此结交了不少唐僧类型的人物。他的母亲讲话更是唠叨不停。

潘渔舟的婚纱店向来很忙，平时二十四小时开机，今天蔡姚不敢盲目帮他关机，只设了静音睡觉，直到第二天早晨，仍然没看到他回来。

蔡姚平时中午总在单位吃饭，今天因为不放心潘渔舟的事，中午也坐车赶回家。却发现家里依旧是空空的，他的手机躺在桌上，已经没电自动关机。

蔡姚赶忙去婚纱店，发现那里已经围了好多人，房东李婶的大嗓门离得老远就能听到，她在婚纱店的大门上加了一把粗粗的链锁，看来誓死要和潘渔舟斗到底。

蔡姚没敢过去，立即掉头，拿着潘渔舟的手机朝着中心医院的方向去。

医院的位置并不远，只是蔡姚没料到潘渔舟连病房的门也没进，孤零零地坐在医院大厅里，穿着白T恤，垂着头颓丧地待着，像个瘦弱的大学生模样。

蔡姚迎面走过去，看到他的表情已经僵住了。眼睛里是失魂落魄，毫无神采。

"你怎么来了？"潘渔舟说话没了底气，诧异的神情倒显而易见。

"来给你送手机，一天一夜了，你怎么还在大厅待着？婚纱店那边，房东把店面锁了。"

"我……现在顾不了这么多，我还没见到他。"潘渔舟接过手机，不知道该怎么回答蔡姚的话。

蔡姚猜到他一直在下面守着，不禁为他感到心疼："你的那个他住院了？"

潘渔舟没办法否认，只有轻轻点头。

"你怎么一直没上去看他？"

"他的家人在上面……"

"你不能伪装成他的朋友？"

潘渔舟叹了口气："他母亲知道我，见过我，所以……再说，来探病的都是有头有脸的人物，我贸然上去……"

"那你打算在大厅里坐到什么时候？"

潘渔舟颓然，回答不上来。

"他住几楼几床？"蔡姚果断地询问。

潘渔舟猜到蔡姚的意图，赶忙拦住她："你不能上去！"

"为什么不行？既然你不敢上去，我不认识他，我总可以上去，等我看看他，我回来如实地向你汇报他的情况，总比你一直这么傻等着好多了。婚纱店最近问题很多，如果你在医院帮不上忙，不如回去忙店里的事。你的那个他自有人好好照顾。"

蔡姚说得句句是道理，连潘渔舟也没理由再犹豫："他住16楼，31床。你上去千万别让他和他的家人看出来,悄悄看过了情况就下来。"

蔡姚看这潘渔舟小心谨慎的样子,点头答应着,乘了电梯上楼。

中心医院的设施和医疗资源在丽港市是数一数二的,到处干净优雅,只有空气中弥漫着消毒水的味道,提醒蔡姚这里是医院。

十六楼是普外科。沿着灯火通明的走廊到达第九病室,从门上的玻璃看过去,中间的31床空着,旁边放了许多鲜花水果,那人的外套还在,看来只是临时出去。

蔡姚推门大胆地进了病房,只有32床的一个中年男人在打点滴,旁边坐着一个女人,料想是他妻子。见蔡姚进来,友好地笑了笑。

"你找杨先生吗?他刚才趁没人探视的空当出去了,估计是想透透气。"那女人声音柔和温婉,听起来心中甘甜。

"哦,我是来找一个叫吴慈仁的,不知道他在哪个病床,所以慢慢找。"蔡姚笑得一脸虚伪,临时编出一个名字,只是她说这句谎话的时候,竟然脸不红心不跳,淡定如常,蔡姚也觉得佩服自己。

"噢,这个病房没有姓吴的先生,你可以到护士那里问问,看到底是哪个病房的。"那女人客气地帮着蔡姚说话。

她忙点头致以谢意,出门前伸头瞄了一眼床头上面的名牌,上面的患者姓名上赫然写着"杨至恒"三个字。

这个名字映入眼帘后,蔡姚差点石化。后面的病症和主治医师等统统不再有吸引力。

仓皇地从病房出来,有几秒钟,心跳都不再平稳,忽高忽低的感觉。

估计是重名。蔡姚这么安慰自己,中国人口这么多,杨至恒这个名字不算生僻,应该有不少同名同姓的人存在,这不稀奇。她试着说服自己,可仍然没有离开,躲到医院走廊的另一边拐角处,静静地等着那个男人回来。

过了接近半小时,蔡姚几乎没了耐性,但是她想知道答案,迫切地想知道。

又过了好一会,远远地在走廊的另一头出现一个隐约的熟悉身影。在病号服外加了一件羊毛衫,身材匀称挺拔,腿上打了石膏,架着双拐,脸色布着凝重。他的眉毛浓深,眼眶分明,鼻梁却比一般人挺。俨然还是当年的形容,只是明显多了几分成熟。他总显得很干净,即便是现在这个样子。

虽然已经很多年没再有联系,可今天看到他,蔡姚还是一眼认了出来,惊讶得差点走不动。

他挪动着步子,走进第九病室,将房门慢慢关上。

直到这时，蔡姚才清楚地确定了那确实就是杨至恒，他就是潘渔舟所说的那个男人。蔡姚几乎不敢相信，因为很多年前自己所了解的杨至恒并不是一个GAY，那时候他那么朝气阳光，和其他正常的男人没有任何区别。

第二章　那段青葱岁月

蔡姚不知道自己是如何回到大厅，潘渔舟激动地迎面过来，欣喜地摇晃她："老蔡！他刚才趁着没人的时候，下楼来找我了！"

蔡姚木然地点点头，心思沉重。她万没有想到潘渔舟的地下情人竟然就是杨至恒，现在的感觉，说不出的憋闷，心里沉沉的。

潘渔舟以为蔡姚白跑了一趟，心情自然不好，赶紧安慰她："老蔡，今天谢谢你！回去我烧一顿你爱吃的口水鸡犒劳你！让你一个人全吃光！"

"老潘。"蔡姚似乎一点高兴的感觉也没有，"你的那个男人，是不是叫杨至恒？"

潘渔舟大约没料到蔡姚会这么问，脸颊微微一红，竟然流露出一种小女儿情态："是啊，原来我谁也没告诉，是怕影响到他的名声……"

"他父亲叫杨海成？"

潘渔舟没想到蔡姚了解得这么清楚，不禁疑惑："是，你怎么忽然知道了这么多？"

蔡姚却是一点也笑不出来："你们在一起多久了？"她似乎不愿回答，一直在询问。

"一年多吧。他之前也交过其他朋友，但现在没有了，老蔡，你这个样子很吓人。"潘渔舟晃晃她的胳膊，"我以前没告诉你，是我的不对……不过……"

蔡姚说不出的滋味，抽开胳膊，一个人独自朝前走。潘渔舟就一直在后面跟着她。

早春的晚风还很冷，蔡姚裹了裹衣服，心里凉凉的。走在沿江的岸边，连头发也被吹乱。这个消息对她来说不是件好事，曾经那点小心思她还记忆犹新，那个人怎么会是潘渔舟的地下情人？

哪一年认识的杨至恒，她已经快记不清了，只记得当年她还在备战高考。杨至恒那时很帅很阳光，笑容比那年夏天的太阳还要灿烂。

第二章
那段青葱岁月

在同一届的同学当中，蔡姚属于成绩差的学生，当年父母离婚后，她就一直不喜欢回家，放学后时常和一群混混搅在一起。穿一些奇装异服，做各种各样另类的事，头发剪得短短的，乍看上去，简直像个男孩子。

杨至恒是母亲的学生，那年考上研究生刚入学，他大约属于上学较早的类型，比蔡姚高了六届，却只大她四岁。

母亲看中了杨至恒超流利的外语水平和家世背景的优渥，利用导师的权威，间接地给他下达了任务，语重心长地说："小杨，我女儿不成材，虽然进了重点高中，学习却一直很差，她年纪小不懂事，容易被社会上的人带坏。我看你这小伙子人不错，不如帮她补补外语。让别人帮她，我不放心。"

母亲这话表面说得掏心掏肺，实际却暗藏玄机。一是找人帮女儿辅导功课，二是转移女儿早恋的注意力。在母亲眼里，蔡姚即使恋爱，人选也必定该由她这个当妈的亲自挑。而第三个，因为姚君玉早已经掌握了杨至恒最隐私的秘密，这一点足以让他服服帖帖地听她的指示。

"姚老师，我现在每天很忙，怕是没时间辅导功课，您看能不能找别人？"杨至恒想推辞，毕竟这是一份吃力不讨好的任务，他不缺钱，也不用靠这个去得到什么。

姚君玉似乎并不急着让他答应："小杨，你是个优秀的孩子，加上你家庭的缘故，如果不出意外，以后事业有成是迟早的事。所以像你这样的学生，更不能出现纰漏。"

杨至恒疑惑地看着姚君玉："姚老师，您说的我不明白。"

姚君玉笑了，示意他重新坐下："你和机械工程班的一个男生，是不是走得太近了？"

杨至恒怔了一下，忽然间好像羞耻的一面被人窥探到一样，尴尬得不能言语。

"虽然我并不歧视同性恋，但是不能保证别人知道了这件事会不会对你造成什么影响。"姚君玉已经把利害关系分析给他，继而满心期待地等着。

杨至恒深吸了一口气，重重地点头："我明白了。"

姚君玉满意地点点头："你是个聪明的学生，应该知道怎么做了。"

那时候的杨至恒，和今天所见的判若两人。当年自诩机灵个性的蔡姚，常常被他耍得团团转。很长一段时间，蔡姚的目标就是有一天能斗得过杨至恒。

"你知道你最大的缺点是什么吗？"有一次杨至恒将她从乌烟瘴气的网吧里揪出来，第一句话就戏谑地说，"就是你总在自作聪明。"

"这句话用在你身上似乎更合适！"当时蔡姚狠狠地白了他一眼答道。

"你很喜欢玩游戏？"

"关你屁事？"

"相不相信，我能在一个月内让你改掉泡网吧的习惯。"

"你以为你是谁？"蔡姚当时轻蔑地瞥了那个自大的男人，那个时候杨至恒在她眼里简直像个笑话。

"我是杨至恒。"他大方介绍自己。

"不认识。"

"以后你就会认识了。"

蔡姚没料到他的本事果真了得，尽管她每天放学后就如脚底抹油，逃得比任何人都快。可杨至恒每天都能找到她的行踪，定时定点地出现在她面前。

更加可气的是，每每有他出现的网吧，不是忽然系统出毛病，就是临时停电。后来网吧老板看到蔡姚，直接婉拒她入内了。

当时蔡姚气得抓狂。杨至恒却在一边不紧不慢地把玩手机，好像一切都在意料之中。

"连网吧都不接待你，不如回家复习复习功课，然后早点洗洗睡吧。"杨至恒的风凉话说得她火冒三丈。

"你故意的？"

"我是无意的。"

"你凭什么来管我的事？！我还有两个月就满十八岁了，我有自己的想法，谁都不能干涉我！"蔡姚仰着脖子瞪得眼睛发红。

当时杨至恒给她下了一剂猛药，扯着她的书包将她拽到车里，开车带她到一家夜店。虽说蔡姚十几岁的时候一直向往里面那种动感时尚的感觉，幻想里面一定很High，可因为年龄不够，一直被拒之门外。

那天和杨至恒一起进去的时候，心里却并没有激动，更多的是忐忑不安。因为她不知道杨至恒的用意。

那个男人似乎在这种纸醉金迷的地方看起来特别有魅惑力，眼睛里的光彩混杂着耀眼的灯光，显出与平时不同的神采。

蔡姚在这种人声嘈杂的陌生环境里，竟有些许心虚，一直跟着杨至恒，不敢走远。可他似乎故意在人群中穿梭，半明半昧的灯光让蔡姚看不分明，一会功夫，她再难找到杨至恒。

她开始慌乱，背着书包到处找他。慢慢地有人注意到这个假小子模样的高中生，几个流里流气的男青年将她围住，嘴里开始不干不净，还有人将肮脏的爪子伸到她的肩膀上。

第二章
那段青葱岁月

"这丫头长得不错，就是头发比我还短。"其中一个人用戏谑的口吻冲着她评头论足。

"认识一下吧，小妹妹，跟我们到那边坐坐。"另一个已经过来拉她的胳膊。

蔡姚吓坏了，虽然从前也到处疯，可她知道这种地方的人都不单纯。何况那几个人形象轻浮猥琐，而自己形单影只。

"杨至恒呢，我要找他！"蔡姚急得直叫，她很怕，怕那个带她来这里的人将她丢在这里。

"杨什么？你的小男朋友？"那几个男人似乎很乐意看到她害怕慌张的模样，笑声越来越下流，"别找了，他不要你了，不然怎么会和你来这里？到我们这边坐坐，我们带你玩点好玩的。"

那男人的爪子已经伸过来，对她拉拉扯扯，另一只狼爪还搭上了她的肩膀，蔡姚怒不可遏，耍了脾气抬手就给了其中一个男人一巴掌。不过代价是那男人回过神来，立即回敬她一巴掌。嘴里顿时不干不净，粗鲁暴虐的神情毕现，拖着她要找个地方教训她。

蔡姚就是在那一瞬间吓哭的，杨至恒不失时机地出来，三拳两脚摆平了那几个人。不过当时换来的却是蔡姚重重的一巴掌，比打在那个猥琐男人脸上还要重几倍。看得出蔡姚真的生气了，眼睛红红的，怒色浓重，对杨至恒的怨气几乎把自己每个细胞都充盈了。

杨至恒愣了一下，竟然没有丝毫生气，拽起蔡姚出了门。

"姓杨的！你把我带到这里来，就是要看着我被欺负？"蔡姚当时被杨至恒的举动激怒，恨不得将他碎尸万段。

"我只想让你知道社会的险恶，你交的那些朋友，随时随地能把你毁了。"

"你才最能把我毁了！"

"从明天开始，如果你不回家复习功课，更加惊险的事还会继续发生，到时候我可不会像今天一样出手帮你。"

蔡姚气得直跺脚："你凭什么来管我？！"

"别以为我乐意管你，你这种煮不熟泡不开的丫头片子，我最讨厌，但是你母亲姚老师既然已经开口，这事我准备负责到底了。"杨至恒连拖带塞将她弄进自己的车里，不管她的挣扎和谩骂。

从那以后，蔡姚就开始了和杨至恒斗智斗法的阶段，放学后她更加变本加厉地和社会朋友聚在一起玩乐，喝酒抽烟样样都学，只不过她走到哪里，杨至恒的身影就会跟到哪里。

"阿姚,那个是你男朋友?"当年那一帮人中身材最火辣的女孩,才19岁就整天穿得像只火鸡的阿妙,叼着烟卷一脸暧昧地看着坐在对面的杨至恒。

"当然不是,充其量算我一个追求者,我根本不乐意看他一眼!"蔡姚故意拐着弯朝杨至恒鄙夷道,"我的男朋友,最次也得是阿艇那种!"

阿艇是当初蔡姚暗恋的一个摇滚乐手,年少无知的时候,她觉得能站在台上狂歌狂舞的男孩才是最帅的,她觉得染着黄毛,戴着金链子,还有闪闪的耳钉,可比杨至恒这种中规中矩的打扮酷多了。对于杨至恒,那时在蔡姚眼里就是个道貌岸然的土包子。

"他老是跟着你。"旁边另一个小太妹摇了摇耳朵铃铛吊坠朝杨至恒挤了挤眼,"不过他是我喜欢的类型,长得这么帅,还很低调,不介意让我把他叫过来一起喝酒吧?"

蔡姚从桌上放着的烟盒里拿出一支来放进嘴里,无所谓地朝她摇摇头:"我介意什么,一个路人而已。"

阿妙见蔡姚爽快,忙招手让杨至恒过来。他倒也爽快,笑着站起来坐到他们一群人中。几个小太妹都欢呼了起来。

"帅哥!平时不常来玩吧?"阿妙一如既往地发挥她搭讪的功力,平时这种地方来的尽是些小混混和社会青年,像杨至恒这种感觉的男人实属稀少,所以才吸引了更多人的目光。

杨至恒刚坐下的功夫,就一把将蔡姚嘴里的烟拔了出来,开门见山地对围着一周的小太妹说:"我是不常来玩,但是只要来玩,就会玩得尽兴。"

"我也喜欢尽兴的玩!帅哥怎么称呼?不如一起?"阿妙提了一下,周围几个姐们儿都积极响应,唯独蔡姚不屑地剜了他一眼。

"我姓杨,随便称呼。"杨至恒表现得很大方。

"那叫你杨帅哥?"阿妙还是穷追不舍企图让他缴械投降。

"阿妙你恶不恶心?还杨帅哥,衰哥还差不多!"蔡姚看不下去这帮姐们儿的样子,挤对了一句。

"阿姚不是嫉妒了吧?姐姐我就乐意这么称呼他,怎么了?大不了今天杨帅哥请客我埋单!"阿妙当初就是个富二代,败家出了名,同样是父母离异,都忙着生意,谁也顾不上女儿,于是她就出来混日子。

"今天这一桌我来埋单,大家可以随便点,但今天的游戏规则我来定,怎么样?"杨至恒的条件激起了所有人的兴趣,唯独蔡姚知道他是在挖陷阱。

杨至恒的提议得到一桌人的响应,所有人都等着他出规则。

"快说吧帅哥,我都等不及了!"阿妙激动地催促道,末了还扯了扯杨至恒的袖子。

第二章
那段青葱岁月

"今天这里的人,谁掷骰子能赢了我,我听她召唤一个月,但如果谁都赢不了我,你们这里所有人就得听我召唤一个月。"杨至恒的价码开出来,所有人都安静了,阿妙首先反应了过来,猛灌了半杯酒高声说,"有意思,我玩!"

几个小太妹争相响应,只有蔡姚不屑地冷哼了一声:"我不玩。"

"别扫兴了,阿姚!"阿妙瞥了她一眼。

"他出这个规则,说明他对掷骰子在行,这不公平。"蔡姚按住桌上即将启动的骰子反对道。

"那你想怎样?"杨至恒松了手,半笑着等着她定规则。

"只要你能在这个舞台上用摇滚乐让阿艇认输,别说这一个月,这一年我蔡姚都听你使唤!"蔡姚对阿艇寄予很大希望,这么久以来,她从没见过能在这个舞台上赢得过阿艇的,何况只是区区一个杨至恒。

几个小太妹不禁对杨至恒的实力表示担忧,阿妙首先提出了反对:"阿姚,这么做也不公平,阿艇是这里的常胜将军,台柱子,过来跟他挑战的人,三年来从没有赢过的,这不是欺负杨帅哥吗?"

"他接不接受随他,不同意大可以离开,没人强迫。"蔡姚挑衅地瞥着他,嘴角漾起得意的神情,她完全不信杨至恒能赢。

"好!今天我就让你见识见识你这三年从没见过的事。"杨至恒忽然间答应得异常爽快,将外套扔在沙发上三步就上了舞台。

阿妙见杨至恒胸有成竹,连忙站起来高声鼓掌助阵。下面人看到今晚有好戏,欢呼声一阵高过一阵。

杨至恒对于吉他贝斯均不算在行,也只会几首英文歌,弹唱起来抒情意味更重,根本不似摇滚,笨拙地拿起拨片来,用并不准的弦音和超标准的英文唱了一首古典风的歌曲。

也许场内狂欢惯了,所有人都静静地听着这首悠远的歌曲,带着流行音乐和古典结合的感觉,关键是那英文完全媲美外籍人士。

一曲完毕,所有人还愣愣地沉浸在刚才的舒缓小调中,半天才爆发出一阵热烈的掌声。

蔡姚心里承认他唱得还不错,但她知道凭借这点功夫和与众不同,根本赢不了身经百战的阿艇。阿艇才是她心里不能撼动的摇滚王子。

杨至恒站起来朝大家打了个招呼,绅士地谢了幕,回头和阿艇的肩部相擦,在他即将登台的时候,低声朝他耳语道:"你应该听说过杨海成吧?"

阿艇疑惑地看着他，不知道他想表达什么，只是神情一黯。

"干这行出头很难，每天却都很累对吧？"杨至恒恰到好处地拉着阿艇的袖子又不让台下的人看到，"如果你今天识相，我保证明天你比现在的处境好十倍不止。如果你硬要今晚的风光，那……"

阿艇整张脸在灯光的映衬下变得煞白，木然地拿着手里的贝斯，始终没做出下一个动作。

"阿艇！加油！"蔡姚站起来助威，看着已然站在台中间的人，忽然间把今晚所有的希望都寄托在了他身上。

下面的人有节奏地鼓掌，欢迎阿艇守擂的表演，而他胳膊渐渐发抖，慢慢地走到台前，愣了足有半分钟，忽然毫无征兆地鞠了一个90度的躬，下面的口哨声停止了，只听到他微带颤抖的声音："我认输。"

所有人都愣住了，直到阿艇再一次抬高声音说了同样的话。蔡姚错愕得整张脸都木然了。

"杨帅哥赢了！"阿妙猛然在人群中高喊道。

一时间好像所有人都反应了过来，跟着阿妙的声音鼓掌欢呼，舞台上瞬间涌上了无数人。

蔡姚还没看到阿艇的人，就被人群淹没了，她拼命拨开挡在前面的人，直接朝后台冲过去，只剩杨至恒在通道处站着，看来是专门等她。

"愿赌服输吧，你这一年都要听我召唤。"杨至恒说得轻松得意。

"你胜之不武！"蔡姚脆亮地吼着，声音响彻整个后台……

周末的早晨，蔡姚起床后，就一直觉得头昏昏的，昨天和潘渔舟一起回来，路上吹了冷风，最重要的是杨至恒的事打击了她，她完全不能接受他是潘渔舟的情人的事实，尽管已经很多年没有见面，漫长的岁月，中间发生过什么，她不得而知，可得到这个消息，她依旧很震惊。

潘渔舟果然守信，早晨起了个大早，帮蔡姚做了早点，黏稠的小米粥，外加两根油条，一小碟酱菜。

冰箱上贴了便签，告诉她，他已经去婚纱店了，字迹飞舞，最后还画了一个笑脸，看来心情很好。可蔡姚的心情却没么乐观。

边吃早饭边打开电视看了看最近的财经新闻，博亚公司在搞一个大项目，开发通信业的4G领域，铺天盖地的宣传，几乎涉及大街小巷任意一处。

手机自从开机后，接连收到几个公司的电话，全是业务咨询，疲惫地应付过去。待到又有电话打来,已经有些不耐烦,没想到听筒那边传来的是父亲的声音。

"姚姚,上次爸爸跟你说的事没忘吧?"父亲的适时提醒让蔡姚顿时多了几分压力。

"您说相亲的事?"

"是啊,我帮你订了明天晚上6点半,在家和世纪大酒店。"

"爸!您大出血啊,家和世纪的菜这么贵……"蔡姚惊呼了一句,只是觉得这次相亲原本就不抱多大希望,第一次见面成本就这么高,似乎太划不来,况且父亲不是有钱人。

"这次见的人,家里有头有脸,太寒酸了不行。"

蔡姚觉得现在父亲和母亲的人生观价值观已经趋近一致,原本还以为只有母亲不遗余力地帮她介绍精英阶层,现在连父亲也加入到此行列,果然人年纪大了,思维也会随着改变。

不过蔡姚心里还有些别的打算,既然此人有头有脸,第一顿饭的钱,出于礼貌也该他来支付。想到这里,刚才的担心似乎消失了。

父亲一再强调这次相亲的重要性,似乎可以一击即中,成竹在胸了一样。蔡姚不喜欢在这样的场合刻意修饰自己,早晨出门的时候,只换了件最近新买的裙子,妆容还和平时一样。

进了公司大门,还在等电梯的功夫,就看到总经理叶耀一身西装革履的进门,他一向是宏盛女员工眼里的MR,不仅气质非凡,关键还不到35岁已经是公司的CEO,加上家庭背景的显赫,前些年就在业内名声大噪。蔡姚想,如果她没和关征分手,没准有一天,叶耀就成了她的姐夫。

"蔡姚,晨会结束后,到我办公室来一趟。"叶耀命令式的语气让她心头震了震,凭直觉,她已经大体猜到今天谈话的内容。

叶耀的办公室在28层,和平时蔡姚的办公室相距甚远。前两年承蒙关语沫的人情,蔡姚成了公司的正式员工,薪水也随之翻了一倍,也是因为关语沫的推荐,连总经理也认识了她这个名不见经传的小人物,并且这一年多真的有种见到亲戚的感觉。

"你和关征为什么分手?"当叶耀也问了同样的问题以后,蔡姚觉得头要炸开了,最近这个问题身边的每个人都问了一遍,而她必须不厌其烦地重复无数遍,并且说辞依然不能让周围人信服。

"叶总,我已经崩溃了,我最近天天被亲朋好友集体审问。"蔡姚长叹一口气,"我跟您说得言简意赅点,其实就是关征把我甩了。"

"怎么可能！"叶耀似乎完全不信，"关征这小子我了解，以前他犹犹豫豫，但这次他真的想和你结婚。"

蔡姚急得直拍大腿申辩："您以为关征和您一样痴情呢？您追了语沫姐六年，过五关斩六将的，您退缩过吗？可关征他只听说我以前中学时的那点事，就觉得我跟他不合适，说要放弃。"

叶耀表情颇有些不自然，关于自己和关语沫的过往，已经在漫长的岁月和各种复杂情势之下，成为他周围人都讳莫如深的话题，别人不敢碰他的伤口，不敢提他的往事，可蔡姚就这么直接，丝毫不客气："他口是心非。"

"不，叶总，他是真的要分手，我听得出来。"蔡姚轻轻摇头，语带失望，"并且我隐隐地感觉到，他即将有大动作。"

"你的口气跟狄仁杰似的。"

"我没那么大智慧。"

叶耀用指尖轻敲桌子，肯定地强调："关征喜欢你，这点我可以肯定。语沫也喜欢你，关叔叔他们夫妻都认可你。"

蔡姚琢磨着他话里的意思，明着听起来好像在夸奖她讨人喜欢，其实是在质疑他们分手的原因："你不会以为是我想分手吧？"

叶耀没有正面回答："我听说你老和一个娘娘腔一起租房子，这影响恐怕不太好吧？那个人再把你当姐们儿，毕竟生理上还是个男的吧？你是缺钱还是什么原因？"

"这和钱无关。"蔡姚皱眉，其实自己潜意识里，真没把潘渔舟当成一个男人。

叶耀见她反感这个，停顿了一会说道："很快营销部副经理的职位就要开始竞聘了，你有兴趣试试吗？"

蔡姚没想到他提这个，虽然知道这个位置的收入不菲，也确实向往过，可她有自知之明，这离她还很遥远："叶总，我目前还是客服部的，营销部的事，我还不是太熟，而且我这人别看平时巴拉巴拉的挺能说，到正式场合嘴可笨了，而且喝酒也不是我的强项，这个位置我真怕……"

"回去到人力资源部那边要张表填了，连前台的小吴也报名了，你应该有自信。"叶耀从抽屉里掏出一个纯白色的纸袋，里面包着一个精美的首饰盒推到蔡姚跟前。

蔡姚惊得张大嘴，打开来看了看，是一条漂亮的手链，款式的别致让她觉得似乎在哪见过："你干吗啊叶总？"

"别多想，是让你转交给语沫的。"叶耀朝她面前推了推，"这条链子已经修补好了，原来那颗豌豆样的翡翠坏了，中间用黄金镶上了。"

蔡姚忽然想起关语沫曾经戴过这条链子，要不是今天再次见到，她都忘记确实很久没再见她戴过了。

"叶总，您思维真是跳跃，一会问我关征的事，一会问竞聘的事，原来都是醉翁之意不在酒，您最终目的是让我帮您捎这个啊？"蔡姚拿起链子来比划了两下，小心地放回盒子里，心里倒也羡慕，似乎真的没有一个男人专门为她买过首饰，修过首饰，千方百计地想让她快乐过，杨至恒没有，关征也没有。

"我和语沫已经不在一起了，但这个我还是想让她收下。"叶耀语气微微黯然，这是他很少流露出的表情。

蔡姚生怕他明珠投暗一般："叶总，您不是真要和前两天报纸报道的那个女主播在一起吧？"

"谁说的？"叶耀眉间微挑。

"报纸说的啊！"蔡姚赶忙辩解，"为了您的终身幸福，我得跟您爆个料，我可听说，那女的曾经是大蒜出口什么协会会长包养的情人……您不至于想捡那老头的残羹剩炙吧？"

叶耀依旧板着脸，可听到这里，已经开始掩不住笑意。

"您还笑呢！语沫姐现在抢手得很，有个因前妻没能给他生个儿子而离婚的，专门研究《金瓶梅》的古代文学博士，最近总缠着她，几乎每天下班都堵在他们单位门口……"

"什么时候开始的？"叶耀脸上忽然间没了笑意，严肃地追问她。

"一个来月了吧，啧啧，太有毅力了，关伯母对那个博士大叔还挺满意的呢……"蔡姚还想再多描绘几句的时候，被叶耀猛然打断。

"你怎么不早告诉我？！"他声音里已经明显带着怒气，原本握着笔的手逐渐捏得紧紧的。

"早你也没问啊？你们俩都分了，难道还不允许别人公平竞争？语沫姐已经三十出头了，伯母快急死了，再说这个博士也挺优秀的……"

蔡姚还没说完，手上的链子已经被叶耀夺了回去，惹得她一愣："链子不送给她了？"

"你出去吧，我自己给。"他的声音瞬间让她想起了前几年听说公司面临危机时，叶总开会的语气了。

蔡姚一脸被训话状地出了总经理办公室，面对的是门口排队等签字的各部门同事，无一例外，所有人都用同情而爱莫能助的表情看着她。

她灰溜溜地走开，到了楼道口没人的地方，才终于憋不住哈哈大笑起来。

第三章　你敢说我敢做

"你这么诋毁赵主播和古博士,小心人家告你!"潘渔舟边做饭边听着蔡姚讲述今天的经历,轻声细语地告诫她。

蔡姚似乎还没笑完,倚着门框整个身子直颤:"我可都说了,是道听途说的,没说一定。赵主播都开兰博基尼了,不是傍大款难道还是自己挣的?至于古博士,我听说他是研究元明清文学的,《金瓶梅》当然也在此行列,我说的也不算错。"

潘渔舟瞅着她直叹气,却又说不出一句。

"其实最主要的原因,我觉得叶总和语沫姐分手挺可惜的,如果我的造谣能帮助他们重新考虑和对方的关系,我不也功德无量吗?"蔡姚申辩道。

"你自己的事还没解决呢,心操得倒够远,你和关征也分了,你的工作又累赚钱又少,你却当毕生事业,忙得连学道菜的功夫也没有,图什么?"潘渔舟似乎还为蔡姚不值,"不过也许是因为你太没特长了,所以才沦落到剩女的队伍中。"

蔡姚不满地朝潘渔舟撇嘴,故作一脸清高地冲潘渔舟哼了两声,放下一句"燕雀安知鸿鹄之志"才离开。

一晚上蔡姚都在扯别的,不敢刺激潘渔舟,因为从昨天房东的反应来看,今天婚纱店的情况应该不会好。

"婚纱店明天搬迁,到江南东路宽段上去,车我已经找好了,不过作为'好姐妹',明天你得牺牲休息的时间帮我去收拾新店面。"潘渔舟满脸都是高兴的神情,好像早有打算。

"江南东路宽段?"蔡姚差点怀疑自己听错,"那是整个丽港地价最贵的地方,你一个小小的婚纱店,搬到那边去?"

潘渔舟点点头:"是杨至恒帮我租下来的,今年的房租他已经帮我垫付了,让我先开着。"

蔡姚这才恍然大悟,自己差点忘了他还有个幕后BOSS支持,怪不得对那个恶劣的房东完全不惧怕。想到这里,蔡姚的心情还是说不出的失落,毕竟那个人也算她心里一个结。

"房东李婶那天可是叫嚣自己和我们公司叶总家里有亲戚关系,牛气得很。这都摆平了?"蔡姚戏谑地问道。

"李婶的表嫂的弟媳妇是叶家的保姆之一,这种八竿子打不着的关系也能算？"潘渔舟故意抬高声音用反问的语气。

"哎？我怎么听的是他表哥的连襟的把兄弟是姓叶的？"蔡姚配合着潘渔舟，回了他一个疑惑的表情。

而后两人互相看着，终于憋不住哈哈大笑起来。

第二天早晨开始，蔡姚和潘渔舟一起忙碌得不可开交，不能否认，杨至恒确实下了不少功夫，这家店面无论地势还是装潢，都是经过精挑细选。一直到晚上六点，一天的劳累，弄得灰头土脸。

蔡姚无意中抬头看到摆在收银台上的电子钟，才忽然想到答应了父亲，今天六点半在"家和世纪"相亲的事。

潘渔舟听到她要去相亲，赶忙将剩下的活自己揽下，催着蔡姚收拾收拾赶快走。

"还有这么多东西，你一个人忙不过来。"蔡姚不忍自己走掉。

"没关系，今天弄不完，明天我会早点来收拾，你赶快去吧。"潘渔舟善解人意地催道。

蔡姚终于点了点头，整理了一下衣服，拎着自己随身带的包出了门。

在地铁上，蔡姚拿出镜子照了照自己，累了一天，没来得及补妆，脸色微微泛黄，今天穿的衣服也不够惊艳，雪纺的上衣，牛仔裤，整个一路人甲的形象。不过她本也没指望有什么发展，索性就这样进了酒店。

看了看时间，已经晚了五分钟，随着服务员来到预定好的位子上，依然是空空的。蔡姚松了一口气，一方面自己风尘仆仆的狼狈相没人看到。一方面又觉得对方是个不守时的人。

干坐着要了杯水边喝边等，一直等了半小时有余。蔡姚心里一阵不耐，父亲如此郑重地介绍给她一个男人，竟然头一回见面就放鸽子。

耐着性子又等了一会，她几乎快要确定对方不会来了。肚子饿得忍不住，又觉得自己在这样高雅的地方吃饭一定花费不菲，准备将点的饮料钱结掉，自己换个地方吃饭。

刚刚走出包间，在走廊的另一头，一个坐着轮椅的身影，正费力地拨弄轮子，慌慌忙忙地过来，向服务员打听她所在包间的位置。蔡姚心中一凉，父亲还说不是残疾人，果然这点"特殊"就是因为腿跛。

在灯火通明的走廊两头，两个同样尴尬的人对望了半天。那男人身材很好，比例匀称，脸部的线条衬得轮廓分明。脸上像是弄脏了一块还没来得及擦干净，只是两人隔着暖色调的走廊灯看着对方的时候，都明显愣住了。

蔡姚相亲多次，每次见面都是精英阶层，不说内里是红是黑，至少表面都很光鲜，看起来就明白家庭优渥。可是今天父亲极力推荐来的这位，也许是被腿上的石膏拖累了，整个人精神状态并不好，最重要的是蔡姚根本没料到会是他，一时间愣愣地站着没有下一个动作。

"对不起，对不起，临时出了点事，忙完我立即就让人送我过来了，让你久等了。"那男人连忙道歉。显然他对眼前的人是蔡姚也丝毫没有准备，"我不知道是你……"

"杨至恒，好久不见了。"蔡姚语气里暗含讽刺，手里的拳头渐渐握紧，分不清是怨恨还是不屑，直觉觉得心里像生出一把把利剑。

"原来爸爸说要我见的人是你……"

"你当然不希望是我！"

"蔡姚……"

"我走了，你自便吧。"

"等一下！"杨至恒似乎还有别的话说，叫住了她又不知道怎么开口。

"我要是早知道你不喜欢女人，我何必当年……"蔡姚觉得喉咙里一阵哽阻，鼻子瞬间酸酸的，"现在你把潘渔舟当什么了？他为了你忍辱负重，为了维护你的脸面，甘愿一辈子都不露面，知道你受伤了，他店里的事全都不顾了，想看看你又不敢。但你除了在他身上花了一点小钱，你为他做了什么？腿脚还没好利索，就出来相亲？！"

"你别在这大喊大叫……"

"把你的卑劣行径说出来扫你脸面了是吧？！"

"蔡姚！"

"我这就回去告诉潘渔舟！他苦心维护的好基友是这样混蛋龌龊的人！"

蔡姚提着包踉跄地跑到楼梯口，按了下楼的电梯，剩下的只有静静的等待。可心里却怎么也平静不了。杨至恒坐轮椅赶不上她的速度。在电梯门关上的一刹那，她看到他艰难地推动轮椅朝电梯口赶来。下一秒就被死死地关在外面。他的眼神充斥着复杂和幽深，而蔡姚心中的恼火却怎么也浇不灭。

杨至恒，这个名字就是蔡姚当初年少无知，追悔莫及的代名词，做梦也没想到自己这辈子还能和他再有交集，而且是在知道了这么可笑的事实以后。

回到家里，依旧漆黑一片，她没有打开灯，靠着门滑坐在地上，提包甩到

第三章
你敢说我敢做

一边，自嘲地笑着，笑着笑着就觉得脸上湿湿的。

一直过了很久，她猜想潘渔舟还在收拾婚纱店。想给他打个电话，最终还是按掉了，毕竟是多年的"好姐妹"，她不忍心打击潘渔舟，怕他伤心。

父亲关切地打来电话询问今天的相亲情况，蔡姚不想告诉他实情，父亲不知道从前她和杨至恒的事，她也不想再有更多的人知道，那段往事对他来说是讳莫如深的。于是只能嗯嗯啊啊地敷衍一番，就将电话挂了。这一夜她睡得并不踏实，也许是想得太多。

"杨至恒！你胜之不武！"蔡姚还记得自己那么歇斯底里地朝他吼过，但是许过的承诺已经生效了，阿艇真的认输了，并且无论别人怎么询问，他都一口咬定说自己拼不过杨至恒。蔡姚也只好无奈地罢休认输。

那之后接连的几天，蔡姚异常无奈地开始老实复习功课，母亲见她果然开始收心，大喜过望，对杨至恒的印象一天好过一天，时常留他吃饭。

杨至恒倒也不厌其烦，辅导蔡姚功课时耐心异常。那时在母亲眼里，杨至恒就是个完美的人。

对他的器重与日俱增。

蔡姚叛逆的心理，哪肯真的服杨至恒的教化，千方百计想着整他的馊点子。连续一个礼拜，无论她将水桶放在门沿上方想将他浇个落汤鸡，还是将桌腿的螺丝卸掉企图让他摔个大跟头，均无一成功，甚至想在他打盹的时候拿父亲的剃须刀推平他的头发也未能得逞。后来她为了整杨至恒，她专门用零用钱买了"贞子"的行头，并在家布置了一片漆黑的场景，企图营造鬼片场景吓吓他，可他还没进门就摸到备用钥匙将电闸重新推上去，屋里瞬间重新变得一片光明，只剩蔡姚傻傻地站着，不像贞子，倒像小丑。

各种恶作剧，整蛊手段几乎想尽，杨至恒竟没上过一次当，反而蔡姚累得筋疲力尽。

当蔡姚第N次想出用芥末夹在母亲准备的抹茶蛋糕中间送给杨至恒时，又被他敏锐的洞察力发现了，并"以其人之道还治其人之身"地反抹在蔡姚的绿茶牙膏里，害的她第二天刷牙时呛得哭了出来。那天早晨她拿着一卷卫生纸狂擤鼻涕，眼泪直掉，嘴里不住地咒骂杨至恒混蛋，可自己依然拿他没办法。

"你个猪八戒还想跟我孙悟空斗？省省吧！"杨至恒看着一脸可怜相的蔡姚委屈地瞪着他时，没忍住笑地说了一句。

而蔡姚的眼神早就恶狠狠地要将他整个人穿透了。

那段时间蔡姚完全没了往日的威风,不知天高地厚的小太妹被他管得死死的,她知道自己那点小聪明终于遇到高手了,无论自己怎么计划,都逃不过他地反制。

除了俯首听命,认真跟着他复习功课,完全没别的办法。

连手机也被他收走换成了儿童智能型手机,只能打设定的几个电话和报警,其他用途全无。

蔡姚觉得自己快死在杨至恒手里了。连阿妙也联系不上。

不过一门心思只能学习的硬性条件,逼得她每天做功课的时间增加了几倍,效率也高了不少。杨至恒是个英语高手,他写出的英文华丽圆润,漂亮之至。蔡姚佩服得很,可这种佩服她不肯说出口。

渐渐的,蔡姚自己悟出了一个道理,所谓君子报仇十年不晚。因此在杨至恒的警惕性没有放松以前,决不能轻举妄动,否则吃亏的只能是自己。

她慢慢地学着服软,开始和杨至恒虚与委蛇,每天按他说的复习功课,再也不提其他,报仇的事只暗暗记在心里。

那个春天每个晚上杨至恒都是和她相伴着复习功课,杨至恒看他的资料文献,她就不停地看书做题,每隔45分钟讨论一会,有几次她简直有了一种错觉,她和杨至恒在一起竟有种说不出的感觉。

终于在第二次模拟考试的时候,蔡姚的成绩有了大幅提高。蔡母高兴坏了,在家设宴招待杨至恒。一向鲜少下厨的母亲那天忙忙碌碌,做了蔡姚有生以来都没吃过的私藏小菜。

成绩的提高并没有让蔡姚高兴起来,在她看来,她真的输给了杨至恒,气场输了,智慧输了,连母爱也输了。

一时间酸酸的火苗心口直蹿。

那一晚母亲吃过饭就去学校值夜班了,蔡姚却咬了咬牙下决心开始了自己的报复计划。

"杨至恒,我敬你一杯,谢谢你这么久以来辅导我功课,我也希望考上好的大学,下面的日子继续努力。不过我只能喝饮料,因为等下还要做功课。你随意吧。"

"酒我也不喝了,等下还要看文献,喝茶吧。"杨至恒警惕地说道。

蔡姚慌忙起来要帮他倒茶,被他按住手腕:"我自己来。"

蔡姚没有泄气,看着他倒了杯凉开水,眼睛直盯着他喝水的动作。

送到嘴边的时候，杨至恒重新放了下来，伸手拿过她手里的饮料："还是我们俩换换好了，你喝茶，我来喝饮料。"

蔡姚咬咬牙不置可否，眼睛里已经快喷出火来了。眼看着杨至恒仰头把原先在她手里的饮料喝光，而后冲她笑笑。

她却一点都没回应，轻轻将他换过的茶放下。

没过半小时的功夫，杨至恒不出所料昏沉沉地睡去。看着一张帅气的脸，健硕的身材，光洁的皮肤，蔡姚恶作剧的心理猛然升腾起来。

窃笑着推了推杨至恒，已经确定睡着了："你没想到吧，不管是酒、茶、饮料，全被我放了安眠药，今天你不管喝什么都会中招，这就叫广撒网，多捞鱼，东方不亮西方亮，总有能整到你的地方！你不是聪明吗，不是孙悟空吗？可我是如来佛祖！"

蔡姚费了半天力气剥除了他的衣服，拿了数码相机将他的裸照猛拍了几组。

当年也许年纪还小，对男女情事了解得很肤浅，在给他褪下浅蓝色的底裤时，心中忽的有种恐惧和害羞，忽然间心跳加速，脸"腾"的红了个通透。但想到这些天受到杨至恒的压迫，便狠了狠心，对着隐私部位多拍了几张。

杨至恒醒来时，意识到蔡姚的恶行，几乎恼得两眼冒火，两人为争抢相机快打起来。蔡姚死死地抱着"战利品"，比黄继光的姿势还要英勇。

直到争抢着滚到床上，蔡姚护着相机趴在床单上，杨至恒就压在她身上，两人都气喘吁吁，却同时意识到这个姿势不妥。

她动了动身子，能清晰地感觉到他的呼吸，贴得太近，身材的凹凸感受得很明显，她忽的想起刚才看到的东西，脸颊发烫。

"你什么都看见了？"杨至恒的语气似乎比平时还要危险，听不出话里的深意。

"看到了，全看到了！还拍了很多。"蔡姚不肯屈服，回头用眼神挑衅。

"你真大胆！"

"还可以，被你逼的。"

"你知道自己这么做的后果吗？"

"当然知道，贴出去让你来个人体展览。"蔡姚说到这里，还故作调笑地冲他眨眨眼睛。

杨至恒快被她的举动气炸了，将她整个身子翻过来，作势要解她胸前的纽扣。蔡姚以为他真的要以其人之道还治其人之身，吓得忙伸手护住胸口，杨至恒趁机迅速地抢过相机。

那次蔡姚觉得自己差一点就成功了，就能报复到杨至恒，可到底道高一尺，魔高一丈。那件事以后蔡姚依旧愤恨，只是多了一点什么，杨至恒对她的态度也掺杂了明显的不同。

她之前对男人的幻想仅仅是一起牵手一起玩乐，至多想到了KISS，那一天她看到的东西，忽然让她觉得心中有什么不同了，好像在心理认知上忽然多了比原来更深入更直观的东西。

潘渔舟的婚纱摄影店生意越来越红火了，也许是地理位置占据了很大优势，加上在电视和报纸上多有宣传，现在"渔舟婚纱摄影"的牌子几乎在每个公交站牌和电视剧中插广告处都能见到。

"从前我就想，等你和关征结婚的时候，我得把我店里的最贵最漂亮的婚纱给你穿上，帮你拍一套最完美的写真。虽然你们分手了，不过没事，等你和相亲对象定了下来，我也一样为你们效劳。"潘渔舟一边从电脑里拷照片一边安慰在旁边翻杂志的蔡姚。

在他看来，今天蔡姚心情不好的主要原因是昨晚相亲未果，以往每一次相亲，不管对方有多差劲，她回来总会抱怨一番，这次竟然只字不提，看来和相亲对象肯定是差到极点，让人不屑多言。

"其实相亲就这么回事，叔叔平时也是实在人，这次一定是一时疏忽，没考察清楚。下次继续努力。"潘渔舟见蔡姚不住地出神，只得在一边赔着笑脸开导。

"老潘，你妈妈催过你结婚没？"蔡姚今天的声音温柔了许多，像是在小心翼翼地询问，"其实你想过没有，一直和杨至恒这样下去也不是办法，总有一天要有解决的方法，他也不小了，他的家庭背景决定了他不可能不结婚的。"

潘渔舟忽然不说话了，连点鼠标的声音也停止了，过了好一会："我妈当然会催，可有什么办法？你说的这些我都想过……但一点结果也没想到，舍不得分手，也知道不分手也不会有结果……"

潘渔舟逐渐没了声音，蔡姚也不知怎么安慰他，想起昨晚的事，话到嘴边还是不忍心告诉他："那……如果你爱的人也已经有了想要结婚的行动了呢？"

潘渔舟失笑："不会的。"

"如果呢？"

"真的不会。"

"我说如果！"

潘渔舟眼神一黯，摇了摇头："我也不知道。"

蔡姚知道自己可能永远也说动不了潘渔舟，告诉他杨至恒的事，也只能给他造成更大的困扰罢了。

　　过了一个周末，蔡姚所在的宏盛集团筹备许久的和博亚集团联合签约的活动终于开始了，之前的宣传活动搞得很隆重，下面的人搞宣传，高层领导在讨论合作。像蔡姚这种边缘人士，只能在一边帮忙做一些杂乱的工作。

　　宏盛集团的创始人叶耀只有三十几岁，而博亚集团的老总则是本城赫赫有名的杨海成。蔡姚在直播的大屏幕上看到了两家公司的高层会晤特写。她忽然想起多年前有人问她："你知道杨至恒的父亲是谁吗？"

　　蔡姚笑得讽刺，原来自己年少无知的时候，既没看出杨至恒是富二代，也没看出他是GAY，活该自作自受了这么久。

　　"看出叶总今天一脸疲惫了吗？"同事谢晨晨推了推蔡姚问道。

　　"不和平时差不多么，怎么疲惫了？"蔡姚一时间没能理解她的意思。

　　"我哥派出所的，他说昨晚叶总和一个男人打架，被请进局子里去了，待到半夜才放出来……"谢晨晨神秘地透漏道。

　　"为什么打起来啊？"蔡姚好奇，脑中搜索了一遍也没想出他和谁结了怨。

　　"听说是情敌。"

　　蔡姚瞬间想到了赵主播的追求者，正思忖着，谢晨晨主动说："我给你找找那人的照片哈，特斯文的一个男人。"

　　她打开手机搜索了今天的娱乐新闻，找到一张照片拿到她面前，蔡姚才惊讶地看清是古博士，震惊之余忽然不厚道地笑了起来。

　　一旁从车上卸传单的同事见她俩只顾聊天，不满地提醒道："出什么神呢？还有好几摞传单呢，男同事都上去帮忙了，只有咱们几个了，加油卸吧，司机等会还要开车拉另一批今天开会的礼品。"

　　"这次礼品是什么？"蔡姚好奇地问了一句。

　　"普通参会人员每人一个iPad，特邀嘉宾礼品暂时不清楚。"

　　"哇，阔绰，上次去参加一个产品推介会，会务费就1680，结果每人只发了一个U盘，抠门到死。"蔡姚撇嘴抱怨，博亚集团的豪气是早有耳闻，不禁感觉悬殊巨大。

　　"博亚有时也抠门的，上次主办的技术讨论会，每人只发一个电插座而已，今天是有重头戏，所以才下了血本。"谢晨晨神秘地说，小眼睛溜溜直转。

　　"什么重头戏？"平时蔡姚也算消息灵通的人，比谢晨晨知道得多，而今天竟然需要她来提醒，心里纳闷。

"这你居然没听说？博亚的杨海成认了个义子，据说今天公布。"

"义子？"

"嗯。"谢晨晨确定地点头。

"他为什么要认义子？他不是有儿子吗？"

"据说他儿子对接班没兴趣，而且对结婚也没兴趣……有小报记者拍到他儿子和男人整天厮混的照片，怀疑是同性恋……"

谢晨晨说完掩嘴偷笑了几声，而蔡姚却一点也不觉得好笑，反而满心的沉重。

"这个义子据说也是英俊不凡，和杨至恒同岁，杨海成这个时候收义子，很可能打算让义子做接班人，还有人说，这个义子很可能根本就是杨总的亲儿子呢……"谢晨晨好像揭露了惊天大秘似的，说完后一再提醒蔡姚千万不可说出去。

蔡姚心里忽然不是滋味，杨至恒和潘渔舟的事，看来并不是密不透风的，坊间传言也越来越多了，总有一天这些事传扬出去，潘渔舟一定会受到伤害的，蔡姚不禁担心。

博亚大厦门前的大屏幕从宣传广告换了界面，开始播放今天签约仪式的场面，楼下的工作人员都仰头看着上面，场面的盛大果然不同一般。播完了一段12层大厅的场景之后，在布置豪华的主席台上，终于一排着西装的人走了上去。正中间一个就是杨海成，左边是蔡姚所在的宏盛集团老总叶耀。再往两边分别是副总和执行董事。

一排人扫过去，蔡姚看到的几乎都是博亚那几张老面孔，并未见到什么年轻男士出现，传说中的收义子也许只是个传说，她这样想着。

她低头排整齐那些传单，每样归类取出一部分，听到屏幕里一阵热烈的鼓掌声。身边两个打假期工的女孩忽然间小声地欢呼了一阵，热烈讨论着。

蔡姚重新抬起头来，看到杨海成从第一排位置叫上了一个西装笔挺的男士，从容的姿态，挺拔的身板，转过头来对所有人笑着打招呼的样子让蔡姚忽然间愣住了，一时间心上像打了个死死的结，她诧异那个男人竟然是关征。

第四章　关征的平步青云

蔡姚早就知道关征是个有野心的男人，从在一起的时候就知道。当时他和一家科技公司谈合作项目，原本那家老板意向不大。于是他千方百计打听到那位老板在家是个"妻管严",于是那段日子用尽方法讨好那位老板的老婆,甚至还和他老婆常去的那家美容院打通关系,利用美容的充裕时间投其所好,连其丈母娘住院的消息也间接打探到,三天两头上门拜访,哄得一家老小欢心,终于拿下了那个项目。甚至连那段时间他自己也生着病,也顾不上去医院,把事业当生命,不惜用各种手段达到目的的人,永远是可怕的,可能关征就是其中之一。

自己创业六年,经营的公司已经初具规模。蔡姚没想到他已经找到了更大的跳板,傍上了杨海成,一跃和丽港的大企业扯上了关系。

她想到他们分手的时候,关征痛心地看着她,自嘲地说:"我关征这辈子只做过一件傻事,就是想和你在一起,不过现在不会了。"

蔡姚听到他说了这句以后,沉默地站了很久,身后所有车都在猛摁喇叭,声音震耳欲聋。关征最后还说了一句什么,她没听清,当她要求他重复的时候,关征整个人似乎都暴怒了,大声朝她吼道:"你走吧!现在就走!"

蔡姚那时身子已经僵硬了,停顿了几秒钟,转过身头也不回地走了。她从前面车辆的后视镜里看到关征还站在那里,他让她走,而他自己却始终没动。

她知道自己这辈子恐怕难以读懂关征了。

蔡姚忙完了仪式的事,已经晚上10点多,工作餐留了她的,只是一直没来得及吃,现在打开餐盒,发现早已冰冷一片。没有胃口,重新盖上餐盒,准备收拾了东西回家。

路上父亲却忽然打来电话,再次询问她相亲的结果:"姚姚,有什么话你就直接跟爸爸说,别憋在心里,是不是受委屈了?"

蔡姚心里一酸,骑着电瓶车就怒气冲冲道:"您从哪介绍的人?您知道他的来历吗?知道他的背景吗?知道他之前都干过什么吗?"

蔡建国听到蔡姚的语气,就料到这次的见面一定出了问题,连忙安慰着:"怎么了?是不是不太满意?"

"不是不太满意,是太不满意!"

"怎么不满意法?"

"您别问了,这个人的人品已经让人无法启齿了,见他一面都让我犯恶心!"蔡姚憋了一肚子火抱怨道,"您怎么会介绍他给我?"

父亲似乎不敢相信蔡姚说的:"我见过那个小伙子一次,觉得印象挺好的,你杨伯伯是爸爸之前当红卫兵的时候认识的,当时他是被批斗的典型,被锁在小黑屋里,按照组织规定不能给东西吃,后来我觉得他挺可怜的,偷偷拿了两个玉米面窝头，捏扁了从门缝塞给他。就是那时候认识的，之后多少年没联系了，前些日子在街上，他从车里看到了我，他已经成了大老板，也改了名字。后来说着说着，说到子女的事，我才知道他有个儿子至今未婚。"

蔡姚好像恍然大悟："爸，我一直以为您不贪慕虚荣呢，搞了半天，您听说他父亲是大老板，就张罗把我介绍给他？"

"不，不。"父亲连忙否定，"上次老友聚会，老杨喝高了点，是杨至恒过来接他的，当时我就觉得这小伙子不错，后来他亲自过来捎给我们大家每人一盒好茶叶，确实是彬彬有礼，像个有教养的孩子。再后来还是你杨伯伯提出的，爸爸当然很乐意了，毕竟你也不小了，关征的事，也算过去了……"

说到这里蔡姚好像忽然泄了气，回头看着远远还在发光的屏幕："爸，您知道杨海成收义子的事吗？今天新闻刚发布的，那个人就是关征。"

一觉醒来，果然大街小巷各大报摊杂志头条都是杨海成收义子的消息，连网站上跳出来的网页也处处提示这是最新热点。

回笼觉还没睡踏实，潘渔舟的电话已经打了过来，开头就是歇斯不已："老蔡，关征现在真是平步青云了，真的，杨至恒……多了个兄弟，不知道是好事还是坏事。"

蔡姚明显地感觉到潘渔舟在担心，连他也感觉到这是一种危机了，尤其对于杨至恒来说。

"多了个兄弟本来是喜事，不过如果是关征的话，就不一定了……"蔡姚说得含糊，但她认为潘渔舟一定听明白了，因为自己和关征分手的这段日子，始终有潘渔舟陪着，关征是个怎样的人，他一清二楚。

潘渔舟没再说话，也没挂电话，他为了新店开业已经忙了好几天，饭也顾不得吃，觉也睡不踏实，现在又为这种事担心，看来他真的把杨至恒当成挚爱了。

蔡姚说不出的滋味，开口安慰："没事，一个亲儿子，一个义子，哪个亲哪个疏，杨总还能不清楚？杨至恒也不是傻子，关征再精明也威胁不到他，放心吧。"

潘渔舟在电话里"嗯"了一声表示赞同。

蔡姚反而心思更重了，忙掩饰了自己的情绪催促他："明天你那新店就正式开业了，想这么多干吗？你的任务就是经营好自己的店铺，做出名气做出口碑，才不浪费杨至恒帮你盘下这么好的店面。"

"嗯！"这次潘渔舟是信心满满地回答的。

蔡姚知道潘渔舟是个单纯的大男孩，有时候自己更像他的姐姐，她明白杨海成突然收义子的事其中一定另有玄机，但这种猜测她不想告诉潘渔舟，不想给他增加困扰。

蔡姚仔细分析了一遍，关征和关语沫是姐弟关系，杨海成却只收了关征做义子，对于他这个姐姐完全未提到。和关征恋爱的一年多里，自己和关语沫算是比较熟识的，经常一起出来吃饭逛街看电影，尤其到后来，已经有种大姑子和弟妹的感觉了。

她曾经听说过关征和关语沫是重组家庭的姐弟，父母再婚的时候，关征还很小，就跟了后爸的姓。不过所幸是这样，一家人还算和睦。

之后自己在宏盛工作的时候，经常听说叶总三十几岁还是单身，只为等一个女人，之前风言风语传说的版本五花八门，有说是某位电影明星的，有说是美津旅行社老板的妹妹的，还有说是设计公司女白领。有一次蔡姚亲在某个酒会外面的露天走廊上眼看到叶总死命拉着一个女人手腕，情绪激动，姿势暧昧，挣扎间葡萄酒洒了一身。她从没见过叶总这样失态的一面，当时她仔细看了那个女人，觉得熟悉得很，那就是关语沫。

再后来蔡姚想到曾经关征说过，有个男人追了他姐姐六年，她猜想那男人一定就是叶耀。

如此说来，宏盛和博亚如今的关系是很微妙的。

第二天的开业庆典办得很隆重，请了丽港有名的庆典公司筹办，外面十几层粉紫相间的气球围成大大的拱门，店门口放了两排花篮，侧边搭了舞台，请了职业模特现场穿婚纱走秀。

这些排场都是杨至恒安排的，而他却没有露面。蔡姚帮着潘渔舟张罗着庆典的事，笑脸迎人地对着来来往往的人，还不时充当勤杂工。

整场庆典在中午12点钟才算结束，而生意却一天都很火爆。到了晚上接近10点，店里才算真正空了下来，员工和顾客都走了，只剩下潘渔舟和蔡姚两个。蔡姚感觉自己浑身散架，肚子里空空的，晚饭到现在都没吃，其实也是没空吃，这一天比上班时间还忙。

"老蔡，锁了前面的门跟我到二楼来，我准备了吃的。"潘渔舟边进侧边的卫生间洗手边招呼蔡姚，忙了一天，只有潘渔舟还是依然精神，好像精力总也耗不尽。

"老潘，照今天这个订单数量，你这店里大有可为，营业额能比从前高好几倍。"蔡姚打心里替他高兴，毕竟奋斗了多年，虽然是仰仗高富帅得来的结果，可毕竟还是让人欣喜的。

"所以今天我得感谢两个对我帮助最大的人。"潘渔舟过来拉蔡姚上楼。

拖着疲惫的身子,蔡姚慢悠悠地来到楼上才发觉上面布置得温馨华丽,桌上放了十几个带盖子的玻璃餐盒,还有三套餐具,看起来精致而干净。

"还有人要来?"蔡姚发现了餐具的玄机,好像明白了些什么。

街道后面的巷子有汽车喇叭的声音,潘渔舟高兴地指了指门口:"他来了,今天晚上我特地叫他晚些过来和咱们一起聚餐。"

蔡姚听潘渔舟说"他"这个字,就恍然明白了情况,一时间坐立不安,刚想站起来推托有事,看到杨至恒已经站在了二楼的玻璃门处。

他今天穿得很随意,深蓝色的针织衫,显出质感十足的身材,三角领口露出的皮肤光洁滑腻。头发也梳得极有型。只是腿上的石膏还没拆,架着双拐艰难地上楼,看来为了赴这趟约着实不易。

潘渔舟连忙去扶他,将他搀到桌前坐下。

杨至恒大约也没料到蔡姚也在,脸上的尴尬微显。

"今天我太高兴了,新店铺顺利开张了,生意也出奇地好。所以我想感谢对我帮助最大的两个人,就是你们俩。"潘渔舟说得激动,葡萄酒每人都满上,他先端起来一饮而尽,大约是不胜酒力,下肚的那一刻猛地咳嗽了两声。

"老潘,你不能喝酒的。"蔡姚阻拦他的任性。

杨至恒连忙拿了抽纸递给他。

潘渔舟边咳嗽边摇头:"不,不,我今天真的很高兴,你们两个一个是我最好的朋友,一个是我放在心里的那个人。我只想跟你们两个庆祝,有什么话只想跟你们俩说,所以今天即使再晚,我希望咱们还是能有机会欢聚一场。"

蔡姚不愿意扫潘渔舟的兴,他是个小男人,总是委屈求全来成就别人,难得今天这么高兴。原来想找借口离席的蔡姚也只有坐下来继续吃。

"老蔡,其实至恒人真的很好,当初我们刚认识,就是因为摄影,他也是个特懂得欣赏艺术的人,他这趟从云梯上摔下来,就是因为抢救一幅作品,只是可惜作品还是从山上掉了下去。"潘渔舟说得渐渐伤感。

蔡姚却微皱眉头表示怀疑:"什么作品这么金贵?准是能卖好多钱的吧?"

杨至恒没说话,潘渔舟想解释,却被岔开了话题。

"蔡姚,好多年不见了,算是久别重逢吧,我敬你。"杨至恒举起杯子,眼神闪耀着星光,那感觉一瞬间让她觉得熟悉。

"那哪行,我得敬杨总。"蔡姚语带嘲讽地端起高脚杯来。

"别这么见外,咱们都是自己人,从前我顾虑太多,没把你们叫到一起,如果我知道你们俩早就认识，那这一场我早就该办。"潘渔舟适时地打圆场。

"早办杨总也没时间啊，人家可是大忙人，哪有工夫接见我这无名小卒。"她决定将冷嘲热讽进行到底了。

"蔡姚，我先干了，算是赔罪。"杨至恒一饮而尽，倒空了杯子给她看。

"我可当不起！"

"老蔡，老蔡。"潘渔舟拉着蔡姚的胳膊，不想让矛盾激化，"至恒之前也告诉了我关于你们的矛盾，那都是上学时候的意气之争，全是误会。大家说开了就好了。你们都是讲义气的人，不拘小节，何况过去这么多年了。"

蔡姚一脸"你知道什么呀"的表情看了潘渔舟一眼，而后正视杨至恒，低头拿起杯子来把酒喝光："别让人说我不义气，我全喝光，老潘不能喝酒，早前医生就交代了，所以今天他的酒我替他喝。"

"不。"潘渔舟连忙按住了蔡姚的胳膊反对道，"今天的酒我要喝，因为我做东。"

潘渔舟虽然人好，可身体素质始终弱弱的，年纪轻轻就有糖尿病，医生说可能和遗传有关，因为他本身很少吃糖。

"由着他吧，今天是他的吉日。"杨至恒反而在帮着潘渔舟，"别喝太多。今天是高兴的日子，适当喝点也行。"

蔡姚没再劝阻，一顿饭赌气一样吃着，虽然说服自己不在潘渔舟面前提起过去的种种和相亲的事，可心里始终还是有疙瘩。

她从没想过有一天自己和杨至恒的关系会变得这么尴尬，恨也不是，怨也不是，原谅又不甘心。

一顿饭三分之二的话都是潘渔舟说的，尽管杨至恒和蔡姚一再阻拦，他还是喝高了，趴在桌上先是哼起了小调，后来就彻底睡着了。

蔡姚看了看时间，已经过了12点，店铺里安静了下来，只有自己和杨至恒面面相觑，两人均是清醒的，正因为清醒才更难以面对。

"我们一起送他回家吧。"店里到夜里会冷，杨至恒想得很周到，一晚上蔡姚喝了几杯，仍旧清醒着，而他一口也没喝，似乎专等着将他们送回去一样。

"我和他住在一起，汇园路那边，也不算远，我们可以打车回去。你腿脚不方便，我帮你叫辆车。"蔡姚收拾了东西，口气上像是要和他划清界限。

终究她还是背不动潘渔舟，在杨至恒拖着拐杖帮忙之下，才将他弄进车里，关了店门，一路开到小区里。

"这些日子，你一定觉得很惊讶吧？"杨至恒坐在副驾，看着后视镜里的蔡姚，心里充斥着说不清的情绪。

"是很惊讶，真没想到老潘一直说的那个人就是你，到了现在，我才觉得，最好笑的是我，跟傻子似的。"蔡姚自嘲地笑笑，看着外面霓虹灯呼啸而过，觉得心里凉凉的。

"蔡姚，其实……"

"别说了。"

"你别多想。"

"从前就是因为想得太简单了，才把自己伤了，以后不会了。"

杨至恒无言以对，一路沉默。

一直到了楼下，蔡姚劝杨至恒不要下车，可他没听，帮着她一起将潘渔舟扶到楼上。

腿上打石膏的男人原本已经吃力，加上用力帮蔡姚的关系，此刻额头已经渗出密密的汗珠。

"你还不回去？"蔡姚催促道，不知道杨至恒这残疾人还想搞出什么花样。

杨至恒没说话，只是继续扶着潘渔舟。

"你还不放心？我和老潘完全只是室友的关系，纯粹得要命，不用探视也没关系，要是你实在不放心，可以租间公寓让老潘搬出去也行。"蔡姚程式化的笑容逼得杨至恒不得不退缩。

在开门的一刹那，杨至恒果断地按住了门把手，蔡姚回去看着他，在屋内灯光的照耀下，他的眼睛闪闪发光，像蒙了一层水气："蔡姚，我想跟你谈谈。"

"已经半夜了，有什么话以后再谈吧。"蔡姚委婉地拒绝了他进屋的企图，将门把手朝自己这边拉了拉。

杨至恒看出她的心思，只好点了点头，识趣地说："那你们早点睡吧，我走了。"

蔡姚客气地笑了笑："路上小心点。"

杨至恒转身慢慢地朝电梯口走去，蔡姚伸手想带上门，在门缝即将合拢的一刹那，忽然听到走廊上一声巨响，一排感应灯瞬间亮起。

蔡姚打开门看到杨至恒倒在地上，双拐一只压在身下，一只摔出去两米远。

"杨至恒！"她惊呼着跑过去扶他。

一个醉鬼和一个病号躺在家里的时候，蔡姚发觉自己彻底悲剧了。忙忙碌碌地伺候两位爷。好在潘渔舟只是蒙头大睡，还没有上吐下泻说胡话的醉酒症状。

　　杨至恒虽然腿脚不方便，最起码人清醒得很，加上还是很有绅士风度，倒也没觉得怎样。

　　蔡姚收拾了沙发给他睡，拿了毯子帮他垫上："你就在这睡吧，一共两个卧室，老潘一间，我一间，没地方了，你先将就着一夜，刚才擦破皮的地方，我帮你找药酒来擦擦。"

　　"蔡姚，你坐下，我真的有话跟你说。"

　　"别动，给你消个毒。"

　　"哟……"

　　"就这点疼，忍着吧。"

　　"蔡姚，我想说……对不起……"

　　"别这么恶心行不行？"

　　杨至恒低头盯着蔡姚，暖光照耀下，脸上的皮肤光滑柔腻，额前的头发滑落一缕，而她认真的表情衬得这一切都这么温馨。

　　"你什么都变了，形象变了，人也变了，但脾气没变。"杨至恒的话里意味深长，可隐隐有一丝遗憾。

　　"咻，别说这些了行吗？我不想让老潘知道从前我那点傻事，我不指望以后过得多么好，但至少不喜欢别人再把伤疤揭开来让我看。"蔡姚拧死了药酒瓶盖子，将它放进药箱里，站起来朝书柜边走去，"倒是你，别再被我看到你脚踏两只船，一边和老潘在一起，一边相亲找别人，他是个单纯的人，伤不起。"

　　"关征是你前男友？"杨至恒反而岔开了话题，眼睛里半明半昧的色彩让人看不清楚。

　　蔡姚愣了片刻，恍然大悟般地冷笑了一声："我终于明白你处心积虑要和我谈谈是什么意思了，有个竞争对手出现了，你就开始到处打听他的过去？"

　　"不，爸爸其实也不算忽然间要收义子，几年前我告诉他我这辈子都不再结婚以后，他病了一场，之后就已经开始物色人选了，只是我没想到最后是关征。"杨至恒显出无奈的神情。

　　"关征是个聪明人，目标总是很直接，不会被琐事阻挠，所以他总能成功。我不知道杨总收义子目的是什么，是接班还是传宗接代，但是不管哪一种，对你可能都不利，如果你没有企图心，对家产没兴趣就算了，如果有，那你走错了一步棋，不该让你父亲知道你不喜欢女人……"蔡姚转过头盯着杨至恒认真地说。

　　他的眼神没有躲闪，充斥着看不清的情绪，蔡姚从前也是在认识了他以后，才发觉单眼皮的男人并不难看，反而有种独特的气质，那个时候，这种气质深深地吸引着蔡姚。

当年自从蔡姚拍了杨至恒的裸照后，两人的关系开始有了什么不同，她自己也说不清，可每次单独在一起，气氛总有一些微妙的变化，确切地说，他在刻意回避些什么。

直到有一天，杨至恒几乎一整天没和她认真说话，蔡姚有一搭没一搭地跟他聊着，见他仍没反应。趁去厕所的空当，接了他一个电话，是个女生打来，语气中似乎和杨至恒很熟络，开口就称："至恒。"

那时候蔡姚说不上为什么，对那个女生的称呼竟有一丝不悦，开口不甘示弱地回应了一句："他下楼帮我拿牛奶了。"

"哦，那你是？"那女孩很有礼貌，虽然听得出有些诧异和失落，却仍然不失态。

"我是他女朋友。"蔡姚当时觉得自己做戏的功夫已经十分了得，无比镇定地说了这样一句，电话那头的女孩完全被她镇住了，气场明显比刚才弱了很多。

杨至恒从卫生间出来就听到她乱接电话，伸手要抢过手机，蔡姚这次学聪明了，在他伸手之前就把电话挂了。一脸得意地看着他。

"你乱说什么？！"杨至恒似乎真的生气了，眉头蹙成一团怒瞪着她。

"怎么？把你的正牌女友气走了，你心疼了？"

"我根本没有女友，一定是我同学。"

"虚伪！普通同学能叫得这么亲密？"

"为什么不能？"

"那以后我也叫你'至恒'？"

杨至恒彻底气结，完全没有应对的语言。

从第二天开始，杨至恒帮她辅导功课时几乎再也不多说一句题外话，不管蔡姚如何逗他。如此过了一周，有天杨至恒称病没有出现在蔡姚家。

那天蔡姚恍然觉得家中似乎少了什么，怎么也静不下心，给杨至恒打电话也不通，草草地做了功课，到了晚上八点左右，实在按捺不住，骑车去了杨至恒所在的学校。

先是直奔他的宿舍去，却被告知杨至恒去自习室看书了。等她顺着一排灯火通明的教室挨个找去，终于在其中的一间阶梯教室发现了杨至恒的身影。只是他旁边还坐着一个文静知性的女生，离得老远，蔡姚看到杨至恒脸上带着淡淡的笑容。

当时蔡姚心里蹿起了一撮小火苗，说不上是什么感觉，气愤？恼怒？还是嫉妒？她那时候才开始觉得自己对杨至恒的感觉竟在不知不觉中有了变化。轻轻攥了拳头，理直气壮地冲进教室。大约步子动静太大，她的到来让教室里所有人都抬起头来，大家都诧异地看着这个头发理得奇短的女生，俨然一脸稚气，却咬着牙带着不甘心的神情。

"你不是生病了吗？原来是为了躲我，和她在一起！"蔡姚的这番控诉在外人听来，绝对是正牌女友抓奸的专用语，只不过杨至恒是公认的恋爱绝缘体，虽然人帅是名声在外，可大学四年未交一个女朋友，这让周围同学颇感诧异。

今天蔡姚的出现，才让大家忽的明白，杨至恒原来是有女朋友的，并且是个打扮中性的高中生。

所有人都认为蔡姚是杨至恒的小女友时，这个认知同样也提醒了蔡姚自己，这些天和杨至恒一起复习功课，不知道为什么，从先前的难以忍耐变得习以为常，再后来渐渐有种期待，甚至每天都喜欢晚上几个小时的时光。

那天看到了杨至恒的身体，她好几天的工夫都忍不住回想，她已经快18岁了，她也知道那是只有恋人，只有夫妻才能看的东西。几天的时间她满脑子都被杨至恒充满了，见不到他就烦躁就生气，就难以忍受，只有见到了，整个人才平静，才舒畅，才觉得心花怒放。

杨至恒脸色微变，坐得近的几个男生像忽然找到猛料，原本安静的自习室一下炸开了锅。

一向心直口快的毛大东边叫边凑过来起哄："杨大帅哥！搞了半天你早有女朋友了，不过这个类型真让人诧异啊，原来不是听说你对于长发的女生尤其欣赏吗？我们都还以为是程娇……"

毛大东的眼色瞟了一下坐在杨至恒旁边的女生。蔡姚注意到那女生果然长发如瀑，一脸白净安稳，她猜想这个女生就是程娇，心下竟有种说不出的滋味。

杨至恒没等毛大东说完，起身拉起蔡姚就出了自习室的门，几乎是在全教室一百多名学生的目送下出去，场面异常壮观。

那一天，蔡姚觉得杨至恒的手掌滚烫，脸色凝重冷峻，捏得她细嫩的手发疼。

"再过三个月就高考了，你的同学都在加班加点地复习功课，恨不得一天掰成两天用，你却到处乱跑，不务正业！"杨至恒的语气像在教训一个晚辈，皱着眉头，表情忧虑而严厉。

"你是为了她才躲我的吗？"蔡姚答非所问，直奔自己关心的问题。

"你别无理取闹了。"

"那你就是承认了？"

"蔡姚，我只是受姚老师之托帮你补习功课，至于我的私人问题，你没权力过问！"

"我知道那天的事是我不对，我不该拿相机拍你……"

杨至恒听到这里像触动了心事，忙用手掩上她冲口而出的话："你别乱说，这里是学校。"

"你怕你女朋友听到？"蔡姚委屈地拨开他的手，有些怨恨。

"她不是我女朋友，我再强调一遍。"

蔡姚咬着嘴唇，定了定情绪："既然不是，我看得出，也必然是你的追求者。"

杨至恒似乎表现出少有的不耐："即使这样，那也是别人的事，跟你无关。"

"怎么无关？如果她只是你的追求者，那我想我可以和她公平竞争。"

蔡姚一脸郑重，着实把杨至恒逗乐了："小朋友，你才几岁？"

"我再过两个月就十八岁了！"蔡姚最恨他嫌弃自己小，鼓着脸强调，将"十八"两字加重。

"也就是说你现在还是未成年，我对你这个年龄段的女生没兴趣。"杨至恒说得很无所谓，摊了摊手，"至于你拍我，我一个大男人根本吃不了什么亏，别以为怎么样了，我完全没当回事。"

"杨至恒……你！"蔡姚几乎要哭了，咬着嘴唇眼泪就在眼眶里打转。

杨至恒似乎想尽快结束谈话，走出两步，回过头对傻傻地站在原地的蔡姚补充了一句："如果你要跟程娇公平竞争，那输的一定是你。没有男生喜欢到处疯玩的小太妹，还有，你的这身打扮，完全没女人味，想让男生对你动心，很难。"

杨至恒留给她一个爱莫能助的表情："不过出于对你母亲的尊重，今天我送你回家。"

回想起很多年前的那天，杨至恒也依言将她送回家，可一路都是沉默。到了楼下的电梯口，蔡姚再也忍不住，拖着他的手想抓住些什么："这三个月我保证好好学习！等我高考结束了，我们……"

"等结束了再说吧。"杨至恒语气很淡，看来真的想快点结束谈话，"你是个三分钟热度的人，说的话往往睡一觉就忘。"

"这次不会的！"蔡姚咬牙，攥紧了粉嫩的拳头，"我一定会好好复习功课！你相信我！"

杨至恒沉默了一会儿，眼皮下垂。蔡姚却极力地想捕捉到他眼里的光芒。

"这三个月，不要再来找我了，等你考试结束。如果你能做到，我就相信你。"到后来蔡姚都觉得，杨至恒似乎给她鼻尖上抹了一块永远吃不到的糖，让她一直为了这点虚幻的东西去努力。

"那你要先表示一下。"蔡姚当时天真地以为他的话会兑现。

杨至恒愣了一下，在看到蔡姚眼里希冀的光芒，明白她的意思，赶忙别开眼神。

"你要是不同意，以后我每天放学就去找你。"蔡姚见他犹豫，不满地威胁道。

杨至恒无奈地叹了口气，望了望旁边，确定没人后，轻轻低头在她的额上吻了一下，像蜻蜓点水一样。

蔡姚当然对他的表现不满意，在他想抽身的时候，猛然抱住他，踮起脚尖，仰头朝他柔软唇上印了一记。杨至恒的脸顿时红了个通透，惊得连忙推开她。蔡姚特别喜欢看到他这个样子，反应生涩，像个良家妇女遭人调戏后的表情，乐得蔡姚前仰后合。

那些记忆都已经很遥远了，她当时有种隐约的感觉，也许杨至恒也并不是对她没有感情。

三个月以后，当她考完试，出了考场的第一件事就是去买了发卡将已经渐长的刘海籁起来，又穿上了几年都没碰过的裙子去找杨至恒，当时才知道，他一个月前就走了，说是到国外读硕士继续深造了。

当时她找到了之前在阶梯教室嘲笑她的毛大东，他简直没认出这身女性化装扮的女生就是三个月前大闹教室的那个假小子。当时他笑得直弯腰，像一个大人对待一个未成年的孩子："小姑娘，你知道杨至恒的父亲是谁吗？他是不可能随随便便恋爱的，你不会是他的目标的。"

蔡姚简直陷入了绝望，整个人像忽然呆滞了，她深刻的感觉到自己受了欺骗，疯了一样到学校去找他，几乎每个教室，每个角落都找了一遍，她不相信杨至恒是个这么不守信用的人。

直到后来她碰到了程娇，那个长发飘逸的女孩。她似乎在蔡姚面前表现得很平静，只是淡淡地笑笑："杨至恒这些年从没交过女朋友，也许他谁都不喜欢，我也曾经像你一样，时间久了就明白了。你还小，就别再犯傻了。"

蔡姚那时真的绝望了，狠狠地哭了一场，把杨至恒从头到脚骂了个遍，想起这几个月拼命学习，就是为了等到这一天和他见面，可他却骗了她。

那个夏天，蔡姚觉得是人生中最灰暗的季节，比那几年的太妹生涯更让人绝望。

头发她一直没再剪，也自觉地和从前的狐朋狗友脱离了关系，她还在奢望着有天杨至恒还会重新出现，只是时间越长，她知道那种希望越渺茫，最后她自觉地把关于杨至恒的那段记忆尘封在心底了，她知道那只是她年少时候的一场梦而已。

第五章 好友与基友

一夜间似乎只有潘渔舟睡得最踏实，蔡姚听到杨至恒起得很早，接着拐的声音轻轻敲击地面，一阵洗漱的声音过后，七点一刻就出了门。

杨至恒走在街上，看着来往穿梭的行人，架着双拐站在人行横道上等着公司的车过来，他深深地喘了口气，将一夜积聚的情绪释放出来，他始终没有把想跟蔡姚说的话告诉她。

有些话，如果再也见不到那个人的时候，说不说也是无关紧要的，可既然见到了，不说总是一种缺憾。

之后的一段时间，蔡姚注意到凡是有博亚的活动时，杨海成总是带着关征出席，他的频频露脸成了媒体关注的对象，一时间他的事迹成了各大报刊的热门话题。

谢晨晨最近抱着新的iPad玩得很是起劲，虽然宏盛和博亚是竞争对手，可就冲赠送的这台iPad，蔡姚判定谢晨晨就有叛变的趋势。

"刚飞信通知各部门去一楼仓库领端午节的水果，咱们部门男的少，等会咱们俩也得去帮忙。"蔡姚拍了拍谢晨晨的肩膀提醒她。

"我都打算辞职去博亚工作了，要不要这箱水果有什么要紧，何况咱们公司太抠门了，端午节发水果，这么不应景，最起码也该发粽子。听说博亚的员工端午节都是发超市卡，想吃什么随便买，哪像咱们这么老土。我还听说他们餐厅搞得特有艺术感，里面各种点心、水果随便吃，下午茶可以比得过港式茶餐厅。老总出手也阔绰，每年还组织员工出国旅游，当然最主要的是博亚帅哥特别多，上至总经理，下至送货的师傅，都特Sexy。"谢晨晨神神叨叨说得博亚就像人间天堂一般。

蔡姚被逗得直乐，在茶水间冲了杯果汁差点连杯子也端不住："咱们叶总不也很Sexy吗？要真是你说的这样，那博亚的花费大了。这么好的条件，一般人肯定进不去了。我从前一个小姐们儿在博亚的基层营业厅，过中秋就发两箱

第五章 好友与基友

特仑苏，差点没把她憋死。"

"宏盛的基层营业厅更苦逼，动辄扣钱，业务考试没过关要扣，穿戴不整齐要扣，业务出错要扣，卫生不合格要扣，整个算下来，最后还不到一千块，连房租都交不起，下面那些小姑娘小伙子，没几个月就辞职一批。"谢晨晨跟着叫苦，言语中满是辛酸。

蔡姚无奈地点点头，一时间心情暗淡，她知道谢晨晨说的都是真的，可上层的奢靡永远无法理解下层的困苦。

出茶水间门的时候，谢晨晨还神秘地叫住她："我这两天就打算递辞职报告了，我大表姐在博亚，把我弄过去先找个职位做着。"

蔡姚回头冲她笑笑，她说话总是这么爽朗，每次都是："那恭喜你了，回头在博亚发达了别忘了姐们儿。"

下午坐车去各营业厅巡查的时候，蔡姚想到了谢晨晨说的话，下面人的生活状况确实值得同情，可上面压下来的工作又不能不完成，她知道这工作就是两头得罪的事，背后自己不知道已经被骂过多少回了。可她不敢像谢晨晨一样潇洒，博亚再好，也是她死也不愿意去的地方。

骑着电瓶车将中午每人分的一箱水果运上车，想趁巡查的便利路过潘渔舟的店门口，先把东西放在他那，他那边人多，时时能帮着消耗些。她知道潘渔舟人特实在，经常自己掏钱给店里的员工买东西，有时候开销极大，自己帮他送点东西，也不失为帮他节省开支的办法。

只是骑车到店里才发现他不在，店里的伙计说他去医院看病人了。蔡姚料到一定还是杨至恒的事，忙打了他的电话询问。

潘渔舟的声音好像躲在某个角落里接听电话，听语调似乎刚刚哭过，蔡姚忙问："怎么了老潘？出什么事了？"

潘渔舟沙哑着嗓子叹了口气："杨至恒那天晚上在咱们家门口跌倒了，骨缝没愈合，现在有些错位，这几天又急着去公司，耽误了治疗，有些严重了。我真后悔那天不该喝多了，他腿脚不好，你一个女人也无法照顾我们两个，哎……"

蔡姚已经大概明白了情况，没料到那天晚上摔了一跤竟这么严重："那天我以为没那么严重呢……"

"他曾经两条腿都断了，他说那时候以为这辈子都要残疾了，后来治好了，前些日子又受了伤，才愈合又摔了一跤，所以情况有点复杂，现在医生正在治疗，他不想让他的父母知道。"潘渔舟吸了吸鼻子，声音依旧放低。

蔡姚已经完全明白了状况，一时间不知道该怎么安慰他，只能用沉默代替语言。

"老蔡，杨至恒现在挺需要帮助的，听说杨总已经准备让杨至恒休假，让关征代替他的位子了……"

"为什么？"

"听说杨夫人替他隐瞒没瞒住，杨总知道我和至恒……他觉得丢脸，所以……"

"老潘，你应该觉得是一件好事，对你们来说，他的名声越显赫，你们就越不可能，他淡出商界渐渐没人注意了，或者你们是有机会在一起的。"蔡姚说得实在，从心里她是羡慕潘渔舟的。

"其实我知道和他以后没结果的，哪怕一个普通人，在这个社会上也要受到种种舆论压力。何况他根本不……哎，我仔细想过了，我不打算耽误他的前程，只要以后偶尔还能见见他，我什么都不要……"潘渔舟明显在另一头哭，声音也颤抖着让人心疼。

"老潘，你别这样，别想太多，事情都会解决的……"

"不，已经很多次了，解决不了……"

蔡姚还想说什么，那头潘渔舟已经将电话挂了。

一箱水果，蔡姚只拿回了两只梨，其他的都放在婚纱店了。骑着电动车，满腹心事地回到家，今天蔡姚亲自下厨炒菜了，她知道潘渔舟心情不好，和自己当年一样。她没办法安慰他，所以只能想尽办法帮他多做一些事，希望减轻他的心理负担。

从六点钟等到快九点，潘渔舟始终没有回来，打电话也没人接。蔡姚白天搬水果消耗了不少体力，晚上已经困倦不已，加上等的时间过长，终于在10点钟过后睡着了。

迷迷糊糊中她听到门铃响了，惊醒了连忙去接可视电话，图像里出现了穿着制服的物业大叔的脸："潘渔舟是你们家人吧？他在楼下发酒疯呢，你们下来一个人接他上去吧。"

蔡姚意识到情况以后，连忙答应了，换了双平底鞋就下楼去。

小区里的路灯下，一个拿着酒瓶大唱走调情歌的男人歪歪斜斜地坐在地上，旁边两名物业站着，潘渔舟的脸在灯光的照射下红彤彤的，一边扬着头唱歌，一边将酒瓶举得很高。

"老潘！"蔡姚赶忙上去扶他，要拉他起来。

可潘渔舟却完全不理会，浑身酒气地高唱着，平时的小心翼翼，文文弱弱完全不存在。蔡姚知道他心里难受,可这个时候,尤其当着物业人员的面,她没办法开口安慰他,只能不停地拉他的胳膊:"走吧老潘,咱们上楼说。"

"你别理我……我得和至恒唱完这一首……"潘渔舟舌头明显不利索,声音却出奇地大。

"他在楼上呢,在楼上等你,咱们一起上去,上去找他。"蔡姚搀着他往楼上走,回头用眼神给物业大叔一个谢意。

虽然潘渔舟瘦弱,可到底是个男人,将他拖上楼把蔡姚累了一身汗。今天潘渔舟彻底喝多了,连吐了几回,捂着胃部疼得直不起腰。

"老潘,老潘你怎么了?我带你去医院看看,你没事吧?"蔡姚感觉到潘渔舟身体不适,赶忙要扶他去医院。

"至恒……"潘渔舟紧紧地抓住蔡姚的胳膊不肯松开,脸上红红的带着油光,眼睛里全是血丝,"我知道你又见到她了……她一定是出现了……所以你才这样……"

"老潘你说什么呢?"蔡姚轻拍潘渔舟瘦瘦的脸颊,"我们去医院好不好?"

"我哪都不去!"潘渔舟疼得紧紧捂住胃部,瘦弱的身材掩不住额上凸出的青筋,"……我知道我身体不好……但我一定陪你到我死的那天……至恒……"

蔡姚知道潘渔舟已经醉得认不清人了,边安抚他边腾出手来拿手机拨了救护车的电话……

一整夜蔡姚都在医院的长椅上度过,晚风吹过,还有些凉意。医生说潘渔舟没什么大事,只是长期患有糖尿病,并且因为工作性质常常不能按时吃饭,导致有慢性胃炎,还叮嘱他以后不能再喝酒了。

蔡姚都一一记下了,这些都是潘渔舟的老毛病了,他自己平时注意得很,今天却完全不顾了。她听出他今天很伤心,他说杨至恒今天又见到他(她)了,不知道是什么人,但应该是个重要人物……

在长椅上窝到第二天早晨,周围已经一片大亮,潘渔舟还没醒,只是整个人安稳了许多。蔡姚怕他醒来找不到熟悉的人再做傻事,打电话给上司请了一天假。

只是自己刚刚挂了电话,一位西装革履的中年人就客气地过来给蔡姚递了张名片:"蔡小姐,杨夫人有请,就在二楼咖啡厅约您有重要事情商谈。"

蔡姚立即有所警觉,杨夫人应该是杨至恒的母亲,曾经也是商界女强人,

043

后来生了一场病后就退居家庭做全职太太了，索性像杨家这种情况，她早就可以一辈子不工作了："我现在走不开，对不起。"

"夫人说她会安排人手照顾潘先生的，这次谈话的内容，也包括潘先生未来的生活部分。"中年人应该是博亚的员工，说话稳重练达，末了还做了个请的姿势。

蔡姚走进二楼咖啡厅的时候，整个人都觉得有种莫名的压抑感，杨至恒的母亲她是第一次见，长得削瘦了些，气质却不同一般，见到蔡姚连忙招呼她坐下。

"阿姨好。"蔡姚礼貌地称呼。

"好。"杨夫人微微一笑，透出一种温和，"我见过你的照片，是你高中时候的，你现在简直像换了一个人。"

蔡姚沉默，那个时候发生的，现在想想就像上辈子一样。

"阿姨是个直爽的人，就不拐弯抹角了。今天请你来，是想将至恒今后的生活和前途问题和你商量商量。"杨夫人抛出这句话，就是彻底预备开条件了，蔡姚心里已经大概清楚她的用意。

"阿姨，我和杨至恒交情不算深，他的事情我也了解不多。尤其最近这些年，可以说一无所知。"蔡姚急忙撇清，企图避开她即将要谈的问题。

"我查过了，你和关征曾经是情侣，后来分手了。"

"那已经是从前了。"

"不管现在还是从前，你对关征还是有一定了解的。他现在已经是杨家的义子，今后博亚集团的走向对至恒有利还是不利，都是我这个当母亲的该考虑的。"

蔡姚已经猜到她的意图，用微带深意的眼神看着她，不发一言。

"今天我之所以来找你，就是想让你帮忙透漏一些有关关征的信息。"

蔡姚忽而笑了起来："阿姨，您都能查到我，那一定早已经把关征的家底查清楚了，还需要我透漏什么？"

杨夫人笑得温婉，而讲起话来却和形象气质完全不同："关征是个聪明人，能查到的东西，他都已经准备得滴水不漏，所以资料是可以骗人的，只有从他之前认识的人着手。"

"那您想听什么？"

"硬伤。"

"硬伤？"

"对，关征的硬伤。"

蔡姚笑得更起劲了："阿姨，您也说了，关征是个聪明人，所以他一直小心谨慎，没有硬伤可抓，有硬伤的是杨至恒。"

第五章
好友与基友

杨夫人脸色微变，指甲往里收了收，随即露出一抹淡笑："那你说说至恒的硬伤在哪？"

"杨至恒不是一个委屈求全的人，有些事他不愿做的就不会做，这种执拗和商场上的竞争有时是背道而驰的，而关征会尽一切努力达到目标，哪怕这个过程会有很多他不喜欢的事。当然还有一点，阿姨您也知道，杨至恒他不喜欢女人。"蔡姚说到最后一句，忽然心里某处隐隐地顿了一下，说不出的感觉涌上来。

"不，前面你说的或许都是对的，但至恒不是同性恋，这我敢肯定，我跟他父亲也说过，可他们不信，所以这也是我今天来找你的另一个目的。"杨夫人眉目凝结，显然已经苦恼多时，"请你帮忙，让潘渔舟离开至恒。"

"这我肯定做不到。"蔡姚一口拒绝了，她知道潘渔舟现在生活的支撑点就是杨至恒，无论如何他都不会离开的。

"我的儿子是个性取向正常的男人，他一直心里都爱着一个女人，我敢肯定。至恒之所以和潘渔舟在一起，只是因为当年他两条腿都断了，打算自暴自弃的时候，是潘渔舟帮了他，他只是想报恩！"杨夫人提到儿子性取向问题时的确急了，刚才的淡定从容被烦躁恼恨代替。

蔡姚轻轻地站了起来，礼貌地回应："老潘是个好人，也是真心对杨至恒的，虽然他们可能不能被大多数人接受，但我会祝福他们的。相信杨总也会选一个德才兼备的接班人，不管是谁，他不会走眼的。"

杨夫人拿出的条件还没有说出口，蔡姚已经转身走远了，只剩她扶住座椅的靠背，眉头凝结成一团，她知道这个蔡姚完全不会听她的。

蔡姚快步走出咖啡厅，看着医院干净整洁的走道，整个人还没有从刚才的谈话中回过神来。掏出钱包来，从最里层平时从不翻动的地方拿出一张拼凑好的照片，一个发型奇短的女孩扭头吻在一个身穿白T恤的男孩脸颊上，那男孩笑得灿烂极了。

这张照片是当年蔡姚自己PS的，是用自己的照片和杨至恒的照片拼接在一起的，当年她花痴般地制作了这张照片，并且带在身上这么久，想起来就像傻瓜一样，可更傻瓜的是，这些年来一直没舍得扔，连知道他和潘渔舟在一起以后也没舍得，只是紧紧地塞进钱包里层，从不让别人看见……

那时候她明明这么傻，她害怕杨至恒离开她，害怕他不接受自己，就去偷偷地问自己从前混迹的那家酒吧的老板娘明姐。明姐是那种风情万种的妖艳女人，她和老公离婚多年了，自己经营酒吧，平时各种各样的男人都慕着她的名来，无数男人拜倒在她的石榴裙下，甘愿在她身上花无数金钱和时间。

蔡姚那时候觉得她一定是最懂男人心的。

"阿姚，我的傻丫头，他让你认真学习，等几个月什么的，都是假的，对付男人的办法决不能傻等。"明姐鲜艳的唇色和波涛汹涌的前面简直让蔡姚自卑极了，她浑身散发的玫瑰香水味映衬着大波浪卷发，整个人成熟而魅惑。

"那怎么办啊？他说在我考试之前不想见面，说如果我考不好，他就不见我了……"蔡姚急得只想哭，白净的脸蛋，眼圈却越来越红，"明姐，你帮我想个办法吧，我该怎么办？我等几个月不要紧，可是万一他只是许一个空头支票，那……"

"所以啊，你就得跟姐姐学学，先把这事定下来……"明姐的眼睛里全是暧昧的神情，长长的染成紫色的指甲看起来有几分妖气，拉着蔡姚教了她所谓的秘诀。

那时候蔡姚心里忐忑极了，虽然整日像小太妹一样混迹街头，但多数只是喝酒打架玩赛车一类，勾引男人确乎是第一次。

那天她按照明姐教的，哭着打电话把杨至恒骗到了一所地下小旅馆来。当时杨至恒穿了一身蓝色衬衫，米色裤子，脚下只有拖鞋，因为时间太晚，他已经上床后被蔡姚的哭闹声骗来了这里。

杨至恒打开了蔡姚说的那间房门，里面黑洞洞的，什么也看不见："蔡姚？"他试探地喊了一句，还没站稳脚步，身后的门被关上了，接着背后扑过来一个娇小的身躯，整个人从后面抱住他，抱得紧紧的，两条纤细的胳膊环过他的腰身。初夏的天气，已经穿得很单薄，隔着一层衣服，他感觉到蔡姚身体的曲线和淡淡的香水味，赶忙想掰开蔡姚的胳膊，无奈她抱得死死的像要就义的战士。

"你在干什么？！"杨至恒猛然呵斥道，见她仍没有放手的意思，一狠心下狠手掰开了她像藤萝一样缠绕他胸前的手。

蔡姚吃痛地叫了一声，暂时松了手，在杨至恒转身的瞬间，猛然重新扑上去，正面钻进他的怀里。

杨至恒被迫抱住蔡姚，触手间竟然都是光裸的肌肤，滑腻而柔软，他才知道她是全裸的，一时间脑中像有一道白光掠过，吓得赶忙松手。

蔡姚被他的举动弄得自卑起来："……你不喜欢？"

杨至恒第一次和一个女孩这样亲密地接触，在这样窄小的空间，被一个充满少女气息的姑娘抱着，猛然间心神荡漾了一下。只一下，他立即意识到自己这种念头的可耻，使劲想推开她，这次她吸取了刚才的教训，整个人像爬山虎紧紧地攀附住他的身体，任凭他怎么动，几分钟的时间，杨至恒已经觉得浑身都湿透了，而蔡姚却没有收手的意思，在黑暗中仰起头来，生涩地开始亲吻他。

"蔡姚……蔡姚你听我说！"

"我不听！我就要这样！"

"你怎么这么傻？你到底想干什么？"

"我都已经这样了，你还不知道我想干什么，你才傻！"

杨至恒已经无言以对了，两只手不知该怎么放，随便一动就能碰到蔡姚光裸的皮肤，不动蔡姚就会越来越放肆地解他的衣服。

直到他的衣衫凌乱不堪，欲火也被撩起了大半，仅剩的一点理智都快被她的锲而不舍摧垮了，咬咬牙抱紧蔡姚，映着窗口射来的微弱月光两个人一同倒在床上。

杨至恒唯一吻过她就是在那个时候，急迫地互相品尝了对方口中的甘甜，而在蔡姚已经准备好献身的时候，他却停住了。

"怎么了？"蔡姚的声音细微得像只小鸟，颤抖而胆怯。

"如果我继续下去，就会毁了你……"杨至恒的声音已经沙哑了，浑身滚烫，背脊被汗浸得黏腻。

"不，明姐说，如果继续下去，我们就真的在一起了。"蔡姚十分笃定地说。

"明姐？"

"嗯，哈尼酒吧的女老板。"

"哧，她的话你也信，你个傻瓜！"

"你才是傻瓜。"

杨至恒没有说话，也没有下一步的动作，蔡姚反而担心了起来，过了片刻，她好像明白了杨至恒停下的意图，害羞地解释："……你放心，阿艇之前和我来往很密切，但他从来没碰过我，我没有让他碰过……"

杨至恒简直哭笑不得，他不知道这个小女人脑子里都装着些什么，但是那一刻他真的有种恋爱的冲动。

门是在下一秒被冲开的，接着在他们都没有反应过来之际，灯已经被打开了，闯进来几个穿制服的警察，蔡姚吓得大叫，杨至恒连忙用身体护住她。

上来一位年轻警官立即给杨至恒戴上了手铐，蔡姚赶忙用床单裹着身体。

"都起来，带走！"警察呵斥了一句。

引起了杨至恒的强烈不满，拧着眉头问道："你们干什么？"

"接到线报，这家旅馆是组织少女卖淫的窝点，我们是来严打黄色交易的，跟我们走一趟。"警察亮了身份，连推带搡地将两人带出房间。

"我们不是你们说的那样！"蔡姚委屈地反驳道，出了门看到竟然有记者扛着摄像机对着自己和杨至恒拍，脸一瞬间红得通透，恼怒着对着媒体谩骂起来。

那天在派出所里待了一夜，戴着手铐蹲在一边的墙角，快被蚊子咬了遍。
第二天是母亲将他俩保了出来，两人狼狈的样子真像个败了仗的俘虏。
"我想听真实情况。"母亲向来威严外露，铁着脸要问清楚。
蔡姚低着头咬着嘴唇，心里怦怦直跳，鼓足勇气想开口的时候，杨至恒已经抢先一步："我把她骗到小旅馆的。"
蔡姚惊愕地看着杨至恒，一时间完全不知道该说什么。母亲显然失望透顶，气愤地看着他，浑身颤抖："至恒，我把姚姚交给你，就是对你最大的信任，我万万没想到，你能做出这种事，还闹到派出所来了，你让我觉得太失望了！"
蔡姚急得忙在一边摇头："不，妈……"
"蔡姚还小，是我动了肮脏的念头，今后我会自觉远离她的生活……"杨至恒的声音低沉而忧郁，一夜过去，眼睛里全是红血丝。
"我真没想到事情会变成这样！"蔡母生气地训斥道，瞪圆了眼睛看着衣服皱皱的人。
"妈！我们……"蔡姚急切地想解释。
"你闭嘴！还有脸说！"蔡母猛然呵斥住女儿，脸上满是恨铁不成钢的表情。
杨至恒转身走了，他没再回头，这一夜他想了很多，不知不觉内心起了这么多变化，他几乎无法接受自己萌生了这样的感情。

"你们昨天晚上的事，我已经瞒下来了，没人会知道，包括你的父母，他们都是要面子的人，不希望知道自己的儿子做了这样不成器的事。我希望你能好好处理和姚姚之间的事，她现在最大的任务是高考，我希望你能真正让她收收心，别再做傻事。"蔡母事后私下里找到杨至恒，将自己的想法都告诉他。她是个明白人，对于女儿的性格很了解，她知道蔡姚是喜欢杨至恒的。
"谢谢姚老师，我会让蔡姚收心的……昨天的事，我保证不会再发生，在高考前这段时间，我会让她好好学习的。"杨至恒答应着，心里却慢慢纠结成一团，那感觉自己也说不清。

那天蔡母将蔡姚带走后，杨至恒一个人坐在路边的花坛上，一根根抽着烟，想将昨晚那种情绪赶走。他才发现自己总在不自觉地想起那种触觉，只要闲下来，就在脑中回放。他害怕了，怕自己已经陷入感情的圈套，蔡姚设下的圈套。

这些年来,他和父亲的关系一直很差,他讨厌父亲的虚假。当年他可以为了一笔生意的成败,连妻儿的生死也不顾,他为了达到自己成为富豪的目的,几乎无所不用其极,不惜使用任何手段。

他永远记得他此生有两次被绑架的经历,第一次是和母亲一同被人绑架,被关在一间黑漆漆的小仓库里,那三天如同地狱一般的生活,改变了杨至恒,改变了他对父亲的认知。当绑匪拿起电话让他打给父亲来交赎金的时候,只有7岁的他吓得浑身不能动弹,他在电话里大哭着喊救命,可那次他才明白,父亲的心里只有赚钱而已。三天的魔窟生活,他和母亲早已身心俱损,警察终于赶来救下他们,可父亲却没有露面,听说他正在跟客户谈一笔大生意……

那次以后,杨至恒对父亲剩下的只有怨恨,他开始想尽一切办法让父亲颜面受损,让他蒙羞,让他难堪,例如他整日和男生厮混在一起……

第六章 谁是"老板娘"

蔡姚用加快步子的方式强迫自己从回忆中走出来,跟着人群进了电梯,回到八楼潘渔舟的病房处,才看到病床上竟然已经空了。

心里猛然紧张了起来,四处找人打听。高跟鞋踩着大理石的地板,每一下都发出清脆的回音,而她的脚步越走越快。直到在安全梯口看到穿着病号服的潘渔舟和一身西装的关征一同出来。

潘渔舟脸色凝重,关征却是商场上常见的标准化笑容,嘴上叼着烟,迎面看见蔡姚后,仍不忘轻轻拍了拍潘渔舟的肩膀:"老弟,保重身体,身体才是革命的本钱!"

蔡姚冷着脸看着关征从身边走过去,擦肩而过的一瞬间,猛然叫住他。她知道关征的突然出现一定没那么简单。潘渔舟是个心思重的人,又是个单纯的人,他根本没有可能和关征玩心计。

"关征你站住!"蔡姚沉着脸叫住他,眼睛里几乎在冒火。

"怎么了阿姚?最近没见面,你比从前瘦了。"关征依旧是个自来熟的人,永远见人三分笑,永远看不到他动怒的一面。

"你来找老潘干什么?"

"这话说的,老潘和我也算是老朋友了,他住院了,我听说了能不来看看?"

蔡姚瞪着他,目光几乎将他穿透:"我警告你,别做任何对他不利的事,老潘现在情绪不稳定,他需要休息,尤其你这种人,不要来打扰他!"

关征依然笑脸迎人，酒窝深深的，瞳孔也深深的，所以蔡姚一直觉得自己就没有真正了解过这个男人："你这大小姐脾气什么时候才能收敛？没几个男人能整天迁就任性的女孩。等会你问问老潘，看看他是怨恨我还是感激我？"

蔡姚憋着一肚子火看着关征整理了自己的西装消失在电梯口，几秒钟后，连忙掉头去找潘渔舟。

他直愣愣地坐在门口的铁制长椅上，眼神盯着一处，像在认真地思考着什么。

"老潘！"蔡姚坐在他旁边关切地看着他，"你没事吧？我看到你不在，紧张了半天。"

潘渔舟慢慢将眼神移到蔡姚身上，瘦削的脸更加憔悴了，只是眼里有一闪而过的希望的光芒："关征说，我和至恒是应该在一起的，应该不管别人说什么都要在一起。而且我不应该总是在背后见不得光的地方，不能和他站在一起，这能叫荣辱与共吗？"

蔡姚一时间反而不知道怎么回应他的问题，关征是个谈话高手，城府之深在同龄人中几乎很少有人能比拟。潘渔舟现在精神恍惚的，身体又不好，很容易被一些极端思想左右："老潘，关征都跟你说什么了？你也知道他那种人，你不能信他！"

"不。"潘渔舟摇摇头，精神振奋了很多，拉着蔡姚整个人都坐立不安，似乎急于去做点什么，"老蔡，你别管了，关征虽然有时做事让人接受不了，可今天他说的都是道理。之前我和至恒在一起，环境还算单纯，可现在情况不同了，杨总和夫人正在给他压力，加上那个女人和他重新见面了，我怕就这样等下去，至恒早晚会离开我的……"

"老潘……"

"我以前总在想，只要他过得好，离开也没关系的，但这段时间，我真的很怕……"

"你说的是哪个女人？杨至恒不是对女人不感兴趣吗？"

潘渔舟抱着头猛摇了两下："你不明白，他为了那女人两条腿都断了，还不敢让她知道，虽然他之后一个字也没提过，虽然他说他已经不再喜欢女人了，可我知道，他对那女人永生不会忘的……"

蔡姚神游了好一阵，潘渔舟和杨夫人都提到了这个女人，看来非同一般。如今的情形，她觉得无论劝潘渔舟放弃或者争取似乎都不对。

蔡姚路过菜市场的时候，挑了一只母鸡回去给潘渔舟煮汤，平时她很少下厨，今天铆足了劲，食材也准备得很齐全。一直以来，潘渔舟把她照顾得很好，每逢生病加班，甚至来例假，这个不像男人的男人都会煲汤赠送，蔡姚现在觉得自己现在已经开始向珠圆玉润发展，而潘渔舟依旧瘦得像火柴棒。

熬汤的时候，她抽空上了会儿网，看到微博上谢晨晨今天的动态又添了两张新图"我在博亚的第一天"。

看来她真的已经到那里供职了，一身黄色连衣裙，黑色小外套，因为是自拍照，脸显得大了些，身边是格子间的摆设，后面有博亚的司标。

第二张照片是办公室一起聚餐的情景，餐桌上丰盛得很，一排同事脸上都是爽朗的笑容。

蔡姚评论了她的微博说：真滋润。

不到一会功夫，谢晨晨竟给她来了一条私信，打开来是个神秘的表情，上面写：我们的小杨总住院了，关总代替了他的岗位，据说以前有时还算悠闲，现在忙死了，关总是个工作狂！

蔡姚笑了起来，发了个同情的表情过去。

可口菜肴：你求仁得仁，还抱怨什么？

谢大清早：我是指望来享受的，可是……

可口菜肴：加油！争取做老板娘！

谢大清早：老板娘人选最近已经现出冰山一角了。

可口菜肴：嗯？

谢大清早：看来这两天你没上网，问问度娘就全知道了！

蔡姚觉得疑问，刚打开网页想搜索，忽然听到厨房里汤溢锅的声音，连忙放下鼠标跑去关火。鸡汤溢出了三分之一，蔡姚可惜得直跺脚，看了看时间，赶忙拿了保温桶去盛。

今天忙了一天，自己对付着吃了两口，此刻闻到鸡汤味才知道自己饿了。手机铃声大作，蔡姚掏出来看到是父亲，最近他很是关心女儿的婚事，从前总是持不干涉态度，如今大约也着急了，三天两头打电话询问。

"爸，我现在真的很忙，等有时间我过去看您，放心吧，我会好好考虑的，不过您得给我时间啊，这事真是可遇不可求的。"蔡姚耐着性子给父亲解释，一边接着电话，一边拿勺子往保温桶里盛鸡汤。

"姚姚，爸爸看了今天的晚报，杨至恒上新闻了，和一个女舞蹈演员扯上了点关系，看来真的不是我之前想的这么简单，怪不得你对他成见这么大。"父亲言语中对自己的失察很愧疚，一直在承认自己牵线的错误。

"哪个女舞蹈演员？"蔡姚脱口而出。

"爸爸眼花了，没看清名字，照片登得挺大，坐在一辆雷克萨斯里，那女的开车的，杨至恒在副驾。"父亲回忆着，还没讲完，蔡姚已经将电话挂了。

蔡姚迅速换了衣服，拎起保温桶，在小区外的报亭外直接买了今天的晚报，翻到娱乐版头条。果然赫然一张大图加上长长的爆料，占了娱乐版60%的版面。虽然照片拍得并不清楚，可蔡姚一眼就认出这女人就是从前杨至恒的同学程娇。资料上说她刚刚从国外深造回来，准备在丽港开舞蹈学校。

一时间蔡姚觉得自己挺讽刺的，杨至恒的八卦原来对自己有这么大的吸引力，她竟然迫切地想知道有关他的内幕。不过现在已经基本确定了，潘渔舟和杨夫人所说的那个女人，应该就是程娇。

一晃离当年见到程娇已经八年的时间了，当年她就像一朵水莲花般，虽然学的专业是艺术学，但最终因为舞技不凡和有人支持走上了演员的道路，她依旧是那个大方端庄的姑娘。

蔡姚还记得程娇曾经跟她说的："你知道杨至恒的父亲是谁吗？他是不会随随便便和别人恋爱的。"

现在蔡姚才知道，或许当初程娇也不知道杨至恒喜欢的是谁，所以她说这句话的时候，应该是灰心的。

连续几天的调理，潘渔舟已经恢复得差不多了，可因为糖尿病的关系，他一直都那么瘦。

程娇的消息最近频频上了各大报刊和娱乐电视的头条。蔡姚知道潘渔舟一定也看到了，但他从没提过。

潘渔舟自从上次透漏出自己内心潜藏的情绪以后，很长时间都不再有类似的言语。整个人就像曾经发了一场疯又痊愈了一般。

出院后依旧和从前一样，做饭、开店，每天笑脸迎人，每每工作到很晚。可蔡姚却感觉他哪里不同了，可又说不出所以然来。不过他去和杨至恒见面的频率因为程娇身份的曝光而减少了许多。

杨至恒带着还没完全恢复的身体去了公司，已经由双拐变成一根拐杖，走路也没有之前那么费力了。关征迎面走来的时候，整个人神采奕奕、如沐春风的感觉，还是让杨至恒猛的不舒服了一把，他想过有一天父亲会安排另外一个人在公司里和他平起平坐，却没料到这个人是关征。

"至恒，你怎么今天就来了？"关征关切地询问他的状况，言语间果然像亲人的问候。

第六章 谁是"老板娘"

"再住院没病也要憋死了,何况自从你来公司,咱们兄弟还没好好聚聚,我怎么敢迟来?"杨至恒也按着熟人的路子和关征寒暄起来,伸手拍了拍关征的肩膀。

两人身高相当,穿着上关征更显得正式些,聊了两句,笑声整个走廊都听得见。

"好啊,正好我也想跟兄弟你聚聚,听杨爸说咱们同龄,等会还要好好叙叙谁是哥哥谁是弟弟呢,不然这样,就今天晚上,你挑地方,我来安排。"关征顺水推舟,言谈中完全一派和气。

"今天不行,兄弟我还有其他事,回头我安排吧,庆祝你正式成为咱们家一员,也别在外面破费了,咱们家的保姆陈姨手艺非同一般,你刚来估计没尝过,她的拿手菜干锅牛蛙、油焖茄子,还有煮的那些汤品堪称一绝,回头这个周末回家吃,我跟陈姨说,让她备几个菜。"杨至恒俨然已经和关征成自己人的感觉。

"那当然好,就怕阿姨不同意,毕竟……"关征流露出一丝顾虑,在他心里没料到杨至恒见到他没发脾气没选择视而不见,反而热络得像亲兄弟,这让人有些拿捏不准他在想什么。

"没事,我妈特支持爸爸的决定,你回家吃顿饭,她一定欢迎的。"杨至恒把眼前的人安抚下来,又说了几句公司的事才开始各忙各的。

杨至恒没有回自己办公室,而是直接去了父亲的办公室。

早会刚刚结束,杨海成没有过多的交代,杨至恒从前分管的工作有一半都移交到关征手里,加上年岁较大的邓副总也有一部分权力交到关征那里,他一个新人陡然间成了目前手上分管项目和部门最多的人物。

杨至恒没有敲门就直接进入,拉了转椅坐下,正面对着杨海成的位置,没有说话,眼神却带有审视的意味。

"至恒,虽然我们是父子,但是在公司也是上下级的关系,你硬闯办公室,连招呼也不打一声,还是于理不合的。"杨海成不紧不慢,反而强调起了公司规矩。

"为什么选关征?"杨至恒开门见山问道,口气已经不容他不回答。

"他是个做生意的材料,甚至比你是这块材料。"杨海成认真地回答。

"哧——"杨至恒皮笑肉不笑,几乎没有正眼看父亲,"是这块材料的人多了,之前你接触考察的那几个人,哪个不是这块材料?可你说人家什么?没特色,不够出众。现在关征就那么出众?"

"他虽然不是最出众的,但却是最适合的。"

053

"别拿这些唬我！您还当我是三岁小孩？"

"信不信随你。"

杨至恒将口袋里折叠好的一张纸掏出来，展开扔到杨海成的桌面上，手指重重地敲着座椅扶手："您老爷子怎么可能单单因为哪个人能力强，就费尽心力把他拉进公司拱上高位？他要是没些来历，我想您看都懒得看他一眼！"

杨海成蹙紧眉头，拿起那张纸来看到是一张老户口本的复印件，从上面显示，关征的母亲名叫萧芸，父亲关立民。

杨海成戴上花镜看了看，忽然笑了起来："你小子就是想给我看这个？"

"不止这个，我只是不明白，他从前自己开小公司的，对业务了解不深的人，为什么你敢于一提上来就委以重任？这不符合常理，除非您和他有更特殊的关系。而萧芸关立民夫妇恰好很多年前和您走得很近，尤其是萧芸女士。"杨至恒两手撑在办公桌的另一边，沉着声音说。

杨海成猛然间被激怒了，站起来正视儿子："你那点心思我明白得很，你只要记住一点，你父亲我做事自有我的道理！所以别的你不用多问，你只要处理好你们兄弟的关系和你自己那点烂事儿就好。其他的轮不到你操心！"

杨至恒盯着父亲的眼睛，良久愤愤地转身出了办公室。

上午的工作还没结束，杨至恒就接到了母亲的电话，最近母亲操心不少，经常帮他安排各种派对和交友会，把各种名媛淑女介绍给他，意图很明显，就是想分散他的注意力，让他重新回到正常的男女交往中来。

"妈，我真的很忙，那些派对就别给我安排了，我真没时间！"杨至恒抱怨着，手上的鼠标一直没停，桌上的报表因为最近伤势的问题积攒了一堆，他伸手松了松领带，又深吸了一口气。

"至恒，现在的形势你也看到了，你爸爸出席什么公开场合都带着关征，明摆着是要雪藏你，我几次去找他，他也不听我的。他从前这么器重你，你在博亚的地位没人能威胁，可现在呢？算妈妈求求你，今后不要再见那个姓潘的好不好？咱们母子熬到今天不容易，如果你不能继承你爸爸的公司，我们还剩什么？"杨夫人被儿子的事扰得几乎要崩溃了，"你是不是非要等妈妈忍无可忍，采取一些非常措施你才肯回头？"

杨至恒心中一紧，抓紧手机："妈，您别乱来，我自己的事，自己会处理好的。"

杨夫人过了半晌才回应："妈妈给你一周的时间，赶快把这件事处理好。另外，既然程娇回来了，媒体也争相报道你们的事，你不如就顺应形势吧，曾经把你害了的女人，可能永远不会出现了，即使出现了，可能也已经有了家庭，别再犯傻了，你已经不小了。"

杨至恒挂了电话，感觉压力空前地大，回想起上学时候，曾以为自己这辈子定能顺风顺水，大展宏图的，所有对未来的设想都毁在了那个女人手里……

蔡姚回到家中时，菜饭的香味已经溢出走道了，馋得她进屋连衣服也没换，洗洗手就钻进厨房拈起一块熟牛肉塞进嘴里："今天做这么多菜，哪位贵客要来啊？"

潘渔舟笑而不语，手上的动作一直没停，桌上已经配上了四凉四热八个菜了。

"一定是杨至恒吧？"蔡姚已经猜到了，笑着揶揄，"我在这儿是不是电灯泡啊？"

"你别挤对我了。"潘渔舟嘴上嗔着，脸上却抑制不住笑容。

"不过这菜好像多了点，光这一盆水煮鱼就够三个人吃了，不用这么丰盛吧？"蔡姚伸头把所有菜都看了一遍，已经开始流口水。

"最近很长时间没有见到他了，总算能见一面，多做两个菜算什么？"

"贤妻良母——"

蔡姚自知帮不上什么忙，又拿了一小块香干吃了才进屋去换衣服。

临关门前听到潘渔舟的手机响个不停，忙大声提醒他有电话。

有外人在的时候，蔡姚穿得总是比较整齐，也算给客人留一个淑女的形象。虽然对于和杨至恒的过去仍不能完全释怀，可看到潘渔舟这样心心念念地为一个人，时间久了，她渐渐地也不再去想从前的不愉快，她告诉自己，就当从没认识过杨至恒算了，何况他也没做错什么。

从卧室出来的时候，潘渔舟已经坐在了客厅的椅子上，厨房里油烟机的声音还在嗡嗡直响，菜还没炒完，而他却沉闷地坐着，完全没了刚才的兴奋劲，滑盖的手机没有合拢，就放在餐桌上。

"怎么了老潘？菜要煳了！"蔡姚连忙冲进厨房帮他翻了翻锅里的菜，不解地探出头来，"火候不等人，先把菜盛出来再说。"

潘渔舟站起来，直接将煤气灶关闭，解了围裙随手扔在桌上，自己一个人朝阳台走去。

蔡姚意识到肯定出了问题，跟着他到阳台上，见他竟然拿出一根烟来放进嘴里，赶忙阻止："老潘你怎么了？你平时都不抽烟的，出什么事了？是不是杨至恒怎么了？"

潘渔舟艰难地吐了一口烟圈，怎么也掩不住失望："没事，他说有事先不来了。"

蔡姚已经猜到了，能让潘渔舟在瞬间情绪变化这么大的也只有杨至恒了。

"已经三次了。"潘渔舟皱着眉头，"他哪有这么忙？那个女人回来了，他真的要和我划清界限了，他从前说了，他这辈子已经对女人死心了，原来不是……"

蔡姚不知道怎么安慰他："你别多想，也许是公司有事。"

潘渔舟冷笑了一声，将烟头狠狠地摁灭在烟灰缸里，拿起桌上的车钥匙就往门口走去。

"你要去哪？！"蔡姚知道情况不妙。

"博亚。"

"你等下，别冲动！"

"我一直都很冷静，我只是去看看。"

蔡姚连鞋也没换，一直追他到楼下，潘渔舟平时是个非常和气的人，即使有什么委屈多半也不会表达出来，他因为同性恋的关系，受到很多人的挤对，一直把杨至恒作为自己心里的支撑，现在的情况，他似乎已经无法保持从前的淡定了。

蔡姚怕潘渔舟冲动，跟着他上了车，一路上都在安慰开解。而他开车速度少有的快，甚至连闯了几个红灯朝博亚大厦奔去。

"老潘！你停车听我说！"蔡姚大声呵斥。

"你要么下车去，要么不要再说话，自己选。"潘渔舟显然已经打定主意去堵截杨至恒了，任凭蔡姚说什么也没用。

"好，我不说话，但你心情放松，车开慢一点。"蔡姚只能顺着他，心里早已经上下打鼓。

赶到博亚楼下的时候，时间刚过六点，一些下班稍晚的员工还在陆续离开，由于夏天的缘故，天还是大亮，潘渔舟的脸上却已经全是汗珠，脸色沉沉的完全没有表情。

他把车停在拐角偏僻的位置，有树木和治安岗亭的遮挡，从博亚大门几乎看不到这边的动静。

等了十几分钟，杨至恒的车从地下停车场上来，掉头朝领江大道的方向去。

潘渔舟连忙发动了车子跟上。

一路上蔡姚不敢跟潘渔舟多说话，怕激怒了他，又怕等会看到什么令他冲动的事。

车开了快半小时，进了丽港大剧院的门。蔡姚想到今天不是周末，上面的屏幕也没开启，看来今天应该没有演出才对，他来这里干什么？

车停稳后，潘渔舟等了一会，直到杨至恒下车朝剧院正门走去，他才熄火示意蔡姚跟上。

蔡姚从前也来过不少次大剧院，多是看演出才来，今天的情况明显冷清得可以。

剧院很大，等潘渔舟和蔡姚进了玻璃门后，已经找不到杨至恒的身影。

"你是个爱看演出的人，对这里应该比我熟悉，这里人进去后通常到哪里？"潘渔舟拿不准形势，开口问蔡姚。

"我怎么知道，我通常都是直接进1号大厅，但是楼上还有几个小厅，还有沙发厅，还有咖啡厅，谁知道他去哪边？"蔡姚轻声细语地劝告着，"不然咱们回去吧，别找了，没准他约了人在这儿谈生意。"

潘渔舟不肯放弃，一个一个厅地找去，蔡姚本想跟在他后面，却被他阻止了："我们分头找，电话联系，这样快一些。"

蔡姚明白潘渔舟已经开始不管不顾了，他可能早已经猜到杨至恒来这里的意图，所有的这一切，只是为了验证自己的猜想罢了。

蔡姚沿着剧院安静的走廊在每个厅之间周转，直到听见舞台最大的多功能厅里有说话的声音传出。她慢慢地走近，打开一条门缝，坐席区光线很暗，舞台上有灯光，几个人正在排练，一个穿着华丽舞蹈服的女人站在台中央，布景搭了几个高架，还没完全弄好，但大体形状已经出来。

蔡姚悄悄地走进去站在最后一排的位置，因为光线的问题，她能看到台上，而台上却看不到她。那女人吊着威亚如仙女一般的出场动作惊艳了蔡姚。她终于明白应该是为下月初的省文艺演出做准备。

一会儿的功夫，那女人站稳了朝下面叫了一声："至恒，怎么不说话，不来帮我指导指导？"

蔡姚恍然才看清杨至恒是坐在第一排的位置的，因为距离较远，刚才一直没看到。那台上跳舞的女人化了妆和平时不同，但声音蔡姚还记得，正是程娇。原来杨至恒来这里是看程娇排练的。

"你们这种专业人士搞出来的东西，我这外行能提出什么意见？"杨至恒的声音清脆而有回音，"我看只觉得很棒。"

几个工作人员来给程娇卸下身上绑着的安全带，她兴奋地蹦跳着走出下台："我最近特紧张，这次演出很重要，关系到我以后的发展，最近天天在练，生怕有哪点不过关。飞天舞对演员要求很高，之前导演说我年纪不小了，想考虑找十八九岁的小姑娘来跳,是我好不容易争取来的。我怕万一跳不好……"

"你的水准我一直很信得过,放松心情,一定没问题。冲咱们同学的关系,如果那导演再提换人的事,你告诉我,我去跟他打招呼。"杨至恒站起来跟程娇保证。

程娇受到了鼓舞,高兴得连连点头。

只有几分钟的时间,蔡姚却纠结得后背都被汗浸湿了,她不知道是不是应该打电话叫潘渔舟过来,如果他看到这个场景,一定会难受甚至冲动的。

两手心全湿了,犹豫了好一会,蔡姚自行决定退出去,告诉潘渔舟没见到杨至恒的身影。转身开门的时候,脚下绊到了台阶,蔡姚一个趔趄撞到门框上。

"咣当"一声引起了台上人的注意,工作人员忙喊道:"谁在那呢?"

蔡姚不知道该说什么,打开门有种落荒而逃的窘态。

出了演播厅,蔡姚连忙打电话想告诉潘渔舟什么也没看到,想尽快离开。还没到大厅的出口,杨至恒就已经从另一边的安全门出来,看着蔡姚在一边猛摁电梯按钮:"蔡姚。"

她觉得忽然间后背发凉,尴尬地回过头来,心虚地寒暄道:"这么巧,你也在这?"

"刚才从里面出来的是你吧?"杨至恒似乎已经看到了蔡姚,连让她说谎的余地也没留。

"我……来找人的,走错了。"蔡姚不想让他看到自己的狼狈相,更不想逗留让潘渔舟找过来。

"你怎么还这么迷糊?"

"是啊,我估计自己要迷糊一辈子了。"

杨至恒笑了,那笑里忽然多了点什么,蔡姚想起这个表情她以前是见过的。

"你到底来做什么?"

"别管我来做什么,现在我只想提醒你一声,如果你决定和程娇或者是其他女人在一起了,起码先跟潘渔舟讲清楚,不要让他傻傻的……"蔡姚不知道该怎么形容,只是心里隐隐地难过,"谁也没有权利让另一个人没有指望地等下去。"

杨至恒这时已经彻底明白了蔡姚的来意,认真地看着她:"我跟潘渔舟说得很清楚,从一开始就讲得很清楚。他是知道的,我这辈子……"

"至恒!"程娇从安全门里追了出来,还是那身舞蹈服,装束艳丽。看到门前站着的人,一时间没有认出是蔡姚。

第六章 谁是"老板娘"

已经很多年不见了，蔡姚当年的打扮过于非主流，和现在的端庄差别太大，直到杨至恒介绍了一下，她才恍然大悟："真是女大十八变，越变越好看，我真认不出你了。"

"我早就不是以前的蔡姚了。"她酸涩地笑了笑，心里不是滋味。

程娇往杨至恒身边站了站，似乎显示着自己和他才是一起的，客套地对蔡姚说："至恒之前也没跟我提起你，正好我下个月6号在这边有演出，到时候我送你两张票，有时间过来捧捧场啊。"

蔡姚虽然兴趣不大，仍然礼貌地点点头答应："好，到时候看情况。"

"她哪儿坐得住看节目啊？从前我和她一起看了一场晚会，才演了两个节目她就拉着我走。"杨至恒知道蔡姚没意向，连忙替她解围。

而蔡姚只想赶快脱身去找潘渔舟，借口还有事就转身离开了，杨至恒开口说要送她，被婉拒了。

到楼梯口的位置，蔡姚猛然看到潘渔舟定定地站在那，脸色阴沉，一动不动。蔡姚知道他一定听到刚才的对话了，也知道杨至恒今天来这里的目的。

"老潘……"蔡姚见他不动，轻轻叫了他一声。

惹来了杨至恒的注意，他快走了几步和蔡姚站到并排的位置。看到潘渔舟满脸怨愤和失望。扭头朝楼下走去，三步并作两步，跑得极快。

"老潘！"蔡姚不顾一双拖鞋不宜跑步的情形，连忙追了出去。

外面开始下起了小雨，潘渔舟上了车立即发动朝前开去。蔡姚死命抓住车窗开启的部分："老潘，老潘你别冲动！"

潘渔舟勉强挤出一个笑容，却比哭还难看："老蔡，他早就跟我说过他不是真的同性恋，他只是不想再接受一段感情了而已，可这么久以来，我却骗自己，把自己当成他爱的人！他的那个爱人回来了，所以我已经彻底完成了我的使命……"

蔡姚一直摇头："别这么说老潘，你下车，下来我们聊聊，下来慢慢说好吗？"

"我想一个人静静，别跟着我了，你先回家吧，今天的几个菜味道很好。"潘渔舟笑了起来，将蔡姚扒在玻璃上的手掰开，踩了油门直接冲了出去……

"老潘！！"蔡姚顶着细雨站在大剧院的前面空地上喊着，看着空荡荡的周围和已经消失在拐角处的车，忽然什么情绪都没了。

站了很久，杨至恒已经走到她的旁边，拿出一把伞来帮她撑起，蔡姚气愤地一把拨开他的手："即使程娇回来了，你至于这么对老潘吗？"

杨至恒重新将伞撑到蔡姚头上："当初他要跟着我的时候，已经完完全全了解了我的想法。我和他不是你想的那种关系，他不该……"

"他不该喜欢你！"蔡姚狠狠地瞪着杨至恒，细雨让额前的头发湿透了，加上通红的眼睛，整个人多了种娇小可怜的神态，"……我就搞不明白了，您老大有什么好的？为什么就有人傻二一样地为你付出？！"

"蔡姚……"杨至恒伸手拉她，被她使劲挥开。

她连连摇头，伸手将眼泪擦去："别叫我！既然你喜欢程娇，就努力喜欢下去，好好对待人家，别再让一些单纯无知的人因为你受到伤害了！"

蔡姚跑进雨里，一直往剧院外面的马路跑去。杨至恒追到一半渐渐停下脚步，看着她拦了出租车离开……

第七章 潘渔舟的失踪

雨开始下大了，程娇还站在剧院大厅门口朝空地上望着，而杨至恒没有动，一直站着。记忆像断了线的珠子一般。

他记得那年从派出所出来后，他就开始刻意避开蔡姚，为了和蔡母的约定，也为了她的高考。

可蔡姚却不领情，每天放学后都想尽办法来找杨至恒，再由他"押送"她回家。

每次他带着蔡姚回家时，她总是开心得一脸傻笑，有时骑电动车，蔡姚就坐在后面搂着他的腰。如果是坐公交车，她总是并排和他坐在双人座上，只有一个座位的时候，她从不独自坐下。

"这个月28日是我的生日，我让妈妈准备几个菜，我还想叫我爸来，到时候你也一起来吧！"蔡姚走到他前面，充满希冀地邀请。

"还有不到一个月就高考了，你竟然还有心思过生日。"杨至恒对她的突发奇想表示反对。

"18岁了，成人了嘛，当然要隆重一点，按照妈妈的意思，要把全家老小都叫来，不过我怕你害羞，所以只有我爸妈和你。不过妈妈不想见爸爸，当天未必见得到他。"蔡姚晃了晃杨至恒的胳膊，"你可别拒绝我，那天是我的大日子。"

杨至恒拿她没办法，他自己从来没想到最初只是辅导功课，怎么会不知不觉走到今天这一步，现在这个傻丫头已经完全把他当自己男朋友看待了。不过她乖了很多，渐渐地愿意听他的话，按照他提出的要求来做。

第七章 潘渔舟的失踪

"28号我们可能还有考试,未必有时间。"杨至恒企图打消她的念头。

"考完试再来没关系的,我可以等。"蔡姚打定主意让他参加,不容他反对。

"那我要是真不来呢?"

"不来我就不切蛋糕了。"

"白痴!"

"你才白痴!不许侮辱我智商!"

蔡姚气鼓鼓地看着他,直到杨至恒笑了起来,她也笑了,两人傻呵呵地看着对方。

蔡姚像忽然想起了什么,从包里掏出一个粉色的小布袋,晃了晃递给杨至恒:"看看,我为那天生日准备的。"

"是什么?"杨至恒没想到竟有人自己过生日为自己准备礼物的。

"打开看看。"蔡姚说着,脸忽然红了起来,眨巴着眼睛满是害羞。

杨至恒莫名其妙地打开来,从里面掏出一个独立包装的避孕套,整个人怔了一下,脸腾的红了,疑惑地看向她。

"阿妙送给我的,她那里居然还有好多,还说是不同口味的,我挑了一个最漂亮的,她还差点没舍得呢。"蔡姚红扑扑的脸在灯光下甚是好看,长长的睫毛,光滑的皮肤。

杨至恒一瞬间想起那个晚上,忽然间身体里的血液急剧上涌,他连忙压制住自己那一瞬间的邪念:"你要这个做什么?"

蔡姚斜睨了他一眼,好像在讽刺他的明知故问:"我过几天就十八岁了,就是成年人了,等我过生日以后,我会找个机会跟妈妈说,我和同学去毕业夏令营,到时候……"

这次轮到杨至恒满脸通红,他从没遇到过一个女孩几次三番地主动提出要和他那样,而他竟然在听到这些后心怦怦直跳:"你一个女孩子,整天脑子里都想些什么!"

蔡姚看着杨至恒四处躲闪的眼神,心里直乐:"想和你在一起啊。"

"考试第一!别瞎想了。"

"老古董……"蔡姚嘟囔着,不满他冷冰冰的语气,上去牵着杨至恒的手,他有意挣脱,她就两只手一起紧紧扣住他的胳膊,总之她要的效果就是和他亲密地靠在一起。

那时候每每被她这样牵着,杨至恒都会觉得自己心跳很快,连他自己也不知道,是从什么时候开始的。

蔡姚坐在出租车上,脸上沾满了雨水,头发也湿了大半,看着窗外雨越下越大，眼泪止也止不住。

她记得那年自从答应了杨至恒和那些狐朋狗友断了交情以后，就真的不再联系他们了，尽管阿妙还会时不时地打电话来约她，可她再也没有出去过。

直到有一天阿艇堵在了蔡姚放学的路上。

蔡姚觉得人心真的很奇怪，从前觉得阿艇那韩范儿的打扮帅得天昏地暗，吉他和贝斯弹得酷得难以形容，每次他的表演，蔡姚都在下面卖力地捧场，曾经觉得阿艇才是自己喜欢的男人类型。

可杨至恒的出现让这一切都改变了，忽然间她觉得阿艇那么肤浅，那么平淡，台上的劲舞也显得苍白。而跟杨至恒在一起哪怕只是静静地坐着也觉得心里甜蜜。

阿艇背着吉他穿着当时流行的格子衫，敞开怀里面是白色的背心，脖子上有条银色骷髅的项链，头发染得发黄。见到蔡姚出现了，扔了烟头在地上踩灭，迅速迎上去："阿姚！你站住！"

蔡姚看了他一眼，明显有躲闪的企图，淡淡地笑了笑："什么事啊阿艇？"

阿艇对这段时间蔡姚的避而不见早就有意见，看到她今天的反应，更是恼得火气直冒："最近为什么都见不到你？"

"学习太忙，高考就要到了。"蔡姚的神情俨然一个好学生模样。

"高考？"阿艇讽刺地笑出声来，"你不是说不准备考大学，和我一起组乐队吗？"

蔡姚摊了摊手，抱歉地答道："我改变主意了，我必须高考，并且一定要考上大学。至于组乐队，这好像可以在课余进行。"

阿艇气急败坏地看着她，没想到从前的小太妹现在一口一个学习、考试，简直像变了一个人，想发作的时候，还是忍了忍压制住自己的脾气："阿姚，你说笑呢吧？这年头读书根本没用，有读大学的金钱和时间，在外面不如做些自己喜欢的事。何况有我在你身边……"

蔡姚自觉地退了两步，和阿艇拉开距离："以前我很盲目，很无知，很多事想得不够成熟，现在我都想明白了，我跟你不合适。"

"你说什么？"

"真的，我跟你真的不合适，我现在的人生目标和以前不同了。"

"怎么不同了？是不是姓杨的给你灌的迷魂汤？！"

"什么迷魂汤，他现在是对我来说很重要的人！"

阿艇恨得咬牙切齿，之前被杨至恒威胁了一通，现在连蔡姚也完全倒戈帮着那个人，看这形势甚至要和他划清界限。

"阿姚,你别被那姓杨的骗了,他根本不喜欢你,就是个玩弄感情的下三滥,喜欢他早晚要后悔!"阿艇怒火正盛,上前捏着蔡姚的肩膀越讲越激动。

"你放开我!"蔡姚努力挣扎,"错过他我才会后悔!"

阿艇终于安静了下来,咬着牙看着蔡姚,她斩钉截铁的语气让他残留的一点希望之火全部扑灭。

"阿艇,你也别在社会上混了,虽然你已经没了妈妈,可你爸爸还是很疼你的,你回家吧,回去继续读书也好,找份工作也好,也比现在游手好闲地晃荡好。"蔡姚耐心地劝他,毕竟和阿艇认识时间不短了,现在想想,当初也许正是因为他也生活在支离破碎的家庭,才让他们特别有共鸣感。

"我怎么混了?我是有梦想的!我要当明星的!所以我才跟着泰哥,他说一定会让人捧我,让我出名的!"阿艇眼睛直冒火光,他不能接受蔡姚打击他的梦想,整个身体都在颤抖。

"泰哥的话你也信?他只不过是骗你当他小弟而已!"

"你胡说!"

"我说的都是实话,这些我早就想说了!"

阿艇瞪着蔡姚,恼得半晌说不出一句话,末了才沉沉地点点头:"我明白了,这些都是姓杨的给你灌输的!你以前根本不是这个样子!"

蔡姚挣开他,拍了拍发皱的衣衫继续朝前走,连头也没回:"他是真正为我好的人!"

蔡姚冒着雨跑进公寓的楼下,衣服和头发已经全湿了,狼狈地上楼,整个人打了个寒颤,想起那些年的傻事,想想自己那么相信杨至恒,曾经把他当成心里最信赖的人,现在想想其实什么也没有。但她庆幸是杨至恒把她拉回了正途,让她不再偏执不再任性。她终于和大多数女孩一样了。

回到家,蔡姚才惊讶地发现潘渔舟竟然没有回来。打电话去他的店里,得到的答案竟然也是没出现。

连连拨打他的手机,全部是关机。

蔡姚感觉到了情况的异样,换了身衣服,将头发擦干,打着雨伞出门。

从中午到现在,一口东西也没吃过,却接连奔波了好几个地方,她担心潘渔舟出事,尤其在这样的时候。

在家的附近和他平时爱去的地方都找了一遍后,蔡姚意识到潘渔舟真的不见了。

蔡姚不敢告诉潘渔舟的父母,已经是晚上的光景,又下着大雨,不敢劳烦别人出来帮忙找。报警的时间也不到,走了几条街,刚换的衣服又全部湿透,连他常去的夜宵店、健身房、菜市场都跑了个遍,始终没有他的身影。

蔡姚累得实在走不动,在"家和万事大酒店"的下面找了个避雨的地方,重新打了潘渔舟的电话,依旧是关机。以蔡姚对他的了解,这家伙一定在一个角落里不肯面对任何人。

颓然地坐在酒店大厅的藤椅上,仔细从脑中搜索着还有什么地方没找过。

身后忽然有个人响亮地叫了声她的名字,惊得她猛然回头,她没想到竟然是关征。

一件浅色条纹衬衫,西裤。身边还有几位看起来像生意上的朋友,应该是刚刚在楼上的包间吃饭。

随行的几个人都朝蔡姚这边看过来,关征忙客气地跟旁边一位中年男人说道:"韩总,我这还有点事,我让司机送您回去,过两天合同的手续都差不多以后,咱们安排个地方再向媒体公布。"

那男人连连点头:"关总年轻有为,处事这么妥当,我们公司很愿意跟博亚合作。你忙你的,不用送了。"

蔡姚眼见着那位韩总出去,抖得像一只落汤鸡一样看着关征,没想到今天在这个地方能遇到他。

关征一脸笑意地送韩总出去,回过头来饶有兴趣地打量着她,三秒钟,直接到前台帮她办了一张房卡。

"我让服务员给你准备一身干净的衣服,上楼赶快换上,把头发吹干,然后到一楼中餐厅找我。"关征一向很会安排工作,经常能用最短的时间把各种琐碎的工作安排得井井有条,将各种小工作穿插在大项目的间歇,由此省下了许多时间。

以前蔡姚特讨厌关征这种习惯,在生活中也把事情安排得见缝插针往往就没了乐趣。而今天似乎是恰到好处。

蔡姚事到如今也没办法拒绝,按他说的上楼去换衣服。

蔡姚速度很快,心里还惦记着潘渔舟的情况,前后不到十五分钟的时间就匆匆忙忙跑进一楼中餐厅。

关征已经点了几个从前蔡姚爱吃的菜,用眼神示意她坐下来。

"我不能坐,老潘现在不见了!我要去找他!"蔡姚仍旧心急火燎。

第七章
潘渔舟的失踪

关征却不紧不慢地做了一个双手向下压的动作，笑着让她坐下："你最大的毛病就是急躁，本来一件再简单不过的事，你却像热锅上的蚂蚁。如果我没猜错，你一定刚刚找了他很久了。"

"别管我找了多久，最重要的是，我没找到他！"蔡姚强调着。

"他也不是小孩子了，如果他想让你找到他，自己就会出来，不想让你找到，也许你一辈子都找不到了。"关征站起来将她按回到椅子上，用勺子盛了一碗牛肉豆腐羹，放在她面前，"先吃饭。"

"吃不下。"

"吃不下饿死了就更别想找到他！"

"你别假惺惺了！关征，要不是你那天跟他灌输了偏激的思想，他单纯地信以为真了，他怎么会深更半夜跑出去？"

关征定定地看着蔡姚，忽然笑了起来："你以为如果他没有这种心思，我能说服得了他？并且我这人向来劝和不劝分，我是希望他能和杨至恒有个好的结局，毕竟现在我和杨至恒是兄弟，虽然杨夫人一再说他绝不是同性恋。"

"兄弟？"蔡姚语带讽刺，"你现在已经成了杨海成的义子，以你的行事风格，恐怕这绝不是你最终目的。"

关征的笑忽然变得空洞了起来，身子朝前探了探："我早就说了，我关征不可能只是一个小老板的。"

"你现在已经是大老板了，但估计你觉得还不够。"

"还是你了解我。"

"马马虎虎。"

关征反而笑得更起劲，蔡姚从两年多前第一次见到关征的时候，就看出他一定是个精明强干的人，那时候尽管他还在为了他的小公司融资的事东奔西跑，可蔡姚知道他绝不是池中之物。

关征一直觉得自己一定要找一个能在事业上给予自己帮助的女人，然后加上自己的努力，平步青云，实现自己的野心。

和蔡姚相亲的时候，介绍人夸大其词的成分高了些，说她是丽港大学经济学院教授的女儿，父亲还在某上市公司拥有不小的股权，蔡姚本人也被介绍人描述得聪明漂亮，大家闺秀范儿足，并且才艺出众。

按照关征的想象，这女孩配自己一个小公司老板一定绰绰有余。

只是见面时确实让关征大跌眼镜。她不仅没有介绍人说的那么出众，言谈中大大咧咧，完全没有淑女的矜持。

那时候蔡姚和关征的介绍人中间转了好几折，虽然母亲强调他是一个青年才俊，在同龄人中已经是佼佼者，可蔡姚私下里听另外一个介绍人称关征正面临公司倒闭，负债累累，所以最近身心受到不小的打击。

在见面中，虽然看到关征还是衣帽整齐，神采奕奕，蔡姚都理解他是为不愿让人看出来，始终都报以同情安慰的眼神，言谈中多流露出鼓励他不要气馁、东山再起的意思。

这让关征简直哭笑不得。

蔡姚本也没有和关征真正发展下去的意思，原打算吃顿饭，应付了母亲那边的安排就算完事。可听说他如今的际遇，反而有种想要拯救大好青年的意向。

"今天这顿饭我请你吧，你还是省点资金。"蔡姚大方地掏钱表示自己来负担。

关征从哭笑不得已经渐渐明白了些状况，知道眼前的姑娘可能把他当成了哪个落魄人士，不过这让他觉得挺逗。

他们相亲的地方是富贵泉毗邻的景区酒店，吃过饭蔡姚像想起了什么似的，拉着关征到富贵泉的泉眼处。

"有硬币吗？"蔡姚问关征，俨然已经跃跃欲试。

关征掏出了两枚递给她，看了看泉池里面沉淀的硬币，饶有兴趣地问："你要扔进泉眼？"

"给你表演一个，我姥姥说，这个泉眼特别灵，扔进去就能发财！"蔡姚伸手让硬币划了一个漂亮的弧度，不偏不倚地进了最上面龙头的泉眼里。

"我从不信这个。"关征似乎不屑于这些小儿科的迷信行为。

蔡姚掏了一张二十的纸币到一边的兑换区，换成了20枚硬币，给了他一半："别不信，有时候特灵，我就相信。"

蔡姚连扔了几枚，全部进入泉眼，手法之准让关征惊叹。

"以你的家世，应该不愁吃穿，何必天天祈求发财？"关征有些怀疑介绍人的说辞了，可对眼前的女孩却多了一分兴趣。

"我爸妈离婚很多年了，你应该已经听说了，他们各有各的生活，我当然要靠自己。"蔡姚边说边将剩下的五枚也一一扔进泉眼，拍了拍手示意关征也来玩。

"离婚归离婚，女儿还是共同的，不至于这么绝情吧？"

"他们两边我都不想去。"

关征沉默了片刻，不知怎么应对，拿起硬币投了几枚，竟一个都未中，全都零零散散地落进了后面的泉池内。

蔡姚看他的囧相顿时笑了起来。惹得关征自觉很没面子，打起精神专注地投了几个，最终十枚硬币只进了两个。

"你为什么能投得这么准？"关征只好摊摊手请教。

"你杂念太多，当然总也投不中。"蔡姚打量着关征，用审视的眼光，"让我给你算一卦吧，你每天思虑过度，应酬过多，每天至少零点以后才睡觉，早晨起得很早，把自己装扮得很体面。在人前几乎是高富帅无可挑剔，一心想成就宏图伟业，天天关注经济时报，联络各种客户，几乎高度透支体力来拼工作，所以压力山大。对不对？"

关征简直无言以对，他每天苦苦掩饰的内心境况被蔡姚说得准确无误，这让他忽然觉得尴尬："你怎么看得出来？"

蔡姚笑得鬼鬼的："经验之谈，你是我第19个相亲对象，凡是我妈介绍来的，不是纨绔子弟就是你这种人，很容易分辨的。"

"19个？"关征惊奇地耸了耸肩，"每一个人你都这么帮他们分析？"

"不，你是第一个。"

"我这么特殊？"

"是，你很特殊。"

"特殊在哪？"

"你像我以前的男朋友。"

蔡姚的坦率让关征反而没了自信，她以前的男朋友？原来竟是这样……这个答案让他稍稍有些失望，这是他始料未及的。

关征觉得那时候自己就是被蔡姚的这种性格吸引了，开始约会的时候，他几乎已经完全忘了自己想要找个富家千金的初衷，在社会上打拼了多年，一直是为了自己最初的目标而努力，可和蔡姚恋爱的那段时间，他忽然觉得头脑里比从前想的单纯多了，连睡觉也不再总是想着业务、前途。

"蔡姚，其实我一直觉得真正了解你的人，只有我一个。"关征说这句话时自信满满，和他们刚开始恋爱时一样，嘴角微微上扬，眼睛里充溢着某种魅惑。

"你还跟以前一样大言不惭呢？你了解我？那天在三环上不知道是谁一直说从没了解过我。"蔡姚哼了一声，"不过对于你这种将飞黄腾达看得比什么都重要的人来讲，这些都是正常的。"

关征耸了耸肩，将两手交叉在胸前："好吧，那咱们聊点正经的，你现在想想，潘渔舟平时都喜欢去哪些地方？"

蔡姚摇了摇头："他要么在婚纱店，要么在家里，娱乐活动少得很，所有我认为他可能去的地方，都去找过了，所以我真担心……"

"潘渔舟今天发生了什么，我方便问问吗？"

蔡姚想到关征现在已经和杨至恒是兄弟了，并且以他的个性，两人一定处于对立的关系，如果把今天的事告诉他，也许会产生不良影响。虽然关征的办事能力蔡姚从不怀疑："其实也没什么，就是吵架了而已，老潘那性格，跟个女人似的，闹别扭没完。"

关征笑了，用眼神示意她吃东西："如果我能帮你找到潘渔舟，你能不能也帮我一个忙？"

蔡姚知道关征这才刚刚说到了重点，他帮助别人，从来不会不求回报："说来听听。"

"帮我力劝我姐姐，一定不能让她和叶耀和好。"关征脸色阴沉，可说话的语气无比严肃，蔡姚知道这也是他筹谋当中的一项。

叶耀是蔡姚所在公司的老总，和关征的姐姐关语沫纠缠了六年，到现在也是合合分分，个中原因外人不得而知。不过关征对他俩的关系特别关注，尤其是在他进入博亚之后。

"你缺不缺德？语沫姐和叶总这几年多么不容易，即使闹得最僵的时候，都没各自结婚，虽然他们都没说过，可他们潜意识里一定都在等着对方。语沫姐已经三十几岁了，难道你还想让她单身下去？"蔡姚完全不能理解关征的思维，可这件事触到了她的怒点。

"你懂什么？叶耀根本不是你表面看起来那么简单，他就是个龌龊小人！我永远不会接受他来做我的姐夫！"关征的情绪也随之激动，言语间已经开始咬牙切齿。

"你别总是戴有色眼镜看人，叶总怎么了？他再差也比那什么古博士和语沫姐般配！更何况，她是你姐姐，为什么让我去劝？"蔡姚不满。

"她最信任你。"

"这种事不是外人能劝得了的，因为不知道他们之间到底发生了什么，感情的事，旁人不能左右的。"

关征神色忽而一黯，一只手放在桌上敲了两下："你平时和她就像好姐妹一样，你和她谈谈心，很可能她就回心转意，重新考虑和古博士的关系了，三十几岁了，父母早都着急了。"

蔡姚看出关征的着急，凭着对他的了解，他对什么事上心，往往和自身都息息相关，这次的事，一定也另有原因。

"说吧，这次和你哪笔生意有了关联？"蔡姚直中要害，不留一点余地，"从前你对叶耀有那么大仇恨吗？你也说了，他们分分合合六年了，所以现在他们需要怎样，他们心里有数。"

关征"哧"了一声，表现出被人看穿心思的尴尬，轻轻摸了摸后脑勺："蔡姚，我早说过了，咱们俩之所以闹了分手，就是因为一眼就能看穿对方，说实话，这对我的事业来说，不是一件好事，但是我仍然记得，是你让我觉得，我不想再找什么富家女了。"

蔡姚不语。

"没错，杨爸为了考验我的能力，把和宏盛的合作项目交给我了，你也知道，通讯这一行，重复建设严重，同一个地点，博亚建一个信号站，宏盛同样也建一个信号站，光线电缆也要每家公司铺设一条，这当中无限浪费，所以这也是我所考虑，该用什么方法能将这种浪费整合，更好地发挥作用。"关征讲起生意来，往往专注得让人觉得他很有魅力，这一点曾经也打动过蔡姚，"古博士的父母都是有名的机械制造商，他答应只要我姐姐同意和他在一起，他就用一个大项目来谢我。"

蔡姚终于听出了端倪，撇嘴道："果然你无利不往，你可以自己说动你姐姐。"

"没用，她倔得像一头牛，而且叶耀那人花样百出，古博士可赶不上他，我说了她不会听。"

"我人微言轻的，你不会以为她能听我的吧？"

"所以我想要你帮我，联手帮古博士追求我姐。"

蔡姚简直无法言喻，冷哼了一声："你就这么恨叶耀？宁愿撮合语沫姐和古博士也要反对他？"

"是，而且只要成功了，酬劳你来开价。"关征的神情完全像是在做生意，而且是全情投入。

"你想过语沫姐的幸福吗？"蔡姚反问，从内心来讲，她完全希望撮合关语沫和叶耀，而不是她和古博士。

"想过，而且想得很深入。"关征每每说到叶耀的事，总是认真而带着恨意，"我姐是这些年来最关心最疼我的人，连我妈都不曾像我姐对我这么好过，尽管她不是我的亲姐姐，但是这种感情胜似亲姐弟。所以她的幸福，就是我的幸福。但是她跟叶耀这种人，不合适。"

"叶总怎么了？我反而觉得古博士那种人才不合适。"蔡姚蹙着眉头表示不敢苟同，"叶耀有什么恶德败行，你倒是列举出来，不然我不会相信，也不会帮你！"

"你只要记住，叶耀是个混蛋，是个不折不扣的流氓就够了，别把他的话当真。"关征站了起来，将房卡还给蔡姚，"你劝得成功不成，只要你尽力了，我都帮你把老潘找出来，我出动我所有的关系帮你找！"

蔡姚死死地盯着他，在他即将朝外走去的时候答道："老潘的事，我自己会想办法的，但我没法阻拦语沫姐和叶总和好，永远都做不到。"

关征怔了一下，没有回头，径直出了饭店。

蔡姚一晚上都没有离开饭店，一来是外面下了大雨，二来她知道潘渔舟不会回家。

关语沫自从两年多前从高原上回来，气色就比从前好了很多，今年在电视台升了主任，俨然成熟的职业女性。

蔡姚本想去找她，却没料到她到宏盛直接来找自己。

"语沫姐，你怎么来了？"蔡姚惊讶，连忙将她请到自己的办公室。

"来找你们叶总，顺便来看看你。"关语沫笑得柔和，好像已经让人看不出情绪了。

"你们和好了？"蔡姚心中一喜，其实不管关征怎样说，她都希望关语沫能和叶耀在一起，尽管他们中间经历了很多事，可能不是一两句话就能说清的。

"不，我把他送给我的东西全部还给他了，以后我们没关系了。"她的声调一直保持平和，只是尾音的下沉，让蔡姚听出她心里也暗藏着失落。

"怎么会这样？语沫姐，你可一定要考虑清楚，你和叶总这么多年了，不像我和关征，小打小闹的，无论怎样，我都觉得不会有其他男人比叶总更爱你。"蔡姚觉得痛心，甚至比自己经历分手更觉得惋惜伤感。

"我和叶耀曾经也算是冤家，我觉得他不学无术，根本不想和他有瓜葛，后来他为了我去英国深造。再后来我支边，因为条件恶劣，海拔高，交通又不便，两年的时间，只有他来看过我，他给我寄信，发照片，又为我支边的地方投了很多钱。我还记得那个冬天特别冷，我躲在藏民的小屋里，冻得两脚都没知觉了，那时候收到了他给我寄的快件，全是过冬的用品，他说在英国的学位也已经拿到了，要来陪我支边。"关语沫说得动情，"那个时候，他那些话真的温暖了我，人在异地他乡，真的需要一个人的关怀。我也是在那个时候接受他的，其实我和他认识的六年里，真觉得很多次都想嫁给他了。"

"那为什么又要分手？"蔡姚不能理解这当中的问题，一直以来她还是相信，你未婚我未嫁，只要有感情，就没有什么能阻挠的。

"我们之间的问题太多了，叶家是什么样的家庭，你应该听说过，他的身份，他的工作性质，还有他比我小两岁，这些都决定了我们在一起不会有结果的。"

蔡姚第一次听到这个理由，她没想到关语沫一直忌惮排斥的是这个。

"语沫姐，叶总其实很规矩了，在公司很少听到他有绯闻，他平时挺严肃的一个人，只有遇到你的事，他才会慌乱，我听说叶夫人早就给他介绍很多女人了，他一个也没发展过，因为他一直在等你。"蔡姚极力说服她，怕她因为一念之差而真的分手了。

办公室的门忽然被敲响，打断了谈话。进门的是个快递员，叫了蔡姚的名字，将东西递给她。

蔡姚接过来签了个字，才发现发货种类上面写着"票"。

"什么啊？"关语沫看到蔡姚的表情，也站起凑过来看。

蔡姚拆开封口，是两张省文艺汇演的门票，她想起那天程娇说要送给她的。

"省文艺汇演的票，一个舞蹈演员送的。"蔡姚递给关语沫看。

"哦？你说的不会是程娇吧？"

"就是她。"

"她的舞蹈跳得很好，我很喜欢。"

"你喜欢她？那下个礼拜六，我们一起去看吧。"

蔡姚没想到关语沫是程娇的粉丝，倒也乐得做个顺水人情，本来两张票她也得找个伴。

"好啊。不过，她怎么会送你票？"关语沫疑惑，不过拿着票心里的喜悦溢于言表。

"一个朋友和她很熟，上次见到她，她就随口说要送我两张，本来我都快忘了，人家倒真的履行诺言了。"蔡姚看到上面的位子是一楼八排的6号和8号座位，应该说位置不错，"她这次跳飞天舞，难度很高的，丽港大剧院的设施刚刚更新了，效果一定不错。"

临走的时候，关语沫还提醒了蔡姚下周六别忘了叫她。不过蔡姚却兴趣不大，最近几天来，潘渔舟都不露面，婚纱店里暂时由他的搭档顶着，他母亲那边蔡姚也一直帮忙瞒着，她每天四处去找他，可没有一点结果。要不是因为关语沫想去，换成另外任何一个人，蔡姚都会打退堂鼓。

"关征我告诉你，我可是劝了语沫姐了，认真地劝了，可她有她的想法，我哪可能一时半刻就劝得她回心转意？"蔡姚在找了几天一无所获后，躲在办公室的角落跟关征讲电话，认真地跟他理论着，想先骗他找到潘渔舟再说。

"蔡姚我告诉你，我可是找了潘渔舟了，认真地找了，可他有他的手脚，我哪可能一时半会就找得到他？"关征学着她的语调，油盐不进。

"你行，我服你！彻彻底底地服！还说什么动用你所有关系，如果是那样，可能这四五天，一点消息都没有吗？"蔡姚不满意这个结果，可任凭她骑着电动车一条街一条街地找、问、喊，依旧没见到潘渔舟的人。

她报警了，可警方只查出几天前，一个钓鱼的老头在河边见到过他，之后就再无音信。

她本想上网发布寻人启事，可怕把事情搞大了，会传到潘渔舟母亲的耳朵里，所以一直不敢。

她本来不想去求杨至恒，没有万不得已的事，那个人是她一辈子都不想见到的，可现在的情况，关征不肯尽全力帮忙，她自己又能力有限。放眼整个丽港，目前愿意帮忙，又有能力帮忙的恐怕只有杨至恒了。

第八章　翠竹山之行

经过一周有余的时间，杨至恒的伤已经恢复得差不多了，虽然包扎的部位还没拆，可气色和行动上已经好得多。

他对于蔡姚的到来似乎没觉得诧异，不紧不慢地吩咐服务员上了几道小点心。

"别忙活了！我有正事找你，不想兜圈子，我现在也没胃口吃任何东西！"蔡姚生硬地回绝。

"你所说的正事，不就是潘渔舟的事吗？"杨至恒并没有停下点餐，反而多加了一盘沙拉。

"老潘失踪十天了，我差点急疯了，而你这个罪魁祸首竟然一点都不着急？"蔡姚简直恨铁不成钢，她觉得如果眼前换成了另外一个人，谁都可以，只要不是杨至恒，她都能狠心甩那人一巴掌，可惜这个人她偏偏下不了手。

"他没失踪，他只是不想让人找到他，这是他第三次躲起来了，但凭我的感觉，他快回来了。"杨至恒说得平静，好像没有一丝担忧。

可这让蔡姚反而更恼火："第三次？前两次我怎么不知道？我和他认识的时间也不短了，他是个实心眼的傻瓜！"

"上次他说去南陵度假，还有去铭城参加婚纱设计研讨会，都是他躲起来的借口，他难过的时候不想面对别人，等他好了，他会高高兴兴地回来。"

"这次不同！你和程娇出双入对，还指望他高兴地回来？"

杨至恒面对蔡姚的逼问，皱着眉头解释道："麻烦你说话注意一点，我和程娇没有你想的那样。"

"算了吧，你老大和程小姐的绯闻不是一天两天了，最远可以上溯到你上学期间。我对你一会儿被说是GAY，一会儿又不是的这个问题也搞不清楚，但

第八章
翠竹山之行

不管怎样,你一定要把潘渔舟帮我找出来,不然我做出什么对你大好前途不利的事,可不要怪我!"蔡姚瞪着眼睛,整个人声色俱厉地面对他,她知道不逼杨至恒,他很少主动行动。

他终于沉默了,片刻无奈地站起来,拉起蔡姚要往外走。

由于腿脚尚未完全康复,快步行走的时候腿一瘸一拐,拉着蔡姚的手腕,看起来更像是蔡姚欺负他。

"我不跟你这残疾人走在一起,你要是摔倒,我反而还说不清楚了!"蔡姚硬是抽回了胳膊,拧着眉头看着他。

杨至恒将车钥匙扔给蔡姚:"你来开车,我带你去了解潘渔舟的行踪,看看是不是和我说的一样。"

蔡姚难以置信,半信半疑地瞪着杨至恒,半晌之后还是按照他的意思行动了。

蔡姚没料到杨至恒让她开进了公安厅的大院,他出示了通行证后,让蔡姚把车停在后院。接着进了办公楼。他办了一些必要的手续,找到了一个身穿制服的熟人,又查了报警的案底,工作人员从电脑里调出了潘渔舟的资料。从他进门后所走的路线来看,他之前一定不止一次来过这里。

"之前已经报过警了,到现在也没有消息,我们想了解一下他的身份证使用情况。"杨至恒客气地跟一个中年警官说道。

"杨先生,您已经是第三次来这边了,虽然您出具了维权律师事务所的证件和局长的批条,可这次我还是想提醒您一下,如果没有十分必要的事由,警方是无法继续配合的。从上次看到的情况来说,他这几天买了四回高铁票,显示他九天前就离开了丽港。之后有多次异地刷卡记录,并且全部是在南陵,最后一次是在南陵的中洋百汇,时间就是昨天中午12点28分,所以潘先生很可能现在还在南陵。"警官边解释边劝说他们不要着急。

蔡姚却已经跃跃欲试,这些天潘渔舟的母亲多次打电话来找他,均被蔡姚以各种理由敷衍过去,已经10天了,如果再找不到潘渔舟,恐怕无论如何也瞒不过去了。

"潘渔舟曾经说过,他母亲心脏不好,受不了刺激的,而且再过三天就是潘阿姨的生日,如果潘渔舟不去,我这些天编的谎话就不攻自破了。"蔡姚边开车边对杨至恒抱怨。

"潘渔舟对他母亲这么孝顺,肯定会自己回去的。"杨至恒显然没有蔡姚的焦急,"他好歹也是个男人,会好好保护自己的。"

"前两天报纸上登载的,一个练过散打的中年壮汉还被当街打劫了,何况老潘这种茕茕孑立的羸弱大男孩。"蔡姚完全不能放心。

杨至恒扑哧一声笑了起来，身子跟着直颤："为什么我怎么觉得他跟你正般配，你整天活得如狼似虎，像打了鸡血似的，比爷们儿还爷们儿，所以……哎哎哎，你这往哪开啊？"

杨至恒终于开始察觉到蔡姚开车的方向不对，连忙想要纠正。

"高铁站！今天是周三，我请了两天假，再凑上周末两天，正好四天，你现在必须陪我去一趟南陵。"蔡姚说得斩钉截铁。

杨至恒在确定了她不是在开玩笑以后，终于忍不住反对："你说什么呢？你请假了，我还有一堆事要处理，我……"

"潘渔舟和你关系不一般，他失踪了你理所应当放下所有的事去找他！"

"他会回来的！而且我也已经跟他讲得很清楚了，我们之间的关系不是任何人能理解的！"

"我只知道他是我的好室友，是你的好基友！"

杨至恒终于被她堵得无语了："你真的要让我去？"

蔡姚连连点头。

杨至恒终于不再争辩也不抗拒，重重地叹了口气，从口袋里拿出手机，打给了博亚的办公室主任。

蔡姚没收了杨至恒的身份证买了两张去南陵的高铁票，和他前后进入安检，看着他垂头丧气的样子，还是忍不住陈述几句此行的目的："老杨，你别一副斗败的公鸡相，我看到老潘在南陵中洋百汇消费，就觉得十分奇怪，他是个非常节俭的人，平时去买东西，都是在万家欢小商品市场一类的地方，平时像中洋一类的地方连进都不进，最近竟然在里面消费。"

"这有什么稀奇，一个人去外地旅旅游散散心，去一些平时不常去的地方买买东西也正常。"杨至恒不以为然。

蔡姚稍稍放慢步子和一瘸一拐的杨至恒保持一致："我上次和老潘去铭城看花艺博览会，他只买了两包土特产，其他的都没买。"

"我知道，因为那一次，你买了10袋特色土鸡，两个超大号吉祥物，还有两件连衣裙和一条裤子，他为了帮你拿东西，根本不敢多买。"杨至恒的爆料让蔡姚简直气急了，伸手推了他一把。

杨至恒摇摇晃晃地站稳，不满地抱怨："你别欺负残疾人，说两句实话就踩到你尾巴了？"

蔡姚彻底闭了嘴，跟着他进站。刚找到位子坐下，蔡姚就拿出一张纸，详细地跟他探讨起自己的地毯式搜寻计划。

第八章
翠竹山之行

杨至恒不客气地拿过来揉成一团，塞进面前的废物袋里："别搞这些花花哨哨了，等到了地方，你跟着我走就行了。"

蔡姚诧异于他的表现，他竟然还没听她的计划，就像是知道了潘渔舟的所在位置一样。

"你知道他在哪？"

"不知道。"

"那你让我跟你去哪？"

杨至恒不语，靠着软靠背眯起了眼睛："先睡一会再说吧，三个多小时呢，到地方一定不会让你失望。"

杨至恒一路表现得惬意非常，可蔡姚的心依旧定不下来，一会儿翻看杂志，一会儿四处张望，在坐立不安中度过了三个小时，而杨至恒却呼呼大睡了两个小时，起来后吃了一碟水果和一份杯面，轻轻松松地下了车，两人好像一个是来逃难的，一个是来观光的。

下车后已经是晚上八点，蔡姚一天舟车劳顿，加上休息不足，已经浑身困倦，而杨至恒此时好像精力正旺，租了一辆车带着蔡姚在南陵的街道中穿梭。

"咱们这是去哪？"蔡姚看着他一路带着她从高铁开进市区，楼房越来越高，地段越来越繁华，霓虹灯也越来越耀眼，忍不住问了他的打算。

"中洋百汇。"

"真的假的？"

"当然真的。"

"你傻啊，他昨天在那买了东西，不代表今天还会去，他又不是大款，怎么可能天天去那种地方？"

杨至恒没有理睬她，继续指挥她驾车。

进了中洋百汇的大门，敞亮的灯光，热情的营业员和各种昂贵的消费品都扑面而来，杨至恒一脸淡定地朝前走，可蔡姚却觉得浑身不自在："你真确定他这会儿能出现？"

"试试那件吧。"杨至恒指了指货架上的一件淡蓝色连衣裙建议道。

"我没心思试。"蔡姚不配合，对于他这种纯粹逛商场的做派十分不满，"你别忘了我们是来做什么的。"

"你别搞得这么生硬，让人一眼就知道咱们是来找人或者有其他意图，自然一点。"杨至恒的低声提醒，才让蔡姚稍稍降低了排斥感。

蔡姚不知道杨至恒搞什么鬼，让她从衣服、鞋子、化妆品一一试了个遍，末了还掏钱帮她买了下来，几层楼逛过去，潘渔舟是没找到，手上的袋子已经有七八个。

"你是不是耍我？"进了直达电梯后，蔡姚忍不住骂开了。

"我刚刚在你试衣服的时候，电话预定了两间宾馆客房，现在我们回去，明天早晨你7点钟起床，7点半到一楼餐厅吃早餐，8点钟我们正式出发，去翠竹山景区。"杨至恒的这套安排简直就像旅行社的导游，蔡姚差点气结。

"你别告诉我，老潘会在翠竹山景区出现。"

"有可能。"

蔡姚一夜没睡好，总是梦见潘渔舟被人打劫、被拘留、想不开自杀，一直到下半夜才算有少许睡意。酒店的床很舒服，这间华丽的酒店有面湖和面山的区别，杨至恒订了面湖的房间，夜里还能看到湖上波光粼粼，有游船划过，对岸的灯光交错辉映，让人看了心旷神怡。不过也正因为此，蔡姚睡不着的时候，就坐在窗前看外面的风景。

一直到第二天早晨听到手机铃声，才知道已经7点钟了，她坐在飘窗上已经睡去很久了。

勉强洗漱和化妆，到楼下餐厅的时候，杨至恒一眼就看到了她，朝她招了招手。

"想吃什么去看看，这里的早餐特别齐全，尤其是蟹黄包、虾饺还有一些味道很好的三明治。"杨至恒今天的装束和昨天有很大差别，上衣是一件普通的淡紫色T恤，下面是轻便的长裤和运动鞋，看来果真是进景区的范儿。

"我早晨只喝白粥吃咸菜。"蔡姚放下包，起身去选餐。

"真是穷命，高中的时候，你不是早晨爱吃四马路的那家蒸饺吗？"杨至恒看到蔡姚果真拿了两道清淡的小酱菜，盛了一碗白粥，忍不住感叹。

"那家的老板在我大二的那一年，就出车祸去世了，之后那家店铺也不做了，早就吃不到那种味道了。"蔡姚说得几分伤感，低头盛了一小勺粥放在嘴里。

"我还记得，那时候你要拉我去白桦路的大头贴馆……"

"呵，那时候你怎么都不愿意去，然后我就哭，之后你终于答应了，可照出来的我，眼睛红得像只兔子。"

杨至恒沉默了，将自己盘子里的汤包夹了一个递给她。蔡姚没接，只是低着头看着碗里。

"蔡姚……"

"杨至恒……"

两人一同开口让双方都愣住了，杨至恒礼貌地示意让她先说。

"我知道你也很为难，家里的压力，社会的压力，现在加上关征给的压力，你和潘渔舟的这一段很难维持，这些我懂，就像曾经你没接受我一样，我都相信你有你的苦衷。现在我不是逼你非要对老潘负责，我只是希望你能帮忙把他找回来，认认真真地说清楚，让他心里好过些，老潘人很傻，11天了，这一次如果真如你所说的，他躲到了别处去思考问题，那我想他一定已经将后半生都思考透了。"蔡姚认真地看着杨至恒，这一次甚至有恳求的意味。

杨至恒也同样定定地看着她，直到服务员不识时务地过来询问要不要收盘子。

"你刚才说的事，我都答应你，但是这几天，你得听我的安排，别走到哪都问一些傻乎乎的问题。"杨至恒帮蔡姚打开了车门以后，小声地提醒她，要不是眼角的上扬让他的表情显得柔和很多，蔡姚真的以为他生气了。

"我问什么傻乎乎的问题了？你做事神神秘秘的，又没向我透漏，我什么都不明白，就不能问问？"蔡姚不满，从包里拿出镜子查看牙齿上有没有饭垢。

"我不是告诉你了吗，今天的行程是翠竹山景区，开一半车，坐一半索道，剩下的路自己走。"

"这和找老潘有什么关系？"

"关系大了，你拭目以待吧。"

蔡姚跟着杨至恒的指挥，将车开进景区，一路弯弯绕绕，一路葱葱郁郁，她开始真的相信潘渔舟也许真的到这里躲起来了。

一路天气阴晴不定，上山在索道里明明还下着雨，走几步的光景，已经天晴了，只是杨至恒的腿脚始终不便，下了索道，拄着上山的拐杖走了几步，就改为坐轿子。

"瞧你那样，跟当代版黄世仁似的，一脸作威作福相。"蔡姚挤对他，背着包跟着他，不住地朝他撇嘴。

"让你也坐，你又不肯，我可给你提个醒，上山这一路还早呢，我们的目的地是九鹭宾馆，那边有间摄影工作室……"

蔡姚马上警觉，想到杨至恒兜了这么大圈子带她到这里来，没理由不带任何目的，听到这间摄影室，她总算明白了，潘渔舟说过有人帮他在景区建了一个摄影的外景基地，很可能就是这里。

"等一下，我坐轿。"蔡姚连忙跑到杨至恒的轿子前喊道。

"坐就坐呗，何必喊得这么大声，怕别人不知道你是女版黄世仁？"杨至恒看着蔡姚满头大汗地上了后面的轿子,抑制不住好笑地调侃道。

"姓杨的,你那张嘴还是这么贱!"

"可你也还是这么傻!"

"等我找到潘渔舟,再跟你算总账!"

一路风景,山清水秀,让人觉得就像身在画中,蔡姚却没心思看风景,一再询问什么时候到摄影基地。

"两位一定是来拍婚纱照的吧?翠竹山这边,每年有很多慕名来旅行结婚的,来到这边最喜欢的还是九鹭那边的那家。我和我老公也是。"同乘并排轿子的一个女孩见到他俩的样子,当即断定自己的猜测,高兴地跟蔡姚攀谈。

蔡姚刚要否认,杨至恒转头接过话茬,似真似假地调侃:"这位美女好眼力啊,我太太就是很多慕名者之一,她非要来这里,我可是专程请假陪她来的。"

蔡姚瞪着眼睛,眼神差点要将他穿透。那女孩的丈夫也在后面插话:"先生,照过以后效果真的不同,您太太算是来对了,我上网搜索了上百家婚纱摄影,在论坛上和别人讨论了几个月,才敲定这家,别人都说品质不错。"

蔡姚见那男人戴着眼镜,一口南方口音,言谈举止中对老婆照顾得无微不至,不禁觉得这种老公实在有毅力,能够为了拍一个婚纱照,在论坛上和别人讨论几个月,她相信这一点,无论杨至恒还是关征都不可能做到。

杨至恒伸手朝蔡姚眼前比画了两下,见她无动于衷,只好耸了耸肩对那男人说:"哥们儿,女人要迁就,你看我这腿脚还没好利索,就陪她登山。"

"老公,你看看人家——"那女人看来信以为真,把杨至恒真当成模范丈夫了。

"精神可嘉,精神可嘉。"那男人扶了扶眼镜尴尬地赞赏道。

"嗨,女人嘛,娶回家就得疼,咱们男人怎么都行,是不是啊兄弟?"杨至恒越发演得起劲了。

蔡姚见他一个人独挑大梁也辛苦,面对那女人一脸羡慕嫉妒恨的表情,配合地装出一副幸福小女人的样子:"我高中时候就认识他了,我们算是青梅竹马,他带我去了很多地方,耶路撒冷的哭墙,普罗旺斯的薰衣草,巴黎的凯旋门,好多好多呢,上个月在马尔代夫,他当众向我求婚,好多人见证的,后来我觉得他是真的爱我,就答应了……"

蔡姚边说边带着粉面含羞状。惹得那女人羡慕得连轿子也坐不稳:"你老公对你真好啊!你真是太幸福了!老公,我也要你像人家这样——"

那男人更显得尴尬了几分,赔笑着安抚女人:"其实咱们这样也挺好的。"

"我不要,我就要像他们那样!"

"乖,咱们回去再说……"

第八章
翠竹山之行

"不，就现在说！"

"姑奶奶，别在这嚷嚷行不行啊……"

蔡姚和杨至恒的轿子已经走出好远，还听到身后两人的声音。

"怎么样'老公'，我的演技还不错吧？"蔡姚轻笑。

杨至恒伸出大拇指笑了起来："影后级别的。"

"过奖，也得有你这影帝配合才行。"蔡姚和他互相吹捧着。

而后两人都停住了，却一起笑了起来。

"我可配合过你了，咱们上山这次，如果再没收获，下面的路，我不会再跟你走了。"蔡姚甩下了话，已经预备好了最坏的打算。

"放心吧，保证不虚此行。"杨至恒言之凿凿，"对了，你刚才说了这么多浪漫的地方，该不会都是你想去没去过的地方吧？"

"我还想去南极呢，有那个机会吗？"

"那可未必，比你想登月的难度小点。"

蔡姚剜了他一眼不做声。

走了很远的路才到山顶，杨至恒见几位抬轿的师傅辛苦，另外多给了100元小费。

九鹭宾馆的摄影基地已经就在眼前了，整个形状像一只展翅欲飞的大鸟，漂亮的白色屋顶，在葱翠的山林中显得格外优雅。宾馆是对游人开放的，而摄影基地是禁止外人进入的。

"我带你去里面看看。"杨至恒掏出钥匙将栅栏打开。

蔡姚却已经有些抑制不住激动了："你确定老潘会在这吗？"

"我怎么能确定，我又没在他身上安装定位系统。"杨至恒熟门熟路地领着她进入基地。

蔡姚环顾这里的东西，发现整个建筑真是巧夺天工，这个项目的建设一定投了不少钱，基地里面更像一间私人别墅，幽静而别具一格。

"能在这里拍摄，花费一定不菲。"蔡姚揣测道。

"也还好，潘渔舟设计的拍摄套餐还算比较适合平民，不过这里每年的成本确实很高。"杨至恒带她参观各种场景的道具，还有一件专门放置婚纱和摄影器材的房间。

"这里是你投资建的吧？"蔡姚知道，潘渔舟的经济后台也只有杨至恒了。

"是的，为了这个项目，没少操心，我妈也帮了很多忙。"杨至恒的回答让蔡姚出乎意料。

"哦？阿姨对这个项目也感兴趣？"

"不，她是想用这个项目谢谢潘渔舟。"

"谢他？"

"嗯，在我人生最低谷的时候，老潘帮了我，我感激他，所以想帮他实现梦想，妈妈的想法不同，她是想用这个项目让潘渔舟离开我。"

蔡姚似乎了解了些许内涵，却又不完全明白，在心里思忖着："老潘说，你有一次，两条腿都断了，你那时候是怎么遇到他的？"

"就在这里。"杨至恒提起这些的感觉，好像已经经过了沧海桑田一般，"那时候我被爸妈送到这里来疗养，我觉得人生一片灰暗，根本没心思做复健，每天护士把我推出来晒晒太阳，我就坐在那发呆。直到有一天，潘渔舟来这里采风，当时他看到这样的我，就拿出他的作品来给我欣赏，我开始不愿意看，他就干脆坐下不走了，一幅一幅地跟我讲解，我很不耐烦，大声地赶他走。"

蔡姚认真地听着，定定地看着他，想从他的话中挖掘出些什么："后来呢？"

"后来他走了，但第二天又来了，每天都来，就像没事干一样……"杨至恒打开最里面的一间屋，那里面放置了几套精美的婚纱礼服，包装纸还留着，看来是新的，"他每天都来，过来鼓励我，陪着我，还推着我在这个景区到处看风景。后来在他的鼓励之下，我终于开始振作，决定好好活下去，从头开始。当我开始能走的时候，他给我下厨做了很多菜，那时候他已经为我留在景区好几个月了，中途即使下山也最多一两天，他会很准时地赶回来，他说他身体也不好，但是觉得人生活着要有意义。那天我真的很感动，我说要和他一辈子是好兄弟，可让我意外的是，他说他不要做什么兄弟，他说喜欢我……"

蔡姚不敢说话，一直认真地听着他讲，对于潘渔舟和他的关系，蔡姚的关心程度可以说远高于其他人，空气好像凝结了，两人均未说话，连呼吸的声音都听得一清二楚。

"然后呢？"蔡姚的声音打破了这片宁静，从前她和杨至恒在一起总是吵吵闹闹，难得现在竟然这么安静。

"我当时简直难以置信，说实话我之前根本没往那个方向想，可他很执著，他说他不要任何的答谢礼，他不要钱不要东西，只想让我每个周末和他见见面，陪他聊聊天而已……"杨至恒的说法让蔡姚忽的泛起了醋意，说不上的感觉。

"你们俩每周末见面，只是聊天？蒙三岁小孩呢？"蔡姚不信，找了个凳子坐下等着他的解释。

"不然你以为呢？你从小就思想肮脏。"

"你才肮脏呢！"

杨至恒忽然笑了，蔡姚起来追着他打，他连忙躲到一件挂着的婚纱后面求饶："别追了别追了，我的腿可走不快，你别欺负我。"

"我欺负你？"蔡姚不满，虎着脸质问，"你把我从丽港带到这里，前后三天了，连老潘的影子也没见到，商场也逛了，景区也看了，轿子也坐了，我又不是来观光的。"

"你弄弄清楚，是你要来的！"

"你还反咬一口！"

"NO。"杨至恒打断她的话，"我只是安排了在南陵的行程，但是来南陵的决定是你逼的，我早就说了，潘渔舟没准已经回家了，他有心事的时候会躲起来，但想通了自己就会回去。"

蔡姚气结，想要申辩，听到身后有人客气地叫了一声："杨先生，房间和午餐都准备好了。"

"知道了。"杨至恒点头回应那人，看来是早有准备。

"看来你蓄谋已久。"蔡姚咬着牙看着他。

"为了跟你出来，我损失大了，关征在公司里，每天加班加点和我作对，我出来一天，风险就大一分。"

"在你心里，到底什么最重要？"

杨至恒认真地看了蔡姚一眼，随后笑了起来，转身朝露天餐厅的方向走去："钱。"

蔡姚失望极了，不敢相信却也找不到更好的理由替他辩解："你什么时候变得这么市侩了？"

"从前我努力读书也是为了现在赚钱，现在我就是想得到本来就属于我的东西罢了，半路杀出个程咬金，我能坐以待毙吗？"杨至恒的神情好像一只遇到强敌的狮子。

蔡姚下意识地跟上他的脚步："所以你打算和老潘划清界限？"

杨至恒没有回答，一瘸一拐地顺着服务员的指引来到餐桌前，示意蔡姚坐下。

蔡姚看到桌上的菜色精致诱人，竟然还有当年高考的时候母亲经常做来给她和杨至恒一起品尝的山竹拼盘，看来他并没有完全忘记当年的事。

"听说你要竞聘宏盛的营销部经理？"杨至恒消息灵通的程度真让她佩服。

"是副经理。"蔡姚强调，似乎生怕一字之差让他有所误会。

"叶耀怂恿你的吧？"杨至恒对宏盛这边的不满起源已久，可今天感觉更加明显罢了。

"什么叫怂恿，他只是鼓励我上进罢了。"

"虚伪。"

"他比你真实！"

蔡姚不满杨至恒这样说，毕竟她亲眼见证叶耀锲而不舍地追求了关语沫多年，那不是任何人能轻易做到的。她相信这一点杨至恒也做不到。

杨至恒见到蔡姚抵触情绪严重，暂时沉默，示意服务生帮她倒上红酒："蔡姚，凡事别只看表面，叶耀的为人真的还有待商榷。前些年他在英国留学的时候，泡了不知道多少个小妹妹，有的还未成年，后来回国后忽然间口味转了，开始追求关语沫这种姐姐型人物，就他那种劣迹斑斑的人，你还去相信他。像你这种口才一般，酒量平平的人，去营销部发展并不算合适，而他却鼓动你去，说明他还不知道在谋划什么……"

"他还能谋划什么？"蔡姚不耐烦地反驳道，"从前我真没想过去营销部，但是今天听你这么说，我决定拼命也得去试试。还有，叶总泡没泡无知少女，别人谁评论都可以，但只有你没资格，因为你当年泡我的时候，我也是未成年！"

杨至恒愣了一下，脸刷地红个通透，大约是没料到蔡姚说得这样直接。蔡姚讲完见到他的表情，也微微意识到自己措辞不当。两人均未再说话，可气氛却出奇地尴尬。

两人不约而同地想到了那个晚上，那个地下宾馆的床，那种旖旎的气氛，那种肌肤的触感，那种狂热的心跳……

杨至恒知道，如果没有警察局的人闯进来，也许在蔡姚的主动攻势和那种氛围的催化下，他真的会做些什么。也许真的会像蔡姚当时说的那样，就真的在一起了。

后来蔡姚和他约好在她家过生日的那晚，母亲做了很多菜，蔡姚记得那是父母离婚后唯一一次一起吃饭的经历，当时她邀请了杨至恒，却始终没等到他来，那天晚上，她真的一口也没吃，失落地看着门外，等了整整一个晚上。

5月28日，这个日子杨至恒觉得自己会记一辈子的，他永远也忘不了那天晚上的屈辱，那天晚上改变了他的一生。

第九章　讳莫如深的日子

杨至恒一直到晚上均是一言不发，蔡姚知道自己刺激了他。待到夜宵时分过了以后，他依然站在宾馆天台上面喝酒，整个人神情完全不同于上山的时候，似乎一瞬间变得心事重重。

蔡姚披了件厚衣服上了天台，倚着栏杆看着他："你不会是愧疚的吧？"

杨至恒还是没说话。

"我早原谅你了，都是我那时候年少无知，其实我知道，你并不喜欢我，我现在只想让你找到老潘而已……"蔡姚怕杨至恒背负着心思，想说两句宽他的心。

"你那些小哥们儿，小姐们儿，后来都怎么样了？"杨至恒终于开了口，却是问了她没想到的问题。

"阿妙出国了，阿青，小小已经没联系了，据说现在在铭城混日子呢。至于阿艇，当年我为了你，彻底和他掰了，他挺生气的，中间来堵过我几次，再后来，也就没见到人了，不知道他现在音乐搞得怎么样。"蔡姚回忆着，那些都是掩藏着岁月中，已经翻过去的一页。

"阿艇坐牢了。"杨至恒声音不大，却无比肯定。

蔡姚惊诧地看着他，没料到会这样，但更重要的是，她没想到杨至恒对阿艇的情况如此了解："他……"

"绑架和故意伤害罪……"

"怎么会……"

杨至恒将酒瓶放在栏杆上，皱着眉回头看着蔡姚："怎么，你不相信？"

蔡姚是不敢相信，那时他认识的阿艇，尽管早早地退学，尽管整天不务正业，却没做过违法乱纪的事。可杨至恒说得这样确定，她知道那一定是没错了，心里一时间无法平和地接受："你怎么会知道？"

"知道就是知道了。"他的回答含糊其辞，似乎并不想深入谈下去。

蔡姚沉默着，想起当年的种种，一时间感慨。

"我答应你，见到潘渔舟以后，我会尽我所能，直到他能平静地接受这件事情为止。"杨至恒说得严肃认真，显然已经经过深入思考。

"我还有两个要求，第一个，别告诉他我们俩曾经的事。"蔡姚觉得那一段往事除了藏在自己心底外，真的该彻底掩埋了。

杨至恒想了想，轻轻点头："另一个呢？"

蔡姚咬着嘴唇："好好对程娇。"

这次杨至恒没有点头，眼神里慢慢浮现出若有若无的失望，或者说是一种自嘲？蔡姚觉得看不清他的情绪，只一瞬间，他又恢复如常。

"这些年你都做了些什么？"杨至恒忽然问道，像一个久违的熟人叙旧。

"上学，工作，混日子，浑浑噩噩的，都到如今，想起来真觉得讽刺，八年过得真快。"蔡姚背靠栏杆，捋了捋被风吹乱的头发。

"可我觉得你一点都没变。"

"变了，变胖了，变老了。"

杨至恒哧的一声笑了出来："那时候我觉得你真小，简直就是个任性的小女孩，当时我想，我一定是上辈子造孽了，才会遇到你……"

"是你上辈子积德了。"蔡姚不满地强调，瞥了他一眼。

"是啊，现在觉得，要不是当年姚老师让我去帮你，我都不知道，原来日子可以这么过。"杨至恒笑了起来，将剩下的啤酒一口气喝光。

蔡姚知道他心情不好，开了瓶啤酒陪他一起喝，虽然是夏天，可山林里已经恍若秋天，穿着外套倚在天台上，看着整片翠竹林和漫天的星光，忽然间蔡姚有种错觉，好像又回到了八年前，她还是那个整天跟在杨至恒屁股后面的小女孩，天真地总想抓住他的手，永远不知道这世上还有不可能的事，例如，让他喜欢她……

喝到微醺的时候，蔡姚才回到房间里，舒适的大床，奢华的摆设，杨至恒说这间房的客厅也是婚纱照的室内景拍摄地，放在桌上的东西几乎都是道具。他的确在潘渔舟身上花了不少钱，力捧他成为知名摄影师，而潘渔舟的想法似乎和杨至恒出入很大，比起当知名摄影师，他也许更希望和心爱的人一起过个小日子，尽管那种可能性微乎其微。

"妈，睡了吗？"蔡姚躺在床上拨通了母亲的电话，喝了酒，反而更没了睡意。

"还没呢，妈妈从来都睡得晚，你是知道的。"母亲知道蔡姚肯定有了心事，关掉了台灯，走到阳台上和女儿细聊。

"赵伯伯呢？"蔡姚问起母亲的现任男友，她知道也许用不了多久，那个人也许就成了她的后爸了。

"他还没回来，最近他和你们宏盛公司在谈一个研发的项目，应酬比较多。"

"哦。"

"怎么了姚姚，有什么心事了？"她知道现在女儿大了，没事的时候几乎不给父母打电话。

"妈，当初你怎么想到找杨至恒来辅导我功课的？"蔡姚终于忍不住，这个问题已经憋在心里很久了，这么多人，这么多学生，她为什么偏偏选中杨至恒。

蔡母在电话那头愣了一下，继而笑了起来："是不是你还在想着杨至恒？"

"爸爸给我介绍了个男朋友，我没想到是他……"蔡姚望着天花板，心里郁结的情绪，总想找个人诉说。

"你爸爸做事总是想当然。姚姚，杨至恒不是个可以喜欢的人，他是个同性恋，当年妈妈之所以找到他，就是因为知道他不会有所企图，第一他是富二代，第二他不喜欢女人，这就能决定他不会对我的女儿有不轨之心。但是妈妈还是算错了，没想到你会这么喜欢他……"

蔡姚听着母亲的话，忽然鼻子一酸，眼泪已经在眼眶里打转："妈，他不是同性恋，他只是不喜欢我……"

"姚姚，别哭，傻孩子……"

原来妈妈曾经的目的也这么明确，她也没料到女儿真的喜欢了杨至恒，自己的计划产生了没人能估计到的副作用，并且影响到现在。

和母亲聊了很久，蔡姚才渐渐睡去，在景区住宿真的很舒服，空气好，环境好，从前的烦恼和心思，都在这一觉中暂时忘记了。

早晨醒来的时候，才反应过来，自己不是在家里。几天的放松，经历了各种事，想了很多很多，现在忽然觉得自己已经傻傻地过了很多年，尽管她还是说服自己开开心心地去找男朋友，好好地面对生活，但杨至恒还是成了她心里的一根刺。

杨至恒几乎一夜没睡，除了工作以及一些烦心事需要处理外，更重要的是曾经那些自己觉得已经快忘怀的事，因为蔡姚的几句话又重新浮现在眼前。

"别以为你是杨海成的儿子，就能为所欲为。今天以后，我不仅会让所有人都知道，还会让你自己也牢牢地记住，你就是一个渣！你抢不走我的风头，也抢不走阿姚……"

杨至恒觉得整个神经系统都处于紧绷状态，紧紧地握着拳头，那个晚上他所有对未来的幻想都毁于一旦，当母亲带着警察赶来救他的时候，他浑身是血，毫无知觉，他不止一次地想，他甚至应该在那一天就死去才对……

回丽港的一路上，蔡姚和杨至恒都没说话，各自想着心思，高铁穿梭在崇山峻岭之间，外面的风景逐渐压过了内心的抑郁。

"又被你骗了个团团转。"蔡姚轻轻叹了口气抱怨。

"这次是你骗了我。"杨至恒反驳，"这几天不在公司，肯定又是一堆事，关征不知道会利用这几天搞什么。"

"看来你们男人都是把事业看得比感情重要。"蔡姚失望之余，早已经将眼光投向车外。

"你这打击面太广了，至少我就不是。"

"我说的这个就是以你为代表的群体。"

杨至恒终于沉默了。

气氛的僵持反而让蔡姚不自在了:"你确定老潘在丽港?"

杨至恒将自己的手机推了过来示意让蔡姚拨通,她拿起手机,始终还是没拨出那个号码,或者心里还在犹豫。

回到丽港的家里,已经是傍晚六点多钟,在楼下的时候,她一眼看到自己家的窗口灯火通明,心里一个激灵,三步并作两步朝楼上跑去,猛摁了几下电梯按钮,显示还在很远的楼层,蔡姚激动得等不及,直接徒步跑上楼。

打开门的一刹那,发现屋里暖融融的气氛让她微凉的脸颊忽的感到了热气,厨房里有做饭炒菜的声音,一片祥和安宁,和从前一样,好像从没改变过。

"蔡丫头回来了?"蔡姚听到一个慈祥欣慰的声音,惊诧地转头看去,才认出是潘渔舟的母亲,整个人都愣在那不知该说什么。

潘渔舟穿着围裙从厨房出来,端出两碟菜来放在餐桌上,热络地招呼道:"老蔡,你终于回来了,赶快洗洗手换件衣服过来吃饭了,今天菜色很清淡,有两道还是我新学的。给我妈庆祝寿辰,还买了个蛋糕。"

蔡姚不可置信地看着潘渔舟,果然像什么都没发生过一样,好像这些天的失踪,那天所有的话都是幻境。他依旧是那个忙里忙外,婆婆妈妈的潘渔舟,是个活在幸福中的人。一时间,蔡姚觉得受宠若惊。

她没有打破这种气氛,高兴地答应了一声,换了件衣服坐下来和他一起吃饭。

杨至恒果然说得没错,潘渔舟回来了,并且一切如常,所有的事都不着痕迹,潘母看来更不知道这事才对。面对一桌菜,蔡姚百感交集,她甚至不知道该怎么开这个头。

"老潘……你……"

"快吃菜吧,今天市场上有新鲜的笋,还有茭白,尤其是鳝鱼今天买的特别好,全是细的,今天还熬了妈妈和你都喜欢喝的红豆粥。"潘渔舟帮蔡姚和潘母各自夹了一筷子。

面对这其乐融融的场景,蔡姚忽然鼻子里一酸,这几天的担心全都放了下来,紧绷的情绪一瞬间放松了,连忙热络地招呼潘母:"阿姨!咱们得先插蜡烛许愿,另外我还给您准备了礼物,这几天出差,在翠竹山买的虫草特别好,专门给您捎来的。"

蔡姚赶忙要去包里拿,潘母感动得无以复加:"别破费了,我身体好得很,何况我这贫苦出身的老婆子,还吃什么名贵药材,五谷杂粮就够了。"

"妈,不能这么说,从前那是没钱补,现在生活这么好了,我婚纱店的生意也很不错,吃得起。"潘渔舟高兴地示意母亲收下。

潘母点着头接过，喜悦的表情让皱纹都纠结在一起："好孩子，阿姨觉得真高兴……"

蔡姚一直听说潘渔舟的父亲早年有家庭暴力倾向，经常对妻儿拳脚相加，潘母为了保护儿子，忍受了很大委屈。后来在妇联的帮助下，才终于勇敢地提出离婚。

潘父被送进监狱劳教过，出来以后逐渐改过自新了，可潘渔舟一直对父亲很敌视，唯独对母亲孝顺非常。

"阿姨，赶快许个愿吧。"蔡姚帮潘母点起蜡烛，让到一边催促道。

"是啊妈，许个愿吧。"潘渔舟也跟着附和。

房间里的灯关了，只剩下蜡烛的光亮，映得几个人的脸泛着温暖的颜色。潘母被这温馨的气氛感动了，眼睛一红，竟落下泪来。

"妈，妈，您怎么了？不挺好的吗，高兴的事，哭什么呢？"潘渔舟帮母亲擦着眼泪劝慰道。

蔡姚也赶忙递了纸巾："阿姨，今天是高兴的日子，应该笑啊。赶快许愿吹蜡烛吧，不然蜡烛要燃到底了。"

潘母点点头，擦了擦眼泪，拉住潘渔舟的手："我到现在才终于觉得养儿子值了。其实我哪有什么愿望，唯一只希望渔舟能早点成家，年纪不小了，该考虑了。以前家里没钱，渔舟工作也不好，难找到合适的女孩，现在店也开起来了，算个小老板了，最近好多亲朋好友要给渔舟介绍女朋友。"

"妈，我现在事业才刚起步，暂时还不想考虑这些。"潘渔舟尴尬地提出异议，又不想让母亲失望。

"事业和家庭不冲突，成了家才能更安心立业。"看来潘母是决定要把思想工作做彻底了。

"妈，我……"

"阿姨，咱们先吹蜡烛吧。我在地下室还储存了之前别人送的正宗青稞红花酒，喝了对身体特好，今天的菜，就适合配点酒，等会我给拿上来。"蔡姚看到潘渔舟表情尴尬，连忙岔开话题帮他打圆场。

"我去拿，今天妈一定得喝两杯蔡姚的珍藏。"潘渔舟看到蔡姚帮他解围，连忙起身去地下室。

潘母略有深意地看了蔡姚一眼，好像已经了解了什么，在潘渔舟出门后，语重心长地开口："丫头，渔舟这几年提都不提找女朋友的事，怎么劝他都不听，原因我也知道……"潘母熟络地拍了拍蔡姚的手背，好像母女谈心一样。

蔡姚以为潘母已经知道潘渔舟喜欢男人的事实，刚想开口找个理由劝慰她。

"渔舟是个实心眼儿的傻孩子，喜欢的人从来没勇气去表白，可我这当妈的能眼睁睁地看着他错过好女孩吗？"潘母拉着蔡姚的手握得越来越紧，语气也更加推心置腹，"丫头，阿姨看得出来，他唯一上心的女孩就是你，这两年他处处护着你，就是不敢表达自己的感情。之前你有男朋友，那另当别论，现在听说你们早分手了，阿姨就大胆地做个媒，替渔舟问你一句，你愿不愿意？"

蔡姚瞬间只觉得头上一排黑线，脸上红一阵白一阵："阿姨，您误会了，其实……"

"丫头，其实阿姨这些年攒了些钱，加上渔舟还有这家店，现在日子过得已经算很不错了，我知道你妈妈是大学教授，也许看不上我们这样的人家，但是你也看得出来，渔舟是个踏实的孩子，是个潜力股，照这样发展下去，出不了五年……"

"阿姨，您真误会了……"蔡姚极力辩解，但是潘母似乎只把她的解释当成害羞的表现。

"我妈没误会。"潘渔舟不知何时已经站在了门前，提着一坛酒，整个人脸色和刚刚稍稍有了变化。

蔡姚和潘母不约而同地看过去。

潘渔舟走过来一边拉着母亲的手，一边拉着蔡姚："妈，您说的没错，我一直喜欢蔡姚，但是没勇气，所以从今天开始，我会努力工作，直到蔡姚接受我。"

蔡姚一时间简直不知道唱的哪一出，尴尬地看看潘渔舟，又看看潘母。

"好，好，妈妈等的就是这句话，你总是傻傻的不敢迈出一步，不努力，怎么知道不可能呢？"潘母高兴得直点头，俨然放下了一桩心事。

饭后蔡姚拉着潘渔舟进厨房，小声而急迫地问："到底是怎么了？"

潘渔舟倒忽然显得淡然，边收拾厨房边答："骗骗我妈妈，不想让她太担心，她总在催我。你知道我根本不可能去找个女人结婚，与其让她天天当成心病一样，不如就告诉她我在追求你，说实话，我也只信得过你。"

"可这样能瞒多久？"蔡姚反而担心。

"瞒一天是一天吧，反正已经瞒了二十几年了，这样的日子，不知道哪一天是个结尾。等到你找到新男友了，我再跟我妈说。"潘渔舟无奈，显然对这种生活厌倦了。

蔡姚点了点头表示答应，同租房子的这两年，她早已经把潘渔舟看成了自己人，能帮到他的，她会义不容辞："老潘，以后不管发生什么事，不要躲起来，你还有我这个死党，谁欺负你难为你，我都替你收拾他。"

潘渔舟笑了，白皙而斯文的脸上盈满了感动，继而重重地点了点头。

第九章
讳莫如深的日子

雨过天晴的感觉真好。

第二天早晨上班的路上，蔡姚一直有这种心情，插上耳机听着欢快的音乐，站在地铁里，随着涌动的人群，朝公司的方向去。

她喜欢这种感觉，连进了公司大门还哼着歌。

路过前台的时候，小吴忽然叫住了她，神秘地朝她摆了摆手示意她过来。

"怎么了？"蔡姚走过去不明所以地问。

"这几天你去哪了？"小吴一脸不可理解地看着她，"二楼会议室门前，昨天贴了一张这个周六竞聘答辩会的安排表，前天你不在的时候抽签决定的，因为就差你一个，所以你就是最后一张签，正好是咱们那组的1号，第一个进去。"

蔡姚明白，自己不在的情况下，抽到的剩签肯定不会好，谁都不想第一个进去答辩，一来是没有前面人的铺垫，容易造成紧张，二来面试官没有参照物，通常1号的分数不会太高。这次竞聘营销部副经理职位的有11个人，这个编号基本就注定是炮灰。不过所幸蔡姚并没太重视这次竞聘，加上今天心情不错，也不算太在意。

"你别一脸的不在意。"小吴好像看穿了她的心思，跟她晓之以理，不时用修长的指尖敲打前台的桌面，"你不也很讨厌客服主管这项工作吗，每天装×的跑到营业厅去扣营业员的工资，下面人记恨你的多了！不严格的话，上面头儿又不同意，两头难做。就和我这前台一样，天天面对形形色色的客户，烦都烦死了。"

"咱们俩这次可是竞争对手，此消彼长，我要是没戏了，你的胜算还多一分。"蔡姚在一边摆事实，尽管她承认小吴说得对，现在是讨厌自己的工作性质，可对于去营销部，确实完全没信心。

"我可从不妒贤嫉能，咱们公平竞争，不管是谁坐上这个位子，我都很高兴，没坐上的就继续努力。我支持你，好歹看着从前你对谢晨晨他们几个还算义气。"小吴是个直肠子，说话也直接，不过这样的评价让蔡姚很高兴，这比表扬她工作能力强更让她开心。

走到办公桌前，一个快递信封已经放在她的桌子上，几天没来上班，竟然收到了快递，而且还是自己不认识的地方。打开来，才发现是一本复习材料，全是全国各大企业内部竞聘面试考题，厚厚的一大本，打开来，第一页赫然写着"加油"两个字，笔力和字体很熟悉，她一眼就判断出是出自叶耀之手，看来他是在暗暗支持她。

蔡姚趁没人注意，粗略地翻了一遍，上面各种题型各种刁钻，俨然是选拔思维发散，脑活灵光的精明人。她本是个懒散的人，到了今天，得到身边这么多人点化，陡然间才开始思考起人生、前途的问题，自己才25岁而已，连前台的小吴也知道为今后努力，那她凭什么在目前的岗位上混日子？

拿着签字的单据和需要审核的文件夹，里面捎带着一张演出入场券就进了叶耀的办公室。

他显然对她的到来早有预料，笑了笑放下手里的文件："放了一个假，好像变得神采奕奕了。"

蔡姚不忘拍两句马屁："这当中也有叶总您的功劳。谢谢您给的那份资料。"

"好好看，这次竞聘挺重要的，别为了琐事耽误了。"叶耀提醒，签字笔在指尖滑动了两下，轻轻地放在白纸上，"跟一些明知没结果的人扯上关系，始终是不好的。"

蔡姚有所警觉，叶耀不会无缘无故说这种话，想起这几天和杨至恒在翠竹山的事，要想密不透风是不易的："您不会说的是……"

"你心里明白。"叶耀在她拿来的票据上签上字，却没有结束谈话的意思，"你年轻不太能看得清人，这当中的内幕我可是一清二楚，杨至恒只是个GAY，连那个绯闻女友主播，也只是杨夫人放的烟幕弹，不想让媒体再争相报道他和男人厮混的事。"

"他不是！"蔡姚也不知道自己为什么忽然强调这个，激动的情绪连自己也诧异。

叶耀盯着她几秒钟，什么话也没说，在他看来，蔡姚已经听不进任何非议杨至恒的话了。他摆了摆手示意她可以出去工作了。

蔡姚却没有动，从口袋里掏出那张演出的入场券："叶总，我知道您把我看成自己人，您说的那些我都懂，不过事情并不只是表面那样，我一定会处理好的。"

叶耀没有说话，抿着嘴脸色凝重。

"这张周六的文艺汇演的入场券是送给您的，位置很好，而且最重要的是，语沫姐会去的。"蔡姚放下票，拿起自己签字的单子出了总经理办公室。

接连的几天，蔡姚每天都在熬夜看资料，一遍遍地想掌握考题的精髓。潘渔舟自然很是支持她的上进举动，晚饭、水果、夜宵无一不准备齐全。早晨蔡姚离家的时候，他还会打气一般地让她加油。

几天里杨至恒似乎并没有和潘渔舟见面，反而和程娇的绯闻多有报道。蔡姚知道这其中有狗仔队的功劳，更重要的是，杨夫人一直暗地里炒作他们俩的事，企图将儿子是个GAY的传言掩盖。

第九章
讳莫如深的日子

一直到周五,潘渔舟忽然一整夜未归,蔡姚以为他又回复到了以前的作息,和杨至恒在一起了,并不觉得诧异。

直到晚间她上网刚巧碰到了谢晨晨更新微博,图片上的时间显示正是十分钟前的事,杨至恒正在和公司员工连夜开会,商讨公司下季度项目开展。

谢晨晨抱怨开会要分好几个阶段,很可能今天要通宵。

蔡姚忽然感觉到异样,通常潘渔舟是不会打扰杨至恒工作的,从前只要博亚的忙季,他会自觉地在家,从不提见面的事,今天的情形似乎异于常态。

她拿出手机来打给潘渔舟,提示竟是关机状态。这几天她一直觉得他已经完全走出了阴影,打算高高兴兴地生活下去,今天的情况却让她心里打了问号。

第二天蔡姚起了个大早,背了几道题目,好好地化了个妆才去上班。竞聘的日子,所有人都准备就绪了,几个岗位的强力竞争对手俨然已经蓄势待发。博亚的竞聘还算正规,所有人集中在一个候考室里,按照抽签决定的顺序,挨个进入。手机在候考室就被收走,完全联系不到外面。

蔡姚是第一个,进去之前深吸了一口气。面试官由两位副总,营销部经理和人力资源部的两个工作人员组成,叶耀没有出现,蔡姚知道这个时间正是演出开始的时候,他应该去了丽港大剧院。

蔡姚低头看了纸上的题目,发现竟然四题当中有三题都出自叶耀给她的那本书上,只有一题关于对这个职位工作开展的构想属于个人发挥题目。

由于准备较充分,答题时很是流畅,一套套地跟着自己的理解表达。关于营销部副经理的位置,这些天来她想了很多,怎样管好各片区经理,提升业务,怎样协助经理,怎样去做好本职工作,甚至还有一些她想到了却不敢完全说明的,如果有机会,她想自己来实践。

十五分钟的时间结束了答题,面试官几个始终面无表情。

站在小接待室等待分数的时候,她才忽然感觉到自己手脚冰凉,平时难得面对这么多人说话,而且是这种正式的场合,整个人的紧张可想而知。

办公室的小李见状帮她倒了杯温水寒暄道:"瞧你脸都白了,这还是叶总不在呢,要是在的话,估计岂不更害怕。"

"要是叶总在,我反而不怕了,郑副总和刘副总都是不苟言笑的人,平时接触得少,看到他们我浑身发冷。"蔡姚坦言,猛喝了两口水缓解一下紧张的情绪。

"你这论调我第一次听说,也许真是接触少的缘故,其实郑副总和刘副总私下里人还是挺好的。"小李替两位副总平反，和她聊得欢畅。

人力资源部的小田把分数条送出来的时候，蔡姚紧张得心里一哆嗦——81.5分，她捏在手里，不知道该作何感想。

本想坐下来等着后面的同事出来看看成绩，小田却催促她到大厅去等。

想到昨晚潘渔舟彻夜未归，她最终还是打算回家看看再说。

电梯下到一楼大厅的时候，前台的两个小姑娘正在通过笔记本电脑看今天文艺演出的现场直播，由于周六管得较宽松，她们争论的声音让蔡姚听得清清楚楚。

"这一定是出问题了，放的备播带，一定是，从那个女舞蹈演员出场开始……"

蔡姚听得不明所以，凑过去看了一眼，上面已经开始播放大合唱的部分，暂时没看出问题的所在："怎么了？讨论得这么激烈。"

"蔡姚，我们真后悔没能去现场，今天的节目特精彩，不过刚才的飞天舞似乎出了点问题，从那中途开始，都是播的备播带了，因为第一排的那位领导上衣颜色都换了，显然不是在同一天。"小马争论道。

"如果能去现场，除非咱们不用在前台。"小丁语气酸酸的，"你瞧人家小吴多有上进心，营销部副经理，也只有她那种心机深重的人能想到。"

蔡姚听出小吴这次竞聘得罪了一些人，于是笑笑想帮她两句："上进是好事，我想你们也不希望一辈子做前台吧。"

她们俩皆是一笑，没再多说。

蔡姚走出大厅，外面一片阳光明媚，她打开遮阳伞努力呼吸了两口，不管结果怎样，这件事算结束了。

出了宏盛的大楼，蔡姚打起了遮阳伞去地铁站，刚过了马路，一辆黑色奔驰停在她跟前，车窗放下来后，关征轻轻摘了墨镜朝她笑笑："大周末的，一个人在街上逛？"

蔡姚没理会，撇了撇嘴继续朝前走。

车缓慢地行进跟上她的步伐，关征显然不死心："听说你和杨至恒外出度假，他大请四天假，回来后神采奕奕。"

"这好像和你无关吧，关总。"蔡姚停了下来，抱歉地朝他耸了耸肩。

关征下车来，让司机自己先开车走，随后跟上她的步伐："当然和我有关。"

"如果你是出于朋友交情关心一下，那我现在可以告诉你，度假很愉快。如果你想干涉我的个人生活，那我可以告诉你，你死了这条心。"蔡姚口气强硬，表情冰凉如水。

"我告诉你，这两条都不是，我是看你印堂发紫，双目无神，像是有一大劫，而我最近有庙里的大师看过了，福星高照，紫气东来，有吉星显灵，和你站在一起，能助你化解灾难。"关征俨然得到算命大师的真传一般。

"呸！你才在劫难逃，这番话应该是我对你说！"蔡姚反驳道，加快步子走得更快。

关征再次追上她："说点正经的，你最近是不是撮合我姐和叶耀呢？"

"是又怎么样？"

"怎么没和我商量商量？"

"这事和你有关吗？"

"有莫大的关系！"

蔡姚想找个理由反驳，话到嘴边，却只露出一个冷冷的笑容："我不止撮合他们，还给他们两张文艺汇演票，让他们一起去看，坐在一起，挨在一起。总之我是不会帮你撮合她和那个古博士的，至于你的那个项目，我看你也不用惦记了。"

关征脸色微微尴尬，可他很少发脾气，除了那天在三环上，那天几乎是她看到的最凶的关征，带着失望、自嘲、愤怒，所有情绪聚集在一起……

"我早不惦记了，我就知道，你这种人靠不住，越让你往东，你就越往西。"关征将失望的情绪流露无余，"今天穿得这么正式，还是刚从公司出来，有什么大场合吧？"

"关总，你不觉得自己问得太多了吗？"蔡姚一句话想堵住他。

"我请你喝杯东西吧，有事跟你聊聊，绝对是大事。"关征锲而不舍，跟着蔡姚说道。

"没工夫听，我昨天睡得晚，今天特困，还得回去补觉。"蔡姚摁了摁太阳穴，反而走得更快。

关征不由分说，拉起蔡姚就进了一家咖啡厅，还是早上时分，店面刚开门，除了他们，几乎没人在周末的早晨光顾这里。

第十章　那一场演出事故

他走到吧台要了悬挂电视的遥控器，调到省文艺汇演的直播频道，示意她仔细看。

"这是怎么了？"蔡姚疑惑于他的举动。

"注意看第一排的观众。"关征抱着胳膊让她看,"看出什么没?"

"普通的演出而已。"蔡姚没看出问题的所在,轻描淡写地答了一句。

"那你再看这个。"关征掏出手机来打开一段录制的视频给她看,同样是省文艺汇演的直播,都显示在今天,而观众的衣服却是不同的。

蔡姚忽然想到公司前台的两个女孩也在讨论这个,忽然间好像明白了什么:"备播带?"

关征忽然笑了起来,将手机放在桌上:"看来你还不傻。"

蔡姚拧着眉头瞪他,才让他缴械投降。

"你想说明什么?现场出事了?"蔡姚也意识到一般只有节目出问题的时候,才会启用备播带,而关征一般对于这类事件总是没兴趣的,今天却专程找她,看来当中问题不那么简单。

"就是从飞天舞开始放的备播带。"关征开始直中要害,"那个节目肯定是出了问题。"

蔡姚想到飞天舞的表演者就是程娇,心中一沉:"可能是表演出了纰漏,演砸了。"

"我看没那么简单。"关征一句话否定了,"这个文艺演出的投资方就是博亚,杨至恒今天是作为特邀嘉宾去现场的,而且现场这么多人,如果有情况,可能我们很快就能收到消息。"

关征的话音刚落,他的手机已经响了起来,蔡姚的目光已经锁定在他的屏幕上,是他的助理打来的,声音很大,尽管没开免提,蔡姚还是清楚地听到他的话:"关总,演出出问题了,飞天舞的女演员从威亚上掉了下来,然后现场开始着火了!"

蔡姚和关征对视,两人均是脸色剧变,而在她要站起来的时候,关征果断地拉住了她:"先别忙。"

"什么别忙?杨至恒、叶总还有语沫姐都在里面!"蔡姚一时间慌了神,不顾关征劝阻站起来要往外走。

关征手上力道加大,扣着她的手腕不肯松手:"我的助理小王在里面,他可以安然无恙地打电话来,看来事态并不严重。"

蔡姚不信他,回头瞪了一眼:"有你这种上司真是倒霉。"

关征开车载着她朝丽港大剧院的方向去,一路车开得超快:"最近这段时间,不是我夸口,公司里所有员工巴不得都调到我分管的部门。我和杨至恒的理念不同,他就是放养式的管理,那几个能力一般的老面孔,多少年也不换,早就没激情工作了,却放之任之。"

第十章
那一场演出事故

"那你是圈养式的管理？"蔡姚揶揄道，余光瞟了他一眼。

"我坚持的是，谁有能力，就得到更多的报酬，不论资历，不论学历。谁让公司、让我得到更多的实际利益，谁就是值得奖励和提拔的。"关征讲起这些来，完全是一种成功人士的态度。

蔡姚却一直望着前面的路，紧紧地抓着把手，不耐烦地皱了皱眉头："看来你真的不着急，你没看到一路上消防车都赶过去了？说明里面情况很复杂！"

关征也意识到问题的严重性，却只在心里琢磨。

"里面的人，我只担心我姐，其他的和我无关，而且照我们这个速度，不会比消防车慢多少，到地方你老老实实地站在外面，我进去，你别指望进去救你的'杨帅哥'。"关征的声音不大，却明显带了几分愠怒，抄小路狂奔至大剧院门前。

从外面并未看到明显的火光，浓烟却从窗口和门溢出，老远就看得清楚。大剧院外的广场上停了好多辆消防车和救护车，加上围观人群，乌压压的一片。

警戒线已经将围观人群拦了起来，有保安人员把守，除了救援人员，谁也进不去。

"这可是大演出，很多重要人物来捧场，肯定是有人蓄意的。"

"那个跳飞天舞的女演员，不知道死了没，听说摔下来了。"

"听说跑出来的都是恰好出来上厕所或者抽烟的，其他的几乎都困在里面呢，2000多人呢。"

"啧啧……太惨了……"

蔡姚听着耳边别人的议论，已经毛骨悚然。转头想和关征说话的时候，他已经不知去向。

蔡姚四下张望想寻找他的位置，无奈前后左右已经被围观人群堵死，她想起关征说要进去，吓得整个人精神绷到极点。

"关征！关征！你在哪？！"蔡姚叫喊着，可声音很快被围观人群的呼声淹没了……

消防车越来越多，原本只看到浓烟的地方，逐渐已经能看到明火，喷水车对着会场大楼使劲喷着，从出口处陆续有人搀扶和抬出一些受伤的人。

蔡姚平生第一次看到这种灾难，心中情绪复杂难以形容。

关征将上衣脱下扔进大剧院门前的喷泉池，浸湿后披上直接进了会场，不顾消防人员的阻拦。

里面已经被浓烟包围，有些人已经躺在地上。

"咳咳咳……"关征捂住口鼻,却感到呛得心肝肺都要炸开了,人太多太挤,到处一片混乱,许多人都被困在安全门的出口、过道和楼梯等地方。

关征意识到在这么多人、这么大的地方找到一个人很困难,里面闷热而难以呼吸,东倒西歪的陈设,几乎拼了命想要逃生的人,都成为一幅鬼魅图一般,让关征一瞬间觉得恐怖异常,可既然进来了,他咬咬牙,硬着头皮往前走。

蔡姚被围观的人群夹在中间,耳边全是遇险者亲属的叫喊声,越来越多,越来越吵,最后竟夹杂着哭声。

被消防队员抬出来的人几乎都不同程度地受了伤。而她始终没看到一个熟悉的面孔,连关征也没有出来。

蔡姚被身后的人推搡到前面,几乎冲破了警戒线,围观人群的情绪越来越激动,接近两个小时了,有大批的人还在里面。

不知道过了多久,两个消防员抬了担架出来,一个男人趟在上面,旁边紧跟一个女人,哭着牵住担架上男人的手。女人的袖子破了一边,裙子大约在什么地方拖拽过,撕烂了一半,上面全是脏兮兮的污渍,头发凌乱,整个人几乎脱了形。

蔡姚定睛才发现那就是叶耀和关语沫,一时间由悲转喜,激动得跨过警戒线,没命地朝他们跑去,但她被警察拦在半路,只能大声叫他们。

"语沫姐!语沫姐!"蔡姚高兴得身体直打颤。

关语沫却始终没从叶耀身上回过神来,好像没听到蔡姚的叫喊,抓住叶耀的手,紧紧的,眼光中好像失去了魂魄。哭着求医生什么,蔡姚只远远地看到关语沫忽然跪在地上,而后被医生搀起,跟着那辆救护车驶离了大剧院。

蔡姚愣愣地看着那个方向还未回过神来,被警察紧急隔离了出去。

人群推搡间,她感觉到口袋里手机在震动,警觉地掏出来,看到竟是杨至恒打来,顿时心中血液都冲到脑际,连忙接听了,在听到杨至恒声音的一刹那,蔡姚几乎要哭起来:"杨至恒?杨至恒你没事吧?你在哪?我担心死了,我以为你……"

"我没事,你呢?我现在在路上,今天本来是作为特邀嘉宾去现场的,谁知道潘渔舟临时打电话说他不舒服,说什么也要我陪他来医院,所以没办法,我让邓副总代替我去了。刚看了电视,我还以为你在场内……"杨至恒的声音关切里带着庆幸,从听筒里能感觉到他周围风声很急,还有汽车发动机的声音,看来是在开快车。

第十章
那一场演出事故

"吓死我了,你不在就好。我没事,我今天竞聘面试,所以我把票让给了叶总,刚刚我看到他被抬上了救护车……"蔡姚已经带着哭腔,心里的害怕和伤心积聚在一起,一个大好的周末,被突如其来的事变为可怕的纪念日。

"程娇出事了,已经被送到医院了……"

"我听说了,你赶快去医院看看,听围观的人说,她伤得很重。"

杨至恒"嗯"了一声:"我想看看你再去医院,我已经快到大剧院了。"

"不用了,这里人很多很混乱,还有很多记者,你是这次演出的投资方,会有好多记者围堵你的……"蔡姚说了一半,被后面的人推挤,手机猛然脱手,掉在地上。人太多的关系,她弯不下腰,只能看着手机被人群踩来踩去。

准备抽身离开的时候,才忽然想到关征至今还没出来。刚刚放松的心情又重新紧绷起来。

经过了这段时间,救援工作已经进行得差不多了,越来越多的人是被抬出来的,有的已经没了呼吸。

关语沫和叶耀都已经出来了,关征到底在哪?

蔡姚忽然间慌了,不顾警察的阻拦冲到前面,拉住一个刚从里面出来的消防队员问道:"你看到一个穿着西装,长得很高,眉心有一颗痣的男人没有?他在什么地方?!"

"小姐,人太多,我们已经尽力救援,这么紧急的时刻,哪有时间注意谁眉心有没有痣?"消防员大约把她看成一个不太正常的女人,语带嘲讽地回答了一句就走开了。

蔡姚还在发愣,旁边一个安全脱离危险的观众冲她劝慰:"里面烟太大了,很多人被熏晕了就倒下了,还有的被踩在地上,门太小,人太多,能出来的真是命大的。"

蔡姚感觉脑袋嗡的一声,下意识地就要往火场里去,被维持秩序的警察猛然拦住:"小姐,请你赶快退到警戒线以外,不要让我们再分心来保护你的安全了可以吗?"

蔡姚鼻子一酸,看着门口的位置忽然落下泪来。

她知道,和关征恋爱的两年,既没有初恋的悸动,也没有别人所说的那种不可遏制的激情,她了解的关征是个现实的人,一个把面包放在第一的人,连她自己也没有想到,这样的感情能坚持两年。

"咱们恋爱吧。"关征那时候很严肃地跟她说,那种表情在外人看来真不像在表白,好像美国兵在汇报日本轰炸了珍珠港一样。

"成啊。"蔡姚那时候觉得再也找不回当年和杨至恒一起那股傻傻的劲头了,相亲19个,关征怎么说也算个条件不错的男生,索性答应了。

"我说的是以结婚为目的的恋爱,不是玩的。"关征依旧很严肃,竟然把结婚两个字强调了出来。

"看来你从前经常都不以结婚为目的而恋爱?"蔡姚反问,对他的神情忍俊不禁。

"你以为我像你?"关征反驳,嘴角却明显带着笑意。

和关征的恋爱中,风花雪月的场面少之又少,大多数是泡在他那间小公司里约会,两人曾经经常像五毛斗士一样,因为一个社会现象的不同观点争论不休,最后往往谁都没办法将对方说动,各自保留意见罢了。

两人一起吃杯面,一起讨论股市,一起研究修理空调。几乎没逛过公园,没看过电影,没去过游乐场。也许正是这种经历,让蔡姚觉得自己已经完全了解了关征,哪怕他一个眼神,一个动作,她都能明白他在想什么。关征是个工作狂,生活上比较邋遢,尽管西服熨烫得服服帖帖,笔挺帅气,出门让人感觉那简直是精英男士的代表,可家里简直就像猪窝。且据说在认识蔡姚之前,他每天早晨都不吃早饭。

后来蔡姚每天去上班的途中,会多买一个鸡蛋煎饼,路过他公司的时候就放在他楼下的传达室,让物业大叔交给他。

于是关征每天早晨必吃鸡蛋煎饼,吃了整整两年,竟没提出任何异议。

直到有一天物业大叔受不了了,见到蔡姚来放煎饼时,忍不住说:"我说姑娘,你也稍稍变点花样,每天都是鸡蛋煎饼,别说小关经理还得天天吃了,我看着都要吐了。"

蔡姚惭愧了,其实起初她只是图方便而已,家门口就有鸡蛋煎饼摊,后来渐渐就成了习惯,每天早晨下意识地就去买,不止关征每天吃这个,她自己也同样吃。

第二天蔡姚听了大叔的意见,改为买生煎包,谁知那天关征竟忽然打电话来询问她到底怎么了,为什么突然改变了样式。

蔡姚那时候想,这也许就真的是习惯。

她承认和关征分手后,有段时间真的不习惯,好像忽然少了些什么,没人和她吵架、争论了,反而显得空落落的。

"我不会只是个小老板的,我一定会有钱的。"这是蔡姚在认识关征以后，听到他唯一的承诺，他的志向似乎总和钱有关。

可在那两年里，她一直是支持关征赚钱的，她觉得他工作起来的样子，比平时有魅力得多。

蔡姚站在大剧院的广场上，渐渐地听到耳边的哭喊声高过起初的议论声，她心里暗骂着关征笨蛋，他本不该进去的，进去就是把命当成了赌注。

抹了一把眼泪，狠狠地跺了跺脚，而眼睛始终望着那一个方向。

火和水交融在一起，浓烟夹杂着水汽，离得五十米开外，已经看不清状况。

十几分钟后，出口的地方忽然出现了一个浑身熏得乌黑的男人，身上衣服全破了，头发也被烧掉半边，只剩两颗黑眼珠还在转动，两条胳膊一边抱着一个孩子，看情形是从里面冲出来的。

所有围观的人，眼光都聚集到那里，场面瞬间静了下来。

"大夫在哪？！快来看看这两个孩子！"那男人高声喊了一句，提醒了所有人。

三秒钟，急救的医护人员连忙跑过来接过那男人手里的两个孩子。

那声音蔡姚觉得熟悉极了，在大夫去救援的瞬间，她猛然意识到那个满脸乌黑的男人就是关征，从呆滞到惊喜，她激动地拨开所有人朝着那个方向跑去。

"……真的是你？！"蔡姚拼命冲过去，正面拉着他的胳膊，激动得眼泪直流。

"哭什么啊？我这不没死吗？"关征显然已经快耗尽了体力，可还是尽量把语气放轻松。

蔡姚咬咬牙，又气愤又高兴，说不上的酸楚感阵阵上涌："我巴不得你小子死在里面了！我都差点打电话订花圈了！"

关征笑了起来："傻瓜！"

"你猪头！而且是撞过树的笨猪！"蔡姚咬牙切齿，脸憋得红红的，眼泪却怎么也止不住。

猛然张开双臂抱紧蔡姚，在她毫无防备的情况下，低头干脆地吻了她一下。她感觉到关征身上很热，全是汗水和浓烟的味道。

"热死了！别碰我！我没你命大！"蔡姚发狠地推开他，红红的眼睛瞪着。

只几秒钟，关征晃晃悠悠地站住，整个人像是虚脱了，而后浑身无力地瘫倒在地上。

"喂喂！关征，你醒醒！我跟你开玩笑呢！"蔡姚吓得连忙过去抱住他，紧张地摇晃着，而他已经昏厥了过去。

今天过来找新闻的记者好像忽然间捕捉了猛料，快速围上来，对着关征和蔡姚一通猛拍，她下意识地遮挡，顺着光线她看到杨至恒的车就停在大剧院的一边，车窗开着，人群的缝隙让她清楚地看到了他，她确信他也看到了她……

医院里几乎被今天的伤者占据了，关征是由杨海成亲自打点的，安排了一间独立的VIP病房。

蔡姚始终没走，就坐在走廊上，直到记者寻了过来，将蔡姚围了两圈，拿着话筒摄像机，争先恐后地提问。

"蔡小姐，您对今天关征先生冲进火场英勇救人的事是怎么看的？"

"蔡小姐，听说您和关先生是恋人关系，是真的吗？"

"前些天博亚的新闻发布会上，关先生还被爆料暂时没有女朋友，那你们又是什么时候认识的呢？"

"蔡小姐……"

……

一堆问题和刺眼的闪光灯简直让蔡姚无从招架，她想逃开，可身边已经被围得死死的，只能惊愕地面对镜头。

几分钟后，保安忽然上前来拨开记者，想让蔡姚得以逃开，无奈还是有人追得太紧，走到拐角处，有一只手忽然拉住蔡姚，朝走廊的另一头跑去。她抬头看到是杨至恒，心里忽然间踏实了许多，被牵着跑了几步，渐渐回握住了他，从安全梯下楼，朝地下停车场去。

跑得上气不接下气时，她被杨至恒塞进了一辆黑色轿车里，发动了车子开出医院。躲开了狗仔队的追赶，蔡姚才长舒了一口气，她从来不知道，被人追着提问是这么痛苦的一件事。

"关征到底是怎么回事？"杨至恒的声音带着不悦，这口气多多少少有质问的感觉。

"英勇救人，你没看到吗？"蔡姚回答得四两拨千斤，她知道杨至恒要的不是这种回答。

"你们俩……"

"分手了。"

杨至恒没说话，可脸色依旧阴沉，开过了几条街，他将车子停在路边，转头看着蔡姚。

"这辆车你先开着，最近狗仔队也许会围堵你，有辆车方便一些。我还得回医院去看程娇，她还没度过危险期。你赶快回家吧，关征我们家会派人照顾的，毕竟他现在可是英雄。"杨至恒的话语中明显是生气了，还带着微微的醋意，自嘲，他讨厌在关征面前变得弱势的感觉，尤其是他发现蔡姚其实是在乎关征的。

"杨至恒！"在他下车的一刹那，蔡姚连忙叫住他，见他不为所动，索性追了下去，"你等一下。"

"这次事情闹得很大，势必成为媒体的焦点，关征那边你尽量少去，在家里休息休息，少抛头露面。"杨至恒提醒道。

蔡姚却不领情："出这么大的事，即使我不去看关征，那还有叶总和语沫姐，我能不去看看他们？我不怕抛头露面，不怕媒体曝光，毕竟我没做过亏心事，我和关征那也是以前了，何况这个城市里，关征只有语沫姐一个亲人，他们都进了医院，需要人照顾……"

"够了！你左一个关征右一个关征，他从火场一出来就抱着你，我知道你们俩有感情，你干脆承认自己还喜欢他，你回去好了！对着媒体说你喜欢他！"杨至恒情绪忽然失控，朝蔡姚吼道，心里说不出的嫉妒，只觉得那种感受像一团火，燎得火辣辣地难受。

蔡姚什么也没说，只是静静地看着杨至恒，也许是没想到他有这么大反应，一时间找不到回应的方式。

"算了，我去医院了，你赶快回家。"杨至恒转身朝马路对面走去，打算去那边的出租车接站点去乘车。

"你吃醋了吗杨至恒？"蔡姚在他背后大声问道。

他的身子明显顿了一下，却没有回头，两秒钟后继续朝前走。

"回答我！"蔡姚再次大喊。

"别自作多情了！你真是没救了，八年没变！"他狠狠地回应道，依旧没有回头，拦了一辆出租车驶离了这条街道。

蔡姚站着没有动，看着出租车越走越远，路上的风吹散了她的长发，让她觉得心上某个位置被人揪了一下。

她终于还是听了杨至恒的话，先回了家，在菜市场买了些食材，准备煲些汤晚上给医院住着的几个朋友送去。这次的演出伤亡严重，在车里听广播的时候，就听到伤亡人数已经破百人，公安局正在全力调查事故原因。

上了楼以后，潘渔舟已经把晚饭准备好了，看到蔡姚手里拿着的车钥匙，连忙问道:"杨至恒过来了?"

蔡姚估计潘渔舟认得这串钥匙,于是放在桌上,默默地摇摇头:"他没过来,把车先借给队了,最近狗仔队追得紧,怕我被围堵,说有辆车方便。"

"哦。原来是这样。"潘渔舟的脸色微变,只是语气还是从前那样,"他想得真周到,这车他挺宝贝的,说是他用自己赚的第一桶金买回来的。"

蔡姚忽然间也意识到了什么,看着潘渔舟,打起累了一天的心情劝道:"他今天恰好就开了这辆碰到我了而已,明天我就把车还给他,我妈那儿还有一辆雅阁放着没人开呢,我要是怕人围堵,开我妈的车就行了。"

潘渔舟刚刚微带紧张的脸色又重新回复如常:"也没什么,他既然给你了,你就开着,关征忽然成了英雄,成了焦点,你和他的照片都被曝了出去,被人围观很困扰的。"

蔡姚点点头,确定他没生气才撒娇道:"老潘,替我去煲个汤吧,多煲一点,我想给关征、叶总和语沫姐都送一些过去,他们全在今天出事了,一时间很难找到人来照顾。"

"没问题,而且我的水准你放心吧,保证全是真材实料味道好。"潘渔舟打了个响指进了厨房,过了一会又伸出头来,"怎么忽然对关征这么关心?你们难道有和好的趋势?"

蔡姚哧的一声笑了起来:"我和他在不在一起都那么习惯。不过坦白说,今天真觉得关征像个英雄,他进去是想救语沫姐的,没想到叶总和语沫姐已经得救了,我以为他困在里面了,谁知道他出来了,不仅出来了,还救了两个孩子。那两个孩子现在都醒了,可他还没醒。"

"你还喜欢关征吗?我觉得你和他还挺般配的。"潘渔舟忽然这么说,让蔡姚也感到了一丝异样。

从前潘渔舟是反对她和关征在一起的,他总说关征野心太大,好胜心强,不是一般女人能驾驭得了,劝蔡姚好好想想,而今天却一反常态,开始说服蔡姚和他重归于好,她察觉到了这点不同:"为什么?"

潘渔舟大约也尴尬了,边准备食材边答应:"其实也没什么,从前劝你好好想想的时候,你反而坚持了两年,能坚持两年的感情,说明是有基础了,而且现在关征的条件已经不同以往,是大老板了,经济基础也丰厚了。加上今天你也看到了,他现在是英雄了,他肯去救孩子,说明他内心是善良的,这样的男人适合你。"

蔡姚被潘渔舟的一席劝慰说得很不自在,她只觉得潘渔舟今天哪点不对劲,可又说不上来。

第十章
那一场演出事故

　　由于太累的缘故，蔡姚躺在沙发上很快就睡着了，再醒来的时候，已经是晚上十一点钟，潘渔舟将煲好的汤放在保温桶里，又用电饼铛做了几个热乎乎的面饼装在夹层里，一切准备就绪才去提醒蔡姚可以出发了。

　　蔡姚感激得无以复加："贤妻良母，等我嫁不出去了，我真的要嫁给你，这样我天天的起居就有保障了，反正你妈妈也认可。"

　　潘渔舟娇嗔了一声，那感觉真像个羞怯的大姑娘，蔡姚笑了起来，换了件衣服拎起保温桶出了门。

　　潘渔舟忙碌了一晚上，见蔡姚走了才叹了口气。那串钥匙，确实让他心里不舒服了，杨至恒一直视那车为宝贝，平时谁动了他的车，他甚至会发上半天脾气，却借给了蔡姚？

　　他思忖了一会，猛然看见桌上还放着蔡姚的钱包，想到一定是她忘了拿走，连忙拿起钱包追了出去，一直追到楼下，才看到她已经开车走远了。

　　"真是个迷糊。"潘渔舟边抱怨边讪讪地往回走，钱包在手里掂量掂量，沉沉的，应该放了不少东西。蔡姚是个喜欢办理各种会员卡的人，钱包里塞满了各种各样的卡，甚至有撑爆的嫌疑，可她还是继续用着，好几年也不见换一个，潘渔舟知道她不是节俭，而是因为懒得换。到了楼道里有灯光的地方，潘渔舟才看清钱包破损的边缘似乎有个东西伸出了一角，看起来像是大头贴纸的一边，轻轻拽了拽，相纸逐渐露出端倪，是个穿着学生装女孩的侧脸，他索性将相纸全部抽出来，是一张老式的大头贴，多年前流行的那种，照出来人显得很夸张，皮肤也白得失真。可这两个人着实让潘渔舟吃了一惊，竟然是杨至恒和蔡姚……

　　蔡姚看起来很开心，侧着脸吻向杨至恒，两手抱紧他的胳膊，看起来亲密异常。

　　潘渔舟瞬间觉得脑中嗡了一声，恍惚中眼前有金星闪现，他连忙扶住墙壁，想把大脑空白的片刻补过来。

　　不会的，不会的，潘渔舟努力说服自己不要多想，杨至恒和蔡姚都跟他讲过他们之间从前的经历，只说了杨至恒是蔡姚母亲的学生，帮助蔡姚辅导过功课，因为杨至恒的严厉，两人闹过误会而已，仅此而已，怎么会变成这种关系？杨至恒说只喜欢过一个女孩，虽然从没透漏过是谁，可凭着潘渔舟的感觉，应该是程娇才对。怎么……

　　他忽然联想到杨至恒将自己的车借给蔡姚的事，还有蔡姚对杨至恒的态度，随性自然，显然是曾经熟悉的人才敢于表露出那种态度。那就是说，他们才是曾经那一对？她才是让杨至恒堕落放纵自暴自弃的那个女人？

潘渔舟感觉到心里一阵恐慌……

那就是说，目前是杨至恒和蔡姚同时在瞒着他？那么他们之间是不是早已经……

潘渔舟感到浑身发凉，拿着钱包的手逐渐握紧，头上青筋突出。

不可能，不可能的……他已经部署了这么久，做了这么多，一切都已经在他的掌握中了，原本过了这一次，已经是无后顾之忧了，怎么会变成这样？杨至恒爱的那个女人竟然是蔡姚……

蔡姚来到医院的时候，已经夜深人静，狗仔队已经散去，医院里静悄悄的，明亮宽敞的走廊里，偶尔有医药车的声音。她先去了关语沫的病房，里面空空的一个人也没有。她顺着病房一直走到监护室门前，才看到一个瘦弱的女人披着外衣等在门前，蓝色条状的病号服，紫色的外套，披散着头发，从后背蔡姚就认出那是关语沫。

"语沫姐。"蔡姚轻轻叫了一声。

她回过头来，眼睛已经红肿不堪，见到她忙抹了一把眼泪："蔡姚，你来了？"

"是啊，来看看你、叶总、还有关征。"蔡姚将保温桶先放在护士站的吧台上，又帮关语沫披好衣服。

"关征也进了医院？"关语沫诧异地问，看来她还不知道自己的弟弟已经成了救人英雄的事。

"是啊，他为了救你进去的，可能是人太多太混乱，他没找到你，最后却救了两个孩子。"蔡姚坦白了他的事迹。

关语沫点了点头，额头上贴了创可贴，抬眼的时候，眼角处显出了一丝鱼尾纹："他现在怎么样了，我跟你去看看他。"

蔡姚拦住她的举动，想搀扶她回病房："关征出来的时候生龙活虎，就是被烟熏得黑了点，抱着孩子消耗了点体力，没什么大碍，肯定比你现在状态好得多。倒是叶总，他现在怎么样了？"

关语沫眼泪重新盈上眼眶，心里一酸："他的后背有一块位置重二度烧伤，胳膊因为用力支撑我的重量，被鉴定为骨折，肩膀有一处被硬物划伤了。要不是因为我，他根本不会这样……"

蔡姚愧疚，要不是自己给了叶耀和关语沫两张演出票，这种大祸也不会降临到他们头上："语沫姐，其实叶总是真的爱你……"

"我知道，这些我都知道……如果不是我顾虑太多，畏首畏尾，我们早就已经结婚了，我就是个庸人自扰，惹人讨厌的女人，只因为我太在意周围人的评价，总是考虑那些遥远的，不知道会不会发生的事，才把大好光阴都浪费了。我就是个傻子！"关语沫咬着嘴唇摇头，身体剧烈颤动。

"语沫姐，叶总没事的，等他好了，出院了，你们就能永远在一起了……"

蔡姚心疼地抱着她，突然间竟开始为她庆幸，或许这一次，让她彻底明白了这段感情对她的意义。

第十一章　程娇之死

进入关征的病房时，已经超过了零点，室内灯关着，关征回身朝窗子的方向侧睡，被子盖得严实，一室安静的氛围，让蔡姚不敢出声。

蹑手蹑脚地进来，将保温桶放下，准备离开的时候，忽然有人从后面扯了一把她的裙子，吓得她抑制不住叫了起来。

"怎么？刚来就要走？"关征的声音是半窝在被子里发出的，听起来并没有睡意。

"你流氓啊？"蔡姚原本是想好好地来看看他，此刻那一点关切的情绪都被他搅没了，干脆打开了房间的灯。

关征连忙把整个人往被子里缩，一脸尴尬地阻止她："别开灯别开灯！"

蔡姚疑惑，审视地看着他，笑道："怎么了大英雄？还怕光？不会今天没穿底裤就睡觉了吧？"

关征瞥了她一眼表示不屑，用眼神示意她坐在一边的凳子上："你有点女人味没？半夜造访，我一脸狼狈怕吓着你。"

"唉？大夏天的，睡觉还戴帽子？"蔡姚终于发现了问题的所在，上前趁他不备，将他头上一顶布帽摘了。

映着屋里的灯光，一个光亮的脑袋展露无余。关征顿时从脸颊红到耳根，抓起枕头就要遮挡。

"别挡别挡，羞什么啊？"蔡姚调侃，"你不会是让大师算了一卦，就开始诚心向佛，要剃度出家了吧？"

"我……这是医生非让剃的，说已经烧掉一半头发了，幸好没伤到头皮，为了整体效果，只能全剃了重新留。"关征显然对于这个结果不满，但无计可施。

蔡姚抢过他的枕头，仔细审视了一下光头的关征，抑制不住想笑。关征拿被子挡，拿手护，均被蔡姚拦下。

"不带这样的，别把自己的快乐建立在别人的痛苦上，不厚道！"关征抗议，两条胳膊上举护住头皮，整个人气鼓鼓的。

蔡姚这才发现其实关征剃光头竟然也很帅，可能是因为头型饱满，皮肤较白的缘故，和平时完全形成两种风格。

"真的，关征，我觉得你特适合这种发型，你去整个容，应该可以演一个非常有名的角色。"蔡姚故作认真状。

"什么角色？"

"一个带有玄幻色彩的神话故事里的人物。"

"唐三藏？"

"不，伏地魔。"

"滚！"

蔡姚笑得前仰后合。

"咚"的一声，枕头直直地朝她砸过来，蔡姚应声倒地来配合他的动作。

关征终于笑了起来，两人互相盯着对方，忽然间蔡姚觉得他特傻："秃瓢。"

关征的眼睛快瞪出火来："死女人，不教训教训你，你还没完了是吧？"

他起身要来抓她，吓得蔡姚抱着枕头到处躲："喂喂，注意英雄形象！"

关征这一天体力消耗太大，追了几步已经累得气喘吁吁，终于表示缴械投降坐在病床上。

"你别打肿脸充胖子了，赶快好好休息，你今天吸入很多浓烟，加上抱着两个孩子跑了这么远的路，不好好调养，恐怕你中年以后肾虚谢顶三下巴都出来了。"蔡姚将枕头垫在他身后，又把被子替他盖好，"我带了老潘炖的虫草鸡汤，他的手艺绝了，喝两口再睡？"

"当然要喝，很久没尝过老潘的手艺了，以前他见我总是很敌视，让我一度以为他是喜欢我呢。"关征接过蔡姚递来的汤碗，轻轻喝了一勺，"味道还真不错。"

"自作多情！老潘是个好人，对别人的关心总比对自己的多，他从前总怕我被你骗了。"蔡姚坦诚，将保温桶盖拧紧。

"可事实上是你骗了我。"关征半真半假地抱怨，惹得蔡姚白了他一眼。

"说说你今天在火场的感受，你是怎么救了那两个孩子？"蔡姚忍不住八卦，特想听他这个"英雄"的事迹。

"你想听真话还是假话？"

"你说呢？"

"真话就是我想到了国家和人民对我的教育和栽培，我作为一名民营企业高管，关键时刻要有舍己为人的精神……"

"我还是听假话吧。"蔡姚面无表情地打断了他的话。

第十一章 程娇之死

关征面露无奈地看着她，将汤碗放下："要不是为了救我姐，我今天恐怕还真没勇气进去。里面太可怕了，人在生死关头的时候，都会表露出丑陋的一面，恨不得以别人的死为代价来换取自己的生。那两个孩子是死命拉着我，求我救他们的，我心一软，抱起他们就走了，不过我该谢谢他们，因为带着他们，我比以前更怕死了，一路跑得比兔子还快，如果不是这样，我恐怕根本出不来。"

蔡姚安静了，关征从来不在她面前说谎，她知道他今天受到很大触动。

"我不是什么英雄，我是个自私的人，只是凑巧而已，真的。"关征双手搓了搓脸。

"虽然你是个伪英雄，但奇怪的是，我没觉得你多恶劣，是不是因为我早已经认清你的真面目了？"蔡姚忽然笑了，拿过他手里的汤碗。

"在你心里，我早就面目可憎了，哪儿比得上心慈面善的杨至恒。"

"能不能别提他？"

"OK，不提可以，不过我要再来一碗，这汤喝得胃里面挺舒服的。"

关征伸手示意她再盛，蔡姚却不答应："你刚才喝了一大碗了，今天的份额已经没了，因为数量不多，语沫姐还一直站在叶总的监护室旁呢，怎么劝她都不走，等会儿我还得去陪陪她。这汤还得给她留点。"

"我姐在监护室门前？"关征脸色微凛，抿着嘴唇，从鼻孔里不屑地哼了一声，刚刚的放松感完全收起。

"是，说实话，我挺羡慕语沫姐的，有你和叶总舍命相救，如果今天我困在里面……"

"那我也会去的。"

蔡姚抬眼朝关征看过去，确定他不像是在开玩笑，忽然欣慰地笑了起来："你为什么那么讨厌叶总，我能知道原因吗？"

关征缄口不言，神色逐渐凝重。

"算了，当我没问。"蔡姚表示放弃。

"你知道吗蔡姚，我姐虽然跟我是重组家庭的孩子，没有血缘关系，她却对待我很好，从小到大就像亲姐姐一样。我们家虽然不富裕，却过得很和睦很开心，当年她有个男朋友，很优秀很般配，就因为叶耀的出现，所有都变了，我终于认识到钱的力量，我亲眼看到我姐哭着从他车里出来，衣衫不整……"

蔡姚内心还是向着叶耀的，完全不敢相信他会做出这样的事："也许是一场误会……"

"我也希望是误会。"关征的眼神里充满了恨意，冷冷的笑容像利剑一般，"可后来有一次偶然的机会，我在他的车里竟然发现了一本不堪入目的杂志,全是人体写真,怎么都没想到,那上面全是我姐……"

蔡姚震惊地看着关征,一时间不知道该说什么。

"凭你对我姐的了解,她会拍这种东西吗?而叶耀竟然长期放在车里欣赏,他不是流氓变态是什么?我姐去支教,一定也是为了躲开他,因为他有钱,他可以无所不在,可以控制所有,而我们是普通人,所以注定受欺负受侮辱,这公平吗?所以从那以后,我就决定我一定要变得有钱,一定要强大起来!只有这样才能保护我姐姐。我要做博亚的接班人,目的之一也是这个,我要用我自己的方法和叶耀抗衡。"关征的眼睛微红,连声音也沙哑了。

"感情的事,你不是当事人,永远不能明白其中的真相。他们纠缠已经六年了,可能你从前的理解,到现在已经完全变了样子,别再用你的理解给语沫姐造成困扰了,你只是一个旁观者,她能解决好自己的事!"蔡姚不知道他们从前发生过什么,可如今她知道他们是相爱的,那些所谓的不堪的过去,已经无法改变这种事实。

"女人的心真是奇怪,千方百计对她好的人,她不记得,反而伤害她越深越重的人,她时时刻刻放在心上。"关征说这些时,掺杂了无奈。

"叶总对语沫姐很好的,怎么叫伤害她越深越重?你也太夸大其词了吧?"蔡姚反驳。

"我说的是你!"关征忍不住纠正道。

蔡姚怔了一下,忽然间无言以对,她承认关征说得对,她明知道和杨至恒早已经没有可能,却傻傻地在这些年里,固执地不肯放弃。

和关征的谈话还未结束,走廊上传来一声凄厉的哭叫,是位中年妇女的声音,一室宁静被这一声打破。蔡姚和关征一起望向外面,他要站起来,被蔡姚拦住了。

"你好好休息,我出去看看。"蔡姚心中有种不祥的预感,整个人随着哭声而忐忑不已。

走廊上回声很大,只剩那个女人在哭,在另一头的重症监护室门前,两个人搀扶着她,那女人看起来五十几岁的样子,此刻感觉已经快虚脱了。

"怎么会这样……怎么会这样啊……"那女人一直念叨着,哭声惨烈,让蔡姚也不觉落泪。

回过身的时候,蔡姚才看清搀扶那女人的竟是杨至恒。

从监护室里缓缓地推出了一具盖着白布的尸体,那女人像疯了一样扑上去,在掀开白布的一瞬间,蔡姚清楚地看到那个人就是程娇,此刻已经脸色苍白,头发蓬乱,浑身僵硬。她一时间不能接受这个事实,上个礼拜还那么活生

第十一章
程娇之死

生的灿烂女人，今天却躺在这里。生命之脆弱让她来不及接受这种剧变，尤其在看到杨至恒后，她忽然有种沧海桑田的感觉。

蔡姚愣愣地看着尸体从她眼前推走，心跳好像在那一瞬间停止了，只剩下惊恐、难过、感叹和空洞。

杨至恒没有和她打招呼，而是跟着程娇的母亲离开了，他的步子很沉重，艰难而痛楚。蔡姚没想到程娇会这样走了，直到听说她出事的时候也从未想过。

不知过了多久，关征帮蔡姚披了件小外套，和她并肩站着，站在空荡荡的走廊里，两人都没再说话，却都感到这个夏夜竟然有深深的凉意……

每一次灾难中，总有幸运和不幸的，可能一个偶然的机会，就改变了全部命运。

程娇的葬礼举办得很隆重，墓地奢华典雅，送葬的队伍浩浩荡荡，据说有很多是她的粉丝，包括关语沫。

程娇是个专业的舞蹈演员，在葬礼上，不停用屏幕播放着她曾经的演出和生前各种照片，杨至恒全程参加了，一直到深夜也一直守在程娇的灵前，这些天他几乎没跟别人交流过，整个人因为胡子渐长而显得颓废不少。

媒体依然穷追猛打，对杨至恒和程娇的事大加报道，"情深不寿"、"飞来横祸"、"痴情送亡灵"等标题纷纷出现在各大报刊上。

这次事件死亡人数官方报道说是35人，受伤人数达200人以上。几乎引起了社会各界的关注。

叶耀因为受伤的关系，一直住在医院，关语沫每天都来陪他，一场灾祸让两个原本已经分手的人重归于好，这也许算是唯一值得庆幸的事吧。

关征的新闻几乎已经和程娇分庭抗礼了，他的英勇救人事迹，成了这次事件的一个亮点。被救的两个孩子的家长登门道谢，送来了一堆答谢礼，当着他这个恩人的面，还朗诵了一首诗歌。

而他装模作样的每天顶着帽子才敢出门。

蔡姚发现自从出了这件事以后，杨海成更加频繁地带关征出席各种场合，而每逢记者必提问有关他救人的事。

他似乎没再跟人说过那天他告诉蔡姚的那种救人的始末，反而用各种言辞包装了那段故事，经过报社记者的改编，当蔡姚在报纸上看到的时候，那几乎就是个经过加工的英雄故事。

"前几天发生了这么可怕的事，警察也只查出原因说是系统故障，电路老化，正在追究责任人，可我老觉得这里面猫腻大了，没准是哪个大款设计害死总是纠缠自己的小三，或者是小三想设计害死情夫的原配……"谢晨晨神神叨叨地跟蔡姚推测，边说边用刀叉比画着。

"大姐，你平时也少看点八点档狗血电视剧。"蔡姚摇摇头表示受不了她。

"我这是合理推测，你看最近发生了多少事，天还总是阴得不正常，预报说近期可能有大到暴雨。今年果然是传说中的世界末日。"谢晨晨一通感叹，神神叨叨的方式让蔡姚更觉得惆怅。

"我最近右眼总是不停地跳，心里老是发慌，也不知道是怎么了，天天睡觉都不踏实。"蔡姚揉了揉自己的太阳穴，一副虚弱劳神的样子，身子倚着靠背，对着一桌餐点，一点胃口也没有。

"你是被吓着了。"谢晨晨帮她分析道，"那天现场这么混乱，这么可怕，你在门口真有勇气，迎来送往这么多死伤，心里受了不小的打击吧？"

蔡姚抿嘴，脸色沉重，这些天确实都处于精神紧张状态，一闭眼就能看到很多，整个人瘦了好几斤："我在乎的人后来都平安地出来了，可是在听到别人伤亡的消息，我还是觉得自己无法承受。"

"你和关征快和好了吧？报纸上都登出你们俩抱在一起的照片，还说是患难见真情，看来你们俩好事将近才对。"谢晨晨眯着眼睛调侃，咧着嘴唇整个人看起来像只猫。

"没影的事，我和他是和平分手，所以没什么仇恨，见面还是朋友，而且比之前更无话不谈了，至于和好，我看是没那可能了。"蔡姚知道关征的为人，他不会冲动任性不计后果，他总是步步为营的，分手也是他向上的道路中的一个环节。但事到如今，蔡姚觉得自己并不恨关征，甚至一点都没反感他的功利。

"别说得这么死，一切皆有可能。"

蔡姚看到谢晨晨认真的样子，忽然笑了起来。

"对了，你竞聘的事怎么样了？有结果了没？"谢晨晨边吃边询问，见蔡姚不动，将盘里的鸡翅放到她的餐碟里。

"最近叶总住院了，竞聘的结果还没公布，说是等他来了审核签字后才公布，谁知道结果怎么样。"蔡姚怏怏的，这几天早把这事抛到脑后了。

"这可是事关前途的大事，不能马虎，我要是还在宏盛，也会去拼一把的。"

第十一章
程娇之死

蔡姚点点头，看到手机里显示着中午1点半的时间，才赶忙催促谢晨晨："赶快吃，等会儿我送你回公司。"

谢晨晨大约没想到蔡姚今天开来的车这么拉风，而且车牌号让人过目难忘，有种似曾相识的感觉，直到看见博亚集团的通行证，她才猛然反应过来这车是杨至恒的。

"哇！阿姚你太牛掰了！怎么把杨总的车都搞到手了，你真是深藏不露啊！"谢晨晨激动得花枝乱颤，抱着蔡姚的胳膊直晃，"赶快从实招来，你和他有什么关系？"

蔡姚示意谢晨晨上车，而后发动了直接往博亚的方向去："老朋友罢了，我是去还车的，前些天我被狗仔队围堵，他把车借我避难，现在该还给他了。"

"交情不浅啊，他可不是随随便便借别人车的人。阿姚，你这回答太不让人满意了。"谢晨晨好像逮到了八卦，硬要刨根问底。

"我说的比金子还真，信不信可随你，还了车以后，我今天请了半天假，得回去陪陪老潘，他最近好像情绪不太好，很少讲话，即使说也是说一些莫名其妙的话，真让人捉摸不透，我想是他最近太寂寞的原因。"蔡姚猜到可能是杨至恒经历了程娇去世的事，有一段日子没和潘渔舟来往了，甚至有断交的趋势，他一定伤心了。

"说起来我前天见到潘渔舟了，在离我租的房子不远的早市上，我不确定我有没有看错，但是真的很像，他买了好多金箔、黄纸、冥币什么的，装了好一大袋，不知道想去祭拜谁。"谢晨晨回忆道，末了还自言自语了几句，表明自己并不确定。

"你肯定是看错了，老潘这个人很节俭的，他自己折的元宝，穿的金箔很精致，每逢清明他都自己动手，根本不去买现成的。"蔡姚很确定潘渔舟的作风，他哪怕彻夜不睡赶着穿箔，也不会花这种钱。

谢晨晨依旧带着疑惑，可听到蔡姚说得肯定，也只好点了点头："也许是我看错了，毕竟我在车里，真的不是很确定。"

车开进了博亚的大门，保安伸出头来跟蔡姚打了个招呼，一脸谄媚，她想这保安一定把她当成了杨至恒的亲信了。

蔡姚把车停到地下车库，中午的时分，公司里出门的人较少，加上天气闷热，鲜少有人下楼取车，车库里整齐地放着一排排车，却完全看不到人。还没下车的时候，谢晨晨忽然阻止了她开车门的举动，手指放在嘴唇上"嘘"了一声，用眼神示意她朝另一边看。

蔡姚不得不感叹杨至恒的车贴膜太给力了，在外面完全看不到里面，防晒遮光的效果相当好。

她看到一辆银色的奥迪开进了车库，谢晨晨连忙向蔡姚爆料："这是关总的车，他很少中午出去的，今天不知道是什么日子。"

"他这人异于常人的，冬天游泳，夏天吃涮羊肉。看这情形，没准是大中午出去遛弯。"蔡姚跟她分析着关征的习惯，并没有觉得有何异常。

"别着急，等等看。"谢晨晨不死心，拉着蔡姚蛰伏在车里等着。

过了两分钟，忽然有个人从车库另一边骑摩托进来挡在了关征车的前面，伸手拦住他，看衣着，是那种迷彩的圆领衫和短裤，头发理得奇短，皮肤黝黑，从骑车的架势上来看，像个社会上的小混混。可不知为什么，但从背影就让蔡姚觉得很熟悉。

关征的司机先下了车，和那个迷彩服男理论了几句，看手势是让他走开，而他却仍旧不动。推搡了几下，那男人将两条胳膊袖子撸了上去，左臂上忽然呈现出一条青色的蟒蛇图案。蔡姚惊了一下，内心突突直跳。

那男人始终是背对这边，反倒是关征的司机一脸不耐烦的神情始终呈现在蔡姚眼前。

谢晨晨好像逮到大内幕一般，在蔡姚耳边不停地表功自己留下来的正确性："快看看，阿姚，你说关总这是和谁结怨了啊？不会是没来博亚以前欠人高利贷了吧？不过也不对啊，如果是这样，那以他现在的实力，应该早还上了，即使还不上，还有董事长替他撑腰呢，那估计是小混混想敲诈，不过这也太明目张胆了……"

"别吵，等等看。"蔡姚适时地提醒她闭嘴认真看。

果然没过一会，司机转头从车窗里和后排的人说了几句什么，从侧面打开的车玻璃，能隐约猜出是关征。

司机从里面拿出一张卡，对着那男人教训了几句，将卡扔给他。那男人连忙装进口袋，司机愤愤地上车，绕开他开进了专用的停车位。

由始至终，蔡姚始终没看到那男人的脸，可那条文身她认得，这种特殊的图案是当初她的杰作，是为了庆祝阿艇拿到三年酒吧摇滚王子称号的礼物，当年阿艇很高兴，到文身馆里把这幅图案文在左手上臂上，应该没理由和别人重样，这么说，那个男人就是阿艇？

不，杨至恒之前说阿艇犯绑架和故意伤害罪，已经进了监狱，难道他已经出狱了？可这又怎么会和关征扯上了关系？

112

第十一章
程娇之死

谢晨晨见蔡姚脸色不好，轻轻碰了碰她的胳膊问道："你没事吧？是不是把你吓到了？"

蔡姚回过神来，摇了摇头："没什么，关征估计和人有点误会吧，做生意难免的。"

谢晨晨点头表示同意，又等了几分钟才下车："我得去上班了，你自己回家小心点，有事给我打电话。"

蔡姚答应着，心里却说不出的担心。

杨至恒下午见到关征的时候，他依旧戴着帽子，包了整个头皮，整个人却显得比从前更神采奕奕了。

关征是个以事业为重的人，在医院休息了没两天，就着急忙慌着来上班，似乎生怕耽误了什么。两人擦肩而过时，关征忽然关切地提醒他："至恒，潘渔舟来找你了，我让小王秘书先带他到小会议室休息，等了有快半小时了，你赶快看看去吧。"

杨至恒脸色微变，虽然知道关征实则在讽刺他，可依旧保持着风度："知道了，多谢提醒了。"

关征离开的时候还吹了两句口哨，让杨至恒更觉得愤懑。

打开小会议室的门，潘渔舟果然还坐在那里，原本在出神，见到杨至恒过来，高兴地站起来："至恒，你终于来了，我……"

"有什么事吗，渔舟？"杨至恒朝他温和地笑了笑，示意他坐下。

潘渔舟感觉到最近杨至恒一直在刻意地和他保持距离，不提见面，很少接电话，甚至少到一个月也不问一句的地步。他知道再这样下去，他们之间就真的渐渐变成陌生人了，他害怕这种事情发生，哪怕吵一架，哪怕哭一场，也比这种不咸不淡，慢慢疏远的感觉好多了，他知道杨至恒从来不会和他吵，他们之间永远吵不起来，可就是这种情形让他觉得心慌。

"没，没什么，自从程娇的事情以后，我们再也没见过面，打电话你也不接，已经很长时间了，我担心你，所以只好来你公司找你……"潘渔舟连忙拿出自己拎来的餐盒，"我还给你带了下午茶，你喜欢吃的金丝酥也有。"

杨至恒只是淡淡地一笑："最近婚纱店还好吗？翠竹山那边的摄影基地，你很久没去了，股权一直给你保留着，你随时可以去经营。"

潘渔舟神色一黯，手上的动作也停止了，抬头看着他："翠竹山那边是挺好的，只是离这边太远了，我怕我去了以后，很久都见不到你，你又没时间陪我去……"

"渔舟，咱们不是早已经说得很清楚了，我们要以兄弟相处，你是个很好的男人，也是我的恩人，从前一来我受了打击，二来是为了气我爸爸，才故意让他误会，但是现在我觉得自己当初的想法都很傻……"

"我不信！"潘渔舟打断杨至恒的话，瞪着眼睛不肯放弃，"是不是那个女人回来了？你喜欢的那个人回来了？她不是程娇对吗？"

杨至恒脸色凝重，或者没想到潘渔舟看穿了他的心思，一时间还不能坦然接受自己的内心，被他追问来去，心一横答道："是，我又见到她了，她不是程娇。"

"那你告诉我，她是谁？"潘渔舟极度渴望知道这个答案，哪怕心里已经猜到了，可还是抱有一丝希望，希望杨至恒的答案和自己想的是不同的。

"渔舟……你听我说……"

"我只想听你说她是谁？！"

"你冷静一点！"

"我不能冷静！因为你不说，我也已经猜到了，她就是……"

忽然间有人猛敲了会议室的门打断了潘渔舟的话，是秘书小李，大概是听到有人争吵，带着两个保安过来看看。

"杨总，没事吧？马上在大会议室开这个季度的销售总结会。"小李恰到好处地想帮杨至恒解围。

"知道了，我这就来。"杨至恒答应着，回头想和潘渔舟说两句什么，潘渔舟愤恨地夺路而逃，完全不想听他下面的话。

潘渔舟一路奔到安全梯的位置才停下来，外面阳光强烈，忽然让他觉得一阵眩晕，杨至恒没有说，而他已经确定了那个答案，一个他从前万万没有想到的答案。咬了咬牙，强迫自己冷静地思考下去，片刻后，重新转回博亚的走廊里。

关征刚上完洗手间，打算洗把脸去开会的时候，从镜子里看到了潘渔舟的身影，就站在他身后，不声不响，吓得他猛然转过身，看到潘渔舟脸色发青，神色恍惚，眼底却全是恨意。

"老潘？你干吗呢？这么站在人身后，装午夜凶铃呢？你怎么跑到这儿来了？"关征被吓了一跳，抱怨他的失礼。

潘渔舟没有回答他的一连串问题，反而眼神直直冷冷的，看起来让人觉得心中发毛："我只是想来问你一个问题。"

关征不知道他的意图，似笑非笑地摊了摊手："什么问题这么严肃？要不到我办公室说说？"

"你喜欢蔡姚对吗?"潘渔舟显然已经打算刨根问底。

关征好像被问到了心事,忙掩饰地笑了笑:"我们已经分手了,这你应该很清楚。"

"我问你还喜欢她对吗,你的所谓分手,只是因为你失望了,伤心了……"

"这和你有关吗?"

"你只要回答我,我想要一个确切的答案,只要你给我一个答案,我会帮你。"潘渔舟俨然一种谈判的神色,眼睛里充斥着一团火,红得可以把和他对视的人烧成灰。

"对,没错,是这样,可这样又怎么样?我不需要你帮忙,我自己的事,自己会解决好,不需要任何人插手!"关征冷静地拒绝,他看出潘渔舟今天不同以往,那种懦弱婆妈一扫而光,取而代之的是一种极度冲动的情绪,关征隐隐地看出,那是恨。

"别把话说得那么早,我是蔡姚的死党,有我的帮忙,你会事半功倍。"潘渔舟显然已经抛出了诱饵。

"说吧,你有什么条件?"关征猜到潘渔舟这么说一定不那么简单,索性问个彻底。

"没有任何条件,什么条件也没有,单纯地希望你们俩在一起而已,就这么简单。"潘渔舟越来越让人猜不透。

关征知道潘渔舟在筹谋着什么,他能猜到那一定和杨至恒有关。

第十二章　潘渔舟的秘密

蔡姚回到家里才看到潘渔舟根本不在,婚纱店也没有他的身影,原本请假陪他的计划彻底泡汤了,打电话竟然也没人接。

蔡姚觉得潘渔舟最近怪怪的,并且越来越怪,他的房间从前总是大敞着门,现在居然每天关得紧紧的,屋子里也收拾得少了。

她猜想是因为最近是婚纱摄影的旺季,很多新人在为秋天的婚礼做准备,现在纷纷预订拍摄,他一定是忙得够呛,加上前些天关征他们住院,她每天都麻烦潘渔舟煲汤,一定也耽误了他不少时间,不禁觉得心中愧疚。

换了件衣服,蔡姚索性开始准备今天的晚饭。平时都是潘渔舟准备,她坐享其成,今天她决定为潘渔舟服务一次。

淘米、洗菜、切菜,将锅里放上水,打开灶具,整个过程蔡姚不算熟悉,倒也做得起来。只是寻找蒸锅的时候,才发现柜子里面好像被什么卡住了一样。

蔡姚使劲拉扯,蒸锅依旧纹丝不动,她连忙找来了手电筒,才猛然发现橱柜里面被塞入了什么东西,是一个大铁盒。她很少打开橱柜,从来不知道这里面还有一个那么大的盒子,用老式的三环黑锁封上,从外表看起来更像一个大号的工具箱。

饭做了一半,整个厨房却弄得乱七八糟的,蔡姚正在思忖这个大铁盒的来历时,才听到自己的手机不住地响。在围裙上擦了把手,拿起手机来才看到是关征打来。

"蔡姚,赶紧到中心医院来,老潘刚刚在我面前昏倒了!"关征的身边似乎还有救护车的声音,没等蔡姚回答,电话就被挂上了。

听着"嘟嘟"的声音,蔡姚吓得愣了几秒,"昏倒"两个字简直把她的魂吓飞了,连忙脱了围裙朝医院赶去。

最近身边的人接连住院,让蔡姚这个无神论者现在也开始怀疑是不是有霉运缠身。外面天阴得可怕,预报说最近有大到暴雨,风缠绕着树枝摇曳,路上行人已经被大风刮得到处躲避。

她开着母亲的那辆雅阁,一路飞奔朝医院赶去,迎着天空的闷雷和越发暗淡的天色。

跑进病房时,蔡姚看到潘渔舟躺在床上,虽然已经醒了,可身体依旧虚弱,关征站在门外,来回走着,蔡姚不明白他为什么始终没进来。

"今天公司还有销售总结会,销售这一块还是我分管的,我都没去,就因为老潘忽然找我的时候,整张脸苍白得像纸一样,吓得我连厕所都没上,我怕他有什么事,没法向你交代。"关征用眼光从病房门玻璃朝里面看了一眼,"你赶紧进去看看他吧,他今天情绪不好,说了很多胡话,可能是杨至恒刺激了他,他们可能断交了,我猜的。"

蔡姚一路跑来,已经累得气喘吁吁,点了点头,轻轻推开了病房的门,她没敢告诉潘母这些,怕她担心,几乎每次潘渔舟有事,都是蔡姚带他过来,久而久之,真正了解潘渔舟心事的人,只有她一个。

潘渔舟虚弱地睁开眼睛,嘴唇发白,看着蔡姚就坐在她旁边,心里那一阵复杂的情绪都淤积在胸。和她同租房子三四年的时间了,想起曾经那些往事,潘渔舟曾经觉得自己庆幸遇上了蔡姚,可现在又觉得自己不幸遇到的是蔡姚。

第十二章
潘渔舟的秘密

当年她还是刚毕业出来找工作的女孩，在网上发布信息找寻合租房子的室友，上面注明了条件是"女性"、"温婉贤淑"、"会做饭"、"未婚"。

潘渔舟当时只觉得自己除了是个男人以外，其他的条件几乎完全符合，他拉着箱子站在蔡姚家的门前，当时已经是中午11点钟，而蔡姚像是被他从睡梦中惊醒，头发蓬乱，睡衣打褶，踏着拖鞋，睡眼惺忪的模样。

"我不是说了吗，我要个女的，你一个男的凑什么热闹？"蔡姚不满意，伸手要把门关了。

潘渔舟连忙按住门板，在她还没反应过来之际，已经拉着箱子进门了。一屋杂乱无序地展现在眼前，蔡姚也觉得不好意思："谁让你随便进来的！这是我家！"

"我来帮你吧，我可以帮你收拾，帮你打扫，帮你做饭，我挺需要一个地方住的，因为我每月工资只有1500块。"潘渔舟放下东西，撸起袖子开始帮她打扫，手里的动作麻利而仔细。

"才1500？！"蔡姚简直看他像看一个来讨饭的骗子，"我可告诉你，我这房子房租一个月都1800，两人分摊还每人900呢，你一个月工资才1500，去掉房租还剩600，你打算喝西北风啊？"

潘渔舟将桌子上蔡姚昨天的泡面盒子和零食袋收拾干净，将用剩的餐巾纸扔进纸篓，拿起抹布来将茶几擦了个干净："你在网上说，你这房间是两室两厅，你住朝南的一间，又大又宽敞，我住朝北的一间小房间，我每天会帮你打扫卫生，帮你做饭，有重活累活我都包了，我能不能每月只付500？"

潘渔舟这个价格谈得让蔡姚犹豫，她每天忙于工作，累得像孙子一样，回到家除了想玩想睡觉，一点干活的心劲也没有，如果眼前这个斯文大男孩真的能帮她，她全当用400块请了保姆，也不失为一个好办法，就怕他只是嘴上说说。

"你别说得好听，到时候新厕所三天香。"

"你可以试试。"

"把你的个人基本情况报给我一下，身份证给我看一下，还有，你为什么非找一个女的和你同租？有什么企图？"蔡姚打算把他的身家背景全打听清楚，毕竟和陌生人租房是件有风险的事，尤其是这男人听起来好像在做家务方面是个全能。

"别人不愿意跟我合租，因为我……我不喜欢女人……"潘渔舟好像被问到了心事，头低得几乎快插进纸篓里。

蔡姚这才仔细打量了他，瘦瘦白白的，个子高高的，说话轻声细气，身上的衣服，包括拉来的行李箱都干干净净，尤其脚上的球鞋，白白的像从来没有穿过。

"原来是这样。"蔡姚迅速在心底盘算着找一个这样的室友会是什么样子，"那咱们必须约法三章，第一，不准带人回来住，尤其是你的男伴；第二，我每天早晨7点半和晚上6点半准时吃饭，你要负责做好，除了我自己的房间和我自己的衣服外，其他房间的卫生全部你来打扫；第三，虽然你说你是GAY，但是男女有别，你要充分尊重我，平时在家不能穿着太暴露，尤其是早晨不能和我抢卫生间，如果你愿意，那今天开始，咱们就合租这间房子。"

蔡姚觉得自己的霸王条约至少能吓走一大半的合租者，可潘渔舟听完后，几乎没有犹豫就点点头，只是追问了一句："你确定租金只收我500？"

"试用期一个月，看你的表现了。"蔡姚觉得自己在那一个月里，已经快要变身周扒皮半夜鸡叫了，可潘渔舟的工作依旧井井有条。

菜饭做得可口，家里打扫得十净，平时买米面油全部是他出马，连修理电灯泡，通下水道之类的粗活也变成了他的专利。三四年中，她几乎没见过他的男伴，如果不是杨至恒那次住院，她永远不知道潘渔舟喜欢的那个人会是他。

"老蔡……你说，这几年，我表现得怎么样？"潘渔舟躺在病床上，看到蔡姚轻轻地挤出了一个笑容。

"好……真的好……400块雇了一个超值保姆，和一个能谈心事的死党，我忘了跟你说，这几年我觉得自己占了很大便宜，真的。"蔡姚帮潘渔舟塞了塞被角安慰道。

潘渔舟会心地笑了，疲惫地抬眼看着她："咱们这几年无话不谈，你的所有心事几乎都对我讲过，只有一件，你隐瞒了我，我也隐瞒了你。"

蔡姚怔了一下，定定地看着他几秒，她心里第一时间反映出了一个答案，可仍旧僵硬地笑了笑想把自己那种猜测掩饰掉："是什么？"

潘渔舟张了张口，半天才艰难地说："杨至恒……"

蔡姚瞬间脸色微红，双手一时间也不知道该往哪里放合适："这不能叫隐瞒，其实我们以前真的仅仅是……"

"别骗我了，你们原来在一起过……"

蔡姚没想到潘渔舟已经察觉到，紧张得连忙想解释："我们……"

"我看到了你钱包里的大头贴，你喜欢他。"潘渔舟已经不容她否定。

潘渔舟提到钱包、大头贴的时候，蔡姚忽然觉得脸颊一阵滚烫，那是她藏在心底最深的秘密，怕别人知道，怕别人看出，怕惹人笑话，尤其越是现在越怕。

"老潘，我和杨至恒早就没可能了，当年就是我年少无知，自作多情，我早就已经不抱幻想了，那张大头贴，是我PS的，算是对我当年那段荒唐的暗恋一个警示，你别想得太多。"蔡姚恨不得把自己的心掏出来，她知道潘渔舟是个敏感而脆弱的人，他甚至比一个女人更需要别人呵护。

第十二章
潘渔舟的秘密

"老蔡,杨至恒和我断交了……"潘渔舟感叹,声音尾部还带着哭腔。

蔡姚猜到是这样:"是,即使是这样,你也不要太悲观,因为他只是你人生中一小部分而已,不管杨至恒以后对你怎么样,你都要好好的!"

"当年杨至恒没和你在一起,你还有很多选择,你现在年轻漂亮有活力,还有像关征这样的男人等着你,护着你,可我什么指望也没有,这些年,我承受了多大的舆论压力,我不怕别人的鄙视,别人的白眼,只要他心里有我,但是他现在要离开我了……"潘渔舟声音越来越沙哑,苍白的脸庞因为激动而逐渐有了血色。

"那是他的选择,你想想,他也有很大的舆论压力,或者他想换一种生活方式……"蔡姚努力想帮潘渔舟从痛苦中解脱出来,可她看到他的眉头越皱越深。

"老蔡,杨至恒爱的那个女人不是程娇……"

蔡姚忽然沉默了,她没勇气追问他爱的是谁,尤其在这个时候。

"老蔡,不管我和杨至恒以后怎样,你能不能答应我一件事?"潘渔舟拉着蔡姚的手腕,她能感觉到他手指冰凉。

"你说,我都答应。"

"对于感情的事,不要回头……"

蔡姚没想到潘渔舟提出这样的要求,心里瞬间咯噔一声,关征在外面仿佛恰到好处地推门进来。蔡姚只觉得自己的狼狈相简直无处遁形。

"什么对于感情不要回头,这么说我和蔡姚要重归于好,你还反对不成?"关征扶了扶头上的帽子,吊儿郎当地走过来,和蔡姚并排坐下,伸手搭上她的肩膀,将她整个身子朝自己这边带了带。

蔡姚知道潘渔舟说的不是关征,而关征一定也清楚明白得很,他想帮她。

和关征并排走出病房的时候,他始终搂着蔡姚的肩膀,亲昵得就像曾经在一起时一样。

只是蔡姚的身子一直是僵的,出了医院的大门,关征伸手握住蔡姚,才发现她的手心全是冷汗。

"你就这么怕潘渔舟?你们俩这情况太不正常了,他为了杨至恒简直快疯了。"关征一直没松手。

"老潘受了很多苦,他从小家庭条件就不好,他爸爸有家庭暴力,他一直活得很压抑,长大以后发现自己是同性恋,又受人歧视。跟我合租房子的这几年,我没少欺负他,所有脏活累活全部让他做,他身体不好,却一句抱怨也没有,他人真的很好……"蔡姚说着眼泪不住往下落,身子也跟着颤抖,"他什么都不求，只是喜欢杨至恒而已……"

"阿姚，我说句俗点的话，感情的事是不能勉强的。你要是对杨至恒余情未了什么的，别管潘渔舟怎么样，你勇敢地去好了，他早晚有一天会想通，会释然，会觉得那些都是浮云。"关征皱着眉头，他不想让潘渔舟影响了蔡姚的思维。

"我和杨至恒都过去了，我不会让老潘心里难过的……"蔡姚咬着嘴唇想止住眼泪，不停地拿手背擦拭。

关征一把将她的手背拉开，用指头点了她的脑门："你傻啊！你和杨至恒能结婚能生孩子，能得到全社会的祝福和肯定，老潘和他有什么结果？何况杨至恒已经说和他断交了，你别听老潘的两句话就退缩了！就算杨至恒怎么着，你不是还有我吗？"

蔡姚愣愣地看着关征，几秒钟，鼻子一酸："你早就知道我和杨至恒的事？"

关征笑了起来，浑身上下找不出纸巾，只好伸了袖子帮蔡姚把眼泪鼻涕擦去："早就知道了，你以为自己藏得够深，以为别人什么都不知道？你的QQ上，只设置了一个隐身对其可见的人，连我连老潘连你那些闺蜜都没有这个资格，只有杨至恒，而且你们已经失去联系很多年了，你依旧保持着这种设置，说明了什么？傻子也看得出来。"

"那你和我分手……"

"我的女朋友如果不爱我，那在一起有什么意思？"

蔡姚终于明白关征和她分手的原因，哭红的脸反而失笑起来："关征，你爱我吗？"

他大约没想到她会问这个问题，怔了一下，忽然笑着讽刺："你说呢？我告诉过你，我从前是一心想找富家千金的，我这人一直都想要成功，想要钱的！我认识你的时候，以为你就是家财万贯的大小姐呢，所以才跟你开始的。后来我发现不是，但可笑的是，即使不是，我却一点也不想再去找了，完全不想了，我一度觉得自己已经快不思进取了，每天啃个鸡蛋煎饼也觉得过得满足，蔡姚，这两年，你用鸡蛋煎饼把我喂成了一个傻子了！"

蔡姚没等关征说完，忽然间抱住他，猝不及防，他的话在她的动作之下停止了，半天，猛然回抱住她。

沉默良久，在外面乌云密布的玻璃窗内，谁都没有动。

"关征，原谅我这么自私，我不想让老潘误会，不想让他难过，只有你能帮我……"蔡姚将脸埋在关征的前胸，声音闷闷的。

他好像听出话里的意图，想推开她，却被她抱得紧紧的："你别想拿我当

第十二章
潘渔舟的秘密

垫背，你怕对不起老潘，就把我拉出来，等用完了再一脚踢开……"

"没有用完的时候，我和杨至恒不可能在一起了……"

"一辈子的垫背更悲惨！"

"你能别把自己说得这么悲剧吗？"蔡姚忍不住被他的阴阳怪气逗笑了，伸手掐了他一把纠正道。

"事实上可能比我说的还悲剧！第一次见你的时候，你就说我长得像你以前的男朋友，我可都记得，你不会想一直拿我当杨至恒的替身，来堵住潘渔舟的猜疑吧？"关征总把事情想得很透彻，让蔡姚抓狂的是，他还总把看出的事情堂而皇之地说出来。

"如果我承认了，你还答应我的要求吗？"

"傻子才答应。"

"那我不承认了。"

这次轮到关征掐她，不过刚使了两分力气，蔡姚就装作哇哇大叫，他赶忙收手。

"我得上去照顾老潘了，你自己回去吧，有事打我电话。"蔡姚想到楼上只有潘渔舟一个人，怕他会出事。

"刚刚利用完我，这就开始打算卸磨杀驴？我今天跟着救护车来的，外面眼看要下大雨，我自己怎么回去？连把伞都没带。"关征抱怨蔡姚的绝情，沉着脸抱着胳膊不愿离开。

蔡姚从口袋里掏出自己车的钥匙："你开我的车回去。"

"那你怎么办？"

"你就别管我了，我还得照顾老潘，可能要到明天，明天天就晴了也说不定。"

关征拉住她的手不松开："要走一起走，要留一起留。"

"你别任性了。"蔡姚想抽开手，却怎么也使不上劲。

"老潘我已经找人来照顾他了，你可以放心地走。"关征忽然露出一抹诡异的微笑。

蔡姚狐疑地看着他，从表情中似乎猜到了些什么："你说的是……"

"我想你已经猜到了，能稳住潘渔舟的，还有谁呢？"关征说得理所当然。

蔡姚却整个眉头都纠结起来："你把杨至恒叫来了？"

关征味的一声大笑起来，伸手捏了一把蔡姚的脸，被她适时地挥开："果然你想到的是他，不过他现在应该还在开销售总结会呢，我说的是潘渔舟的母亲，不能总瞒着她潘渔舟的病情，有一天他母亲会怨恨你的，不管你照顾得再好，你总要上班，总要忙碌，总不是最合适的那一个，真正能照顾好他的，只有他母亲。"

蔡姚终于安静了下来,看着关征,而后低下头轻轻地叹了口气,她不得不承认困扰自己多时的事,被关征轻而易举地解决了。仿佛她从前一直在思考,在犹豫的事,在他面前根本算不上什么。

经过刚刚的事情,她甚至怕见潘渔舟,总觉得他能轻易地洞悉她心底最不堪最隐晦的一面,哪怕她掩饰得再好,也觉得愧疚,觉得羞耻。

忽然间蔡姚感觉自己双脚离地,眼前景物从竖变横,关征抱起她就朝地下车库的方向走去。

"你放我下来!"蔡姚看到周围人都朝这边望过来,脸瞬间红了个通透。

"嘘!表情和姿势做得优雅一点,后面有两个记者偷拍咱们,我看明天咱们俩这一幕就能上报纸。"关征凑过来低声提醒她,这让蔡姚简直无地自容,努力想挣脱他的怀抱,却被他箍得紧紧的。

"混蛋,你要干吗!"蔡姚低声咒骂,狠瞪了他一眼。

"别动别动,自然一点,明天预计杨至恒和老潘都能看到这篇新闻,也不用再费力跟他们解释了。"关征抱着她走进电梯,用胳膊肘轻轻碰了碰关闭按钮。

一晚上狂风大作,几乎开不动车,蔡姚坐在车里跟关征怄着气,一路夹枪带棒:"我现在才明白,我跟你比,就是小红帽和大灰狼的区别,你简直集各种阴谋精神分裂于一身。"

"你能不能别把我想得这么妖魔化?"关征反问,还带有揶揄的口吻,"你的目的就是让老潘放心,不演得逼真点,他怎么能相信?"

"逼真也不用这样吧?"

"你拿我当垫背的,还不允许我拿你当花边新闻女主角?"

蔡姚知道关征就有这样的本事,可以瞬间的工夫让她感动得痛哭流涕,也可以瞬间的工夫让她恨得牙痒痒:"我要回家,现在就回!"

关征开车的方向好像完全不在蔡姚预想的位置:"想回家得看老天爷的意思,风大雨大,前面还倒了两棵树,从这里到我家只有一公里,到你家十公里,你说应该先去谁家?"

"你!"蔡姚气得浑身颤抖,毫无辩驳的余地,眼看他开进了他那间公寓的车库里。

走进关征的家,蔡姚才发现和她记忆中的样子稍稍发生了改变,东西还在原来的地方，所有的家具和摆设布局都没变，可就是感觉不一样了。她顺手换了从前常穿的轻松熊拖鞋，将手上的东西都扔到沙发上。

"关秃瓢，你家里好像比以前干净了，是你改邪归正了，还是找钟点工了？"蔡姚看到他终于把帽子摘了，头上只有半厘米长的头发，看起来邪气十足，忍不住调侃他。

"都不是，是因为我知道你要来，所以预先收拾了一下。"关征换了件衣服，倒了杯水给她。

"你怎么会知道？"蔡姚疑惑。

"早晚要来。"关征笑了笑，"以前还在创业阶段，每天忙碌得很，没时间收拾家里，加上我自己也懒惰，有时候我知道你会来收拾，所以就更放任自己了，后来发现什么都有了，就是没有你了。"

"是你要跟我分手的。"

"是，因为我恨，杨至恒在你心里，真的那么重要吗？"

蔡姚尴尬，不想再记起从前的那些，尤其是今天潘渔舟和她坦诚了以后："咱们能不谈杨至恒吗，以后都不谈。"

"成啊，只要你别总想着他就行了。"关征意味深长地笑了起来，起身进房间，"赶快洗澡吧，今天你睡主卧，我睡客房。"

"我睡客房就行了，你的床比老潘的脏乱多了，我才不要。"蔡姚赶忙反对，直言不讳他的缺点。

"好心当成驴肝肺，随你吧！"关征听蔡姚这么说，也不谦让，换了衣服进了浴室。

蔡姚累了一天，一直不得安宁，尤其在老潘已经把她从前的事都掌握得一清二楚，她反而觉得愧疚，觉得难堪，她承认这么多年了，她一直没能忘了杨至恒，也许那段感情自己倾注的热情和精力太多了，那占据了她整个年少时光，她始终不愿意抛开，始终执念，现在因为潘渔舟的关系，她决定彻底放下了。

"姚姚，咱们切蛋糕吧，边吃边等，杨至恒或许有什么事。"姚君玉劝慰女儿，想把她的注意力引开。

"是啊姚姚，那个男孩子我虽然没见过，但听你妈妈说这么优秀，肯定还有学业的事要忙，也许今天耽搁了，咱们先吃，回头再找他算账。"父亲也帮腔，拿出塑料刀来打算切蛋糕。

"谁都不准动！"蔡姚任性地吼道，"我说了，他不来，我说什么也不切蛋糕！"

"姚姚,你还这么小,你根本就不懂什么叫喜欢,什么叫恋爱!"姚君玉实在看不过女儿这样下去,气得筷子猛然摔在桌上。

父亲没有发火,依旧耐着性子劝她:"听你妈妈的,你这么小,眼里怎么就只有那个男孩了呢?陪你过生日的不是只有他。"

蔡姚眼圈红红的,拿起刀来将蛋糕切开了一半,一半留给父母,一半重新装回盒子里。

那天晚上,蔡姚带着半个生日蛋糕跑到杨至恒的学校里。也许是上次闹的动静够大,竟然有人认得她。

"这不就是那个平头小太妹吗?又来搞什么花样?"

"哟,真是的,这就是抢走杨帅哥处男之身的高中生啊?"

"啧啧……听说是姚老师的女儿,怪不得这么有恃无恐呢……"

蔡姚像被放在橱窗里展览一样,来来去去的人都在议论她。她也懂羞耻,也懂惭愧,可杨至恒的失踪让她来不及顾虑那么多。她挨个同学问,堵在他宿舍楼下等,可那些人给她的答案要么是调侃,要么似是而非。只有个别好心的提醒她说,说从那天下午开始,就再也没见到过杨至恒,他出了校门就没再回来。

那天蔡姚整整等了他一夜,抱着半个蛋糕,哭了停,停了哭,断断续续地直到天渐渐亮了起来。

她从来不知道一夜会那么漫长,她想了很久,想了很多,想得整个脑袋都空了。

当父亲母亲找到她的时候,她整个人都呆滞了,傻愣愣地望着一个方向,可能等的时间太久,脖子和腰已经僵硬了。

"咱们回去吧姚姚,妈妈向你保证,一定把杨至恒帮你找回来,真的。"姚君玉心疼地拿出湿巾帮女儿擦擦哭肿的眼睛,拉着她的手想带她回去。

"妈……我要回去看书了……他说过,只有我好好地考试,他才愿意见我,他一定是躲起来了,他生气了,气我不好好学习……我要回去看书……"蔡姚站起来,一步步朝家里走,依旧抱着蛋糕。

从那天起,她开始不哭不闹,老老实实地看书做功课。

虽然离高考的时间不短,最终也没考上名校,可杨至恒改变了她的人生,她从那天开始彻底"改邪归正",穿裙子、留长发,和普通同学走在一起,远离了那些社会朋友。

这是让父母最欣慰的。

第十二章
潘渔舟的秘密

只是她已经尽力按照杨至恒要求的改变了自己，但最终却没等到那个人。

第二天早晨刚开过晨会，杨至恒就径直走进了关征的办公室，阴着脸将手上的报纸扔在桌上，而后整个人往沙发上一坐，似乎等着听他的解释。

"嚆！比我想的还快！就是这角度照得不怎么好。"关征拿着报纸审视，嘴里对这篇报道评头论足。

"你什么目的？"杨至恒开门见山，关征几乎很少看到这样的他，平日在公司里，他总是和颜悦色。

"我和蔡姚从前就是男女朋友，现在重归于好，作为兄弟，你是不是该祝福我们？"关征一脸无辜地看着他，挂着三分假笑，似乎真想得到他的祝福一样。

"我们都不喜欢绕圈子，所以你最好一次说明白，别老想做一些趁火打劫的事。"杨至恒语调不高，却让人听出是生气了。

"什么叫趁火打劫，请你说清楚。我比你高尚多了，比你正大光明多了，至少我敢于面对过去，没有什么不堪回首的往事，没有那么多让杨爸头疼的不良新闻。你呢？我劝你先把潘渔舟的事搞定了再说吧！"关征挑衅地站起来用手指敲了敲他的肩膀，口气充满不屑。

"你说得轻松，你了解我的过去吗，你知道杨海成是怎样一个人吗？明白他为什么要提携你培养你吗？至于潘渔舟的事，你有什么资格来奉劝我？"杨至恒瞪着眼睛冷冷地看着他，转过身朝门口走去。

"阿艇出狱了。"关征忽然在背后提醒道，声音不大，却让整个屋子的空气都凝结了。

杨至恒站住了，整个人好像被定住了几秒，这个消息他已经听说了，可关征专程提醒他这个，显然对于他曾经经历的那些事已经了如指掌。那是他藏起来的秘密，不愿被人揭开的伤疤……

蔡姚来到公司时，就听楼下保安说叶耀出院了，今天已经正式来上班了。最近一段时间，关语沫一直住在他家里，一来是方便照顾，二来也许他们从此以后就正式同居了。

虽然经过一场劫难，而劫难的原因警方还没给出一个明确的说法，可对于叶耀和关语沫来说，这次应该是福不是祸。

"蔡姚，10点钟在十五楼会议室开个会，是关于上次竞聘的事。"总经理秘书小李打来电话通知。

隔了一个多月，蔡姚快把这件事忘掉了，因为叶耀住院的关系，竞聘的事搁置了，今天是他第一天上班，竟然先把这件事提上日程，看来重视程度非同一般。

"你和小吴总成绩相同，相当于并列第一，到底这个职位归谁，可能还要进一步考核。"小李向她透漏。

蔡姚完全没有想到自己会是并列第一。坦白说她是心虚的，叶耀暗地里帮她，她尚且和小吴只打了个平手，如果不是这样，恐怕她早就名落孙山了。

正在出神之际，QQ上谢晨晨的头像跳动了起来。蔡姚干脆把这次竞聘的情况告诉了她。

谢大清早：傻瓜，你心虚什么？小吴就是郑副总的小三，肯定是透题了，不然她哪有实力和你竞争！

可口菜肴：不会吧……

谢大清早：郑副总妻儿都在国外，小吴年轻漂亮，能不利用这点资本上位吗？

可口菜肴：你听谁说的啊？

谢大清早：早就是公司里的内部传闻了。

可口菜肴：……

谢大清早：赶快把记录删了，虽然我不在宏盛了，但也不想树敌，你心知肚明就好了。

可口菜肴：……好。

蔡姚没想到还有这层关系，她平时不爱八卦，关于小吴和郑副总的传闻，她确乎是第一次听到，经过谢晨晨的一番提点，蔡姚原本的愧疚和心虚消散得无影无踪了，好歹自己和叶总只是个熟人关系，不涉及任何道德问题，而小吴的性质就不同了。虽然同是有帮手，蔡姚陡然觉得自己要正大光明得多。

第十三章　在营销部的日子

蔡姚坐在会议室里，和小吴并排。另一面坐着七个人，中间是叶耀，两边是郑副总和刘副总，然后是营销部经理和人力资源部的两个同事，侧边坐着总经理秘书小李。

整个气氛很严肃，蔡姚觉得要不是小吴和自己并排，自己真压不住这种场合。

"这次竞聘，你们俩总成绩相同，但是职位只有一个，我和两位副总以及营销部的肖经理商量过了，你们都很优秀，而宏盛要选优中之优，所以特别设置了两个月的考察期限，你们一起到营销部去，跟着肖经理工作，每两周接受

第十三章
在营销部的日子

一次考核，两个月一共4次考核，取优秀的一个担任营销部副经理。"叶耀向她们介绍了规则，"等会儿由肖经理告诉你们考察当中打分的规则。"

蔡姚已经不由得开始紧张，肖经理是个三十几岁的女人，据说已经离婚好几年了，宏盛所有人都传言她自从离婚后就变成了个工作狂，弄得部门上下都对她畏惧几分。蔡姚想，在她手下工作不是那么容易的。

"欢迎两位同事加入我们营销部，这两个月我会配合叶总和两位副总，本着公平公正的原则对你们进行考核，散会以后请你们收拾好自己的东西跟我过去，我帮你们安排好了座位。"肖经理一直没有笑容，说话却稳重练达，末了冲她们两个轻轻点了点头。

蔡姚和小吴全程没有交流，连跟在肖经理身后进营销部的时候，也是一前一后。可能是被刚才的情况吓傻了，加上新环境不熟。

肖经理将她们带到同事中间，向她们一一介绍了营销部的同事。蔡姚原来在客服部的时候，见多了形形色色的人物，每天处理不同的纠纷，调解不同的人物关系，对于人的面部表情研究得还算到位。

这里十来个同事，外加还有几个外出见客户没回来的，总共不到二十人，见到她们两个的到来，神色各异，他们当中有好几个也参加了此次竞聘，却最终落败，蔡姚想，这当中必有人觉得她们两个是跨部门竞聘，肯定因为上头有人才得以到这里，所以心中不服者不会少了。

"今后蔡姚和吴小茜就在咱们营销部开始工作了，在未来的两个月内，甚至是更长时间，希望大家能友好相处，相互团结，将每个人本职工作做到最好。"肖经理跟所有人讲完，领着她们到玻璃门的另一边，那里空着两个格子间，是为她们专门准备的。

蔡姚和小吴直到肖经理离开以后才敢说话，两人边收拾桌子边小声地交流。

"知道吗蔡姚，肖经理从前据说是个温柔美女，现在很变态的，三年前她儿子在幼儿园门口被人拐走了，之后再也没找到，她就开始朝灭绝师太的方向发展了，也因为这个，她和她老公离婚了。"小吴悄悄地告诉她，把手指放在嘴唇上示意她保密。

蔡姚只听说她离婚了，却不知道为什么离婚，听到这个消息，她反而很是同情肖经理，那女人一定是受到很大的打击。

"不过蔡姚，丑话先说在前面，咱们虽然是好姐妹，但是竞争关系还是有的，我不会因为和你是好朋友就手软，希望你也不要过于谦让，该争的，咱们要公平竞争。"小吴说得实在，看来是打算在这个职位上放手一搏了。

"放心吧，我会全力以赴的，你也一样。"蔡姚笑了笑，将一个头上顶着"必胜"牌子的樱木花道玩具放在桌子上。

蔡姚下班的时候，才看到关征的车已经停在楼下，更龟毛的是，今天他不同寻常地开着一辆敞篷车，惹得来来往往的同事都看得见。有几个原来就认得关征的，惊奇地凑过来，言语中还抱怨蔡姚没把他们复合的事讲出来。

蔡姚囧得无地自容，在关征多次催促之下，才勉强上车，之后连忙用包挡着自己的脸："你没病吧？这几天天天下雨，你开敞篷车？"

"我乐意的。"关征眼神不住往宏盛的大门里瞄，看来没有要走的意思，"叶耀下来没？他前两天跟我姐一起去我父母那边了，据说是去提亲的。"

"真的？！"蔡姚喜出望外，"关伯伯和关伯母答应了没？"

"他搞的阵势很大，整条街道都知道了，街坊邻居都来看热闹，都说特风光呢，我姐这么大了，爸妈早就急了，平时邻居亲戚都议论纷纷，以为她老姑娘嫁不出去了，突然蹦出叶耀这么个钻石王老五，能不轰动吗？"关征的目光依旧没从大门处转过来。

"你现在不也很风光吗？"

"那不一样，他是企业法人，我只是跟班小弟。"

"就冲你这心计，你早晚会荣升的。"

"借你吉言。"

蔡姚伸手在关征眼前晃了晃，不满道："看来你今天不是来接我的，是等叶总的。"

关征白了她一眼，发动车子掉头："我爸妈对叶耀相当满意，加上他上次在演出场内救了我姐，我妈简直觉得他是个能托付终身的神一样。我看这情形，怕是阻挡不了了，但我还是保留意见，我不喜欢叶耀这个人，所以我想找他谈谈。"

"你打算和他谈什么？"蔡姚警觉地问，怕他做事冲动坏了一桩好姻缘。

"随便谈谈。"

"那总得有个中心内容吧？"

"谈谈人生行了吧！你真是刨根问底栏目组的。"关征抱怨，开车一路穿过南沙江的湖心路，两边已经开始灯火通明，夏天的晚上，开着敞篷车，外面凉风阵阵，吹得心里舒坦，只是天空云彩的走向预示着还会有大雨的来临。

"听你口气冲的，问两句怎么了？哎哎……我今天可不住你家了，我还是回家住得习惯，趁还没下雨，把我送回去吧。"蔡姚提醒关征，"你打鼾的声音隔着两道门都能听到，影响我睡眠质量。"

第十三章
在营销部的日子

关征脸一红，连忙反驳："你别黑我了，我从小到大都不打鼾，你难道第一天认识我？"

"别掩耳盗铃了，昨天打得震天响。"蔡姚不客气地说，末了还"啧啧"了两声。

关征被说得哑口无言，停了两秒，反唇相讥："也不知道谁昨天哭得我一身鼻涕眼泪。"

杨至恒端着红酒杯，站在落地窗前，看着外面越来越猛烈的台风，心里却沉得像灌了铅块。

这么多年来，似乎很少有让他高兴的事，一闭眼就有曾经的噩梦连连浮现。

"阿艇出狱了。"关征特别提醒了他，看来早已经将他那段不想为外人所知的羞耻了解得清清楚楚了，他恨得牙痒痒，但最可恨的，还是他说起自己和蔡姚之间的关系时，那么亲密，那么自然，杨至恒知道关征是在想方设法跟他作对，可他无法忽视这个对手，因为他抢了他渴望得到的东西，抢了他觉得自己已经不配得到的东西。

"心情不愉快？"杨夫人不知道何时已经站在他身后，看着儿子惆怅的背影，优雅地坐在沙发的另一边。

"没什么。"杨至恒勉强笑了笑，将杯子里的酒喝光，而后叹了口气。

"省文艺汇演事故的案子，警方已经有了眉目，但是还不能向外公布，抓了几个嫌疑人，都是小鱼小虾，真正的肇事者还没浮出水面。"杨夫人说了几句，见杨至恒没什么反应，"程娇这孩子，可惜了……"

杨至恒头低了下去，用指腹捏着两边的太阳穴："妈，我真头疼，现在不能想事情，越想头越疼……"

"妈妈知道你过得不痛快，你喜欢的那个女孩是谁，我已经知道了，我也看到了报纸，那个关征不知道是不是故意的，什么都要争，我真觉得他就是萧芸派来破坏我们家庭的人。"杨夫人说到关征，已经咬牙切齿。

"妈，爸爸的发家史，很不光彩，您知道吗？"杨至恒疲惫了，整个人靠近椅背里，陷进柔软的沙发。

"他是踩着很多人上位的，手上沾着血，践踏了很多人的幸福，做了很多昧着良心的事，但他成功了，别人就忘了他那不光彩的过去，现在他随便投资一笔钱做慈善，就被大家追捧得像圣人一样。"杨夫人哼了一声，早已经把这些道道看透。

"我查到萧芸就是关征的母亲，而当年萧芸和爸爸结怨，打过官司坐过牢，所以……"杨至恒不知道该怎么把这些告诉母亲。

"所以她坐牢两年以后出来彻底想通了，重新找了个老实厚道的好男人结婚了，现在过得很平淡很幸福，而我依旧在为这点财力，这点权势留在这个魔窟里。"杨夫人吸了吸鼻子，绝望地摇了摇头，"至恒，听妈妈的，为了你自己，忘了那些不愉快的过去，别管别人怎么说，大胆地做你自己想做的，只有这样你才能幸福。妈妈这辈子没指望了，但是你有选择的机会。别为了气那个老东西再做对不起自己的事了，好好地生活，去找你喜欢的人吧。"

杨至恒没想到母亲会和他说这些，睁大眼睛看着她，忽然间各种滋味涌上心头，这些年一直过得很压抑，心里总留着阴影，总想着报复，总不能坦然接受现实，想着躲避，想着自欺欺人，唯一幸福的时刻，竟是当年和蔡姚在一起的那短短的时光。

蔡姚当年那股傻劲，那种青春年少的冲动，打开了他人生的另一扇门，八年了，这种不见阳光的日子，是该结束了。

在超市买了一堆礼品，装了一个大车才开往关家。蔡姚曾经和关征在一起的时候，多次去过关家，关家二老都是随和的好人，每次总做一桌菜招待她，有时候关语沫也下厨，但今天人聚齐的情况还是头一次。

关家门前一次停了两辆豪车，让整个街道又一次轰动了。

"我给我爸妈买了套房子，离你们的汇园路很近，基本上装修好了，但是还要晾一段时间，估计到入冬的时候，他们就能搬进新房子了，房子冬天冷，年纪大根本受不了。"关征指着父母的小房子，说起自己的计划，和蔡姚两人每人提了两大袋进了门。

关征父母住的地方还是那种老式的天井楼，一层楼中间是天井，边上一圈全是住户，一层能住七八家，楼梯道和走廊东西摆得满满的，到了晚饭时分，炒菜做饭，楼上楼下，相互招呼的声音全汇集在一起，显得很是热闹。

"还是老关家的儿女有出息，阿征成了总经理，出息大了，连语沫也找了个有钱男人，老关两口子马上就要搬进大别墅喽！"两个邻居看着关征带着蔡姚上楼，聚在一边议论着，语气中羡慕嫉妒恨的成分更重。

"可不是吗，萧芸今天买的菜，又是虾又是蟹，还有鲍鱼、松茸什么的，全是高档货，那可是不一样了。"

"羡慕不来啊，人家儿女有本事……"

"就说啊，下半辈子享清福喽！"

听着身后的议论，关征只示意蔡姚不要回头，拉着她继续上楼，步伐比以前更轻快了。

蔡姚知道关征这些天来信心很足,其至拿自己当成了家里光耀门楣的灵魂人物。但关征的母亲似乎看起来并不开心,尤其在见到儿子以后。

关父是个踏实居家的男人,从蔡姚进门开始只伸头打了个招呼就开始在厨房忙碌,对于她和关征复合的事,谁都没多问什么,好像是意料之中的事。

关语沫和叶耀竟然比他们到得更早,坐在一边剥花生,两人看起来恩爱无比,连关征和蔡姚进门,他们也没站起来,只隔着客厅大声招呼了一句。

蔡姚看到餐桌上已经摆了一堆半成品了,全是配好的菜,从种类来看,就知道今天菜色的丰富。

"最近天气不好,还开敞篷车,烧包呢吧?"关母不满儿子的奢侈,轻声抱怨,尤其是他富贵的基础是仰仗杨海成的,她完全不愿意看到这样。

"他是怕被叶总比下去了。"蔡姚真相了一把。

关征瞪了她一眼不满她的爆料,转而对母亲说:"现在我好歹是博亚的经理,开辆好车怎么了?前两年楼下的沈伯伯沈伯母家招了个有钱女婿,那男人据说还是个半聋,沈阿姨还天天拽得不像话,逢人就夸。现在轮到咱们关家了,凭什么不能高调一点?"

关母不喜欢儿子的张扬,一边摆好盘子里的菜一边劝诫,见蔡姚转去找关语沫剥花生,才小声地对儿子说:"让你别和杨家人走得那么近,你就是不听,杨海成不是那么容易对付的,认他当干爹,你以为全是你在占便宜?早晚他会露出真面目的,你千万不要引火烧身。"

关征不听,跷着二郎腿坐在餐桌前,同样放低声音:"妈,您相信我,我不会做没把握的事,这些东西本来就是咱们的,只是拿回来而已,今后咱们一家是要开好车、住豪宅,享受上等人生活的,不是窝在这里和一层楼七八户人家面面相觑的,我正在为这个努力,现在杨海成一点都没怀疑我,如今唯一要做的,就是利用这个机会,怎么在博亚拿到主动权,我已经在向成功迈进了……"

"阿征,黏着妈妈干什么呢?还不赶快来剥花生,不然今天的五香花生米可吃不成了!"关语沫大声喊了一句,才将他们的谈话打断。

"来了!"关征答应了一句,回头撒娇地晃了晃母亲的胳膊,小声说,"放心吧妈,您儿子我有分寸。"

一顿饭吃得其乐融融,主要叶耀和关征都属于会来事的主儿,聊起天来颇具幽默细胞,逗得所有人盲乐,虽然关征从前对叶耀颇有成见,可这次他勇救关语沫的举动，让关征暂时压制住了反感，饭桌上相互敬了几杯，称兄道弟地也没表现出从前的怨愤。

"今天趁大家都在，我和语沫想和叔叔阿姨商量件事，我们计划年底结婚，不知道二老有什么意见建议吗？"叶耀忽然在饭桌上提出结婚的事。

几秒钟，一桌人忽然热闹起来。关母尤其高兴："真的？太好了！我们都没意见，毕竟你们都不小了，早该考虑了。就是不知道小叶的父母什么看法。"

关语沫看了一眼叶耀，抿嘴一笑，没再多说什么。早听说叶家从祖辈开始都是高干出身，叶耀的母亲曾经反对过他和关语沫的事，虽然辗转几年，但也不知现在情势如何。

"我父母的事，包在我身上，不管怎样，这婚是结定了。"叶耀似乎已经下定决心，握着关语沫的手表明态度。

"还是要征询一下你父母的意见，我们语沫是女孩子，结婚以后虽然未必住一起，但毕竟是一家人，常常要见面，心里留着疙瘩毕竟不好，你回去还是好好做做父母的工作。"关母想得周到，劝说他把事情办得更妥帖。

"是啊，我也赞同阿芸的意见，小叶，你回去好好做做父母的工作，别惹他们生气。"关父一向是个居家男人，没什么主张，可关乎女儿幸福的事，他还是多说了几句。

"我会的，叔叔阿姨放心。"蔡姚看出叶耀的动作已经表明他有了绝对的把握，拳头轻握，语气肯定。她在开会的时候看到过这样的他，那是每笔生意接近成功时的样子。

蔡姚赶忙端起酒杯来，碰了碰关征的胳膊："语沫姐，叶总，我和关征敬你们一杯，祝你们百年好合。"

关征大概觉得蔡姚措辞欠妥，"啧啧"地提醒她："这还没结呢，用得着这么早恭喜，留着这话到婚礼上说不迟。"

蔡姚见关征不买账，也不管他，独自笑嘻嘻地敬起来。

叶耀爽快，仰头一口气喝光了，关语沫也跟着干了。

"不要总说我们，你们俩的事情怎么样了？"关语沫喝完酒，决定开始审问关征。

他看了蔡姚一眼，半真半假地调侃："我还没决定跟不跟她结呢，看她表现了。"

蔡姚瞪了他一眼，在桌下狠踩了他一脚，疼得关征表情纠结成一团，脸都发绿。

正打算回瞪，关语沫哧了一声表示讽刺："你小心蔡姚跟别人跑了，你就蹲墙角哭去吧。"

关母也跟着帮腔："你弟弟早哭过了。"

关征不满母亲和姐姐帮着别人，尴尬地掩饰："谁哭过了？哪有哭过？您肯定记错了。"

关母似乎没想帮儿子遮羞，反而继续爆料："妈妈记性好得很，有一天晚上，你蒙着被子，哭得呜呜的，谁都不让进门……"

关语沫乐得直颤，拿筷子指着关征笑道："你小子也有这么糗的时候，真逗……"

关征脸红一阵白一阵，低头夹了一筷子笋干转移话题："快吃饭吧，吃饭吧，都饿死了，你们俩真八婆……"

一直出了关家大门，蔡姚还笑得前仰后合，关征在前面大步流星走得飞快，超过她五十米的距离，头也不回。

"你走那么快去赶集啊？不会关伯母和语沫姐曝了一点你的糗事，你就羞得无地自容了吧？"蔡姚在后面大声和他对话，脸上因为喝过酒的关系，红扑扑的煞是好看，连声音也更脆亮了。

"那都是她俩杜撰的，我一个大男人，怎么可能轻易哭？"关征没回头，语气多有抱怨，显然和她们怄了气。

关征隔着马路拦了一辆计程车，回头催促她快走。

两人摇摇晃晃地上了车，并排坐在后面，却都没再说话。一晚上喝了不少酒，头晕晕的。关征整个身子都靠在后座上，瘫软地看着前面的路。

这样持续了二十分钟，直到蔡姚下车的时候，他忽然跟着过来。她转头催促："别送了，我到家门口了，你还坐着这辆车回家吧，我这就上楼了。"

关征还是没走，陪着她走了一段，穿过小区的花园和池塘，直到来到楼下。她回头跟他再见时，关征忽然叫住她。

"蔡姚，其实……我是想跟你说，我一定会跟你结婚的。"关征走近她，声音放低。

蔡姚笑了笑，轻推了他一把："说什么呢，搞得这么严肃，你可一向不是这样。"

关征拉着她一条胳膊，回头看了看，因为时间晚的关系，楼下一个人也没有，他才放心地说道："我还有一件大事没办，快则半年，最慢不会超过一年半，我一定会成为博亚的接班人，我会用我自己的方式帮我妈完成一个心愿，然后我就风风光光地娶你。"

"你……"

"你也不用怀疑，我不是会变心的人，除了你，谁都不是我那块鸡蛋煎饼……"

蔡姚红通通的脸扑哧笑出声来："你怎么这么俗气？"

关征也笑了起来："大俗人才和你正配。"

蔡姚和关征在楼下絮絮叨叨地聊了很久，也许是酒喝多了，着急上厕所，才结束了乱七八糟的谈话。

摇摇晃晃地跟着电梯上了楼，倚着电梯门走得踉跄，电梯门打开的一刹那，蔡姚愣住了，门前竟有个人站着，穿的白色T恤，休闲的长裤，来回走着，显然已经等了好长时间。

蔡姚觉得自己醉得眼前已经模糊了，极力晃了晃头，睁大眼睛想看清那个人："杨至恒？"

半躺在沙发上，抱着一杯蜂蜜水，头还是晕晕的，揉了揉太阳穴，蔡姚慵懒地看着拘谨而坐的杨至恒。

"大半夜的登门，看来有很重要的事吧？"蔡姚首先发问，她知道和他面面相觑地坐下去，只会浪费更多时间，杨至恒是需要人引导的。

"潘渔舟最近怎么样了？"杨至恒似乎想用一个彼此都能进行下去的开头。

"在医院呢，我两天没去看他了，明天打算过去。"蔡姚笑了笑，却并不轻松，想起前天潘渔舟和她讲过的话，像一根刺一样深深插在心里，见到杨至恒，只好知趣地保持距离。

"哦，原来是这样……"杨至恒似乎已经找不出继续下去的话题，心里想说的话只能憋在胸口，低头酝酿着说不出来的勇气。

"你这么晚过来，应该不只是想问这个吧，如果是这样，你可以自己去医院。"蔡姚见他半天没讲话，以为他想看潘渔舟又没勇气，只好帮他支招。

"我们已经断交了，我已经和他讲清楚了，今后……"

"老潘不会同意的，他那么爱你。"

"总要有个过程，何况我不能一辈子这么过下去，我想回到正常的轨道上来，我已经傻了八年了，现在……"

蔡姚摆手打断他的话，他知道杨至恒下定决心要和老潘划清界限了，但是目前的情况是如果不能很好地让老潘顺利挺过一个心理过渡期，他很可能会崩溃，会自暴自弃，那是她的死党，她不愿意看到这种情况发生。

"杨至恒，我在翠竹山的时候就说过，也许你根本对老潘没有那种意思，但他已经陷得很深很深,你要抽身的时候,要考虑他的感受,好好地跟他讲清楚,别让他做傻事……"蔡姚知道潘渔舟是个会钻牛角尖的人,很可能会因为这个想不开,尤其他身体也不好,常常要躺在医院接受治疗。

"一个人要是过于执念,别人说什么也没用,对于老潘,我只能如此,只能说抱歉。但是作为兄弟,我还是会关心他,可是现在的状况,在他没有完全想清楚以前,我不能出现在他面前,否则情况只会越来越复杂。"杨至恒说得决绝。

"那你今天来的目的是什么?"蔡姚不知道他除了和她讲老潘的事,还有什么交集,他们两个早已经在八年前就断了交情,什么都不是了。在她心里,杨至恒永远比关征做得绝,因为即使分了手,关征依然和她有说有笑,互相讥讽,和好、分手似乎只是一句话的问题。可杨至恒不一样,他分手了就会消失得无影无踪,让她一辈子都记得。

"我是来找你的。"

"说重点吧。"

"我……"

"有什么为难的事吗?"

蔡姚几乎不知道他吞吞吐吐,时而皱眉,时而下定决心的样子是为什么,杨至恒很少表现出这样的一面。

"有什么话直说吧。"蔡姚将杯子放下,他纠结的情绪影响了她,连蜂蜜水也觉得无味。

杨至恒轻轻做了一个深呼吸的动作,郑重地开口:"蔡姚,我们在一起吧。"

蔡姚一时间没听明白,或者说她根本想不到杨至恒会说出这种话,愣了几秒钟:"我不太明白你的意思。"

"其实从始至终,我喜欢的人,不是程娇也不是什么其他人,而是你……"

"开玩笑……"

"没有,如果你愿意,我想告诉你所有的事……"

"别说!我不想听!"蔡姚生硬地打断,她现在不想听他说从前,不想回忆那段让她不能释怀的往事,即使他会带来更多她不知道的内情也不行,她害怕,尤其是在潘渔舟跟她谈过以后,她每次看到杨至恒,都莫名其妙地有种负罪感。

杨至恒怔了一下,表情尴尬:"其实……"

"我让你别说!"蔡姚的声音比刚才还大,眼睛瞪得圆圆的。

杨至恒没想到她反应这么大,一时间手足无措。

蔡姚干脆站起来，冷冷地做出送客的架势："看来你今天没什么重要的事，太晚了，赶快回家吧，最近天气不好，外面还下雨，别在外面逗留了，我帮你找把伞。"

杨至恒见她到橱柜里去翻腾，索性站起来从后面拉住她，将她整个人扳到正面的位置："无论怎样，我也想请你听我说完！"

"我不听！"蔡姚使劲想要挣扎，伸手想捂住耳朵，被他双手钳制住。

"不听我也要说完！"杨至恒强硬地捏着她的手腕，和她互相瞪着，不像表白，却像仇人打架。

"其实我今天七点钟就在你家门口了，没敢打电话，一直等着。以前我是顾虑重重，我自暴自弃，我不敢面对现实，但是经过这么多事，我知道我错过了很多，这话我不说出来，一辈子都觉得难受……"杨至恒觉得胸中淤积着许多许多话，想一股脑儿全部倒出，"不管你怎么想我，当年你生日那天，我对天发誓我是要去见你的，可中途发生了一些意外，这个意外让我这么多年来都羞于见人……那天你问我，是不是见到关征和你在一起吃醋了，其实你说对了，我很吃醋。这些天我想了很多，我妈妈也在鼓励我，我觉得自己真傻……现在我一分一秒都不想等了，我想立即见到你，和你说清楚……我们重新开始吧！"

蔡姚整个身子都僵住了，被他的话镇住了，完全做不出下一个动作。她无数次想过杨至恒会重新出现，会和她说喜欢她，会和她在一起。这样的念想存了八年，最开始最强烈，后来逐渐觉得希望渺茫，只是慢慢放在心底了。直到潘渔舟前两天看出了这层关系，和她说了那些话后，她已经打算彻底放下，甚至打算尝试着和关征走下去看看，她完全没有心理准备，杨至恒的表白就忽然降临了，一瞬间她觉得这应该是在梦里。

杨至恒低头吻了她的额头，温热柔软，她忘了反抗，僵着身子保持着原来的姿势，他的唇逐渐下移，从睫毛、鼻梁、脸颊，一路来到唇边。蔡姚已经忘了呼吸，只感觉这男人的心跳就在她的胸口上方，一下下砸得心中火热，她紧张得完全不能动弹，脑中来不及思考别的。

杨至恒逐渐放开她的手腕，搂住她的腰身，手掌的温度炙热，熨帖的衣裙发烫，他没有犹豫，低头实实在在地吻了下去……

这一次吓得蔡姚一个激灵，伸手猛推他的胸膛，杨至恒没打算放开，一路深吻，她羞赧得无以复加，慌乱地推挤他的前胸，白嫩的手透过T恤感受他身体的温度，那里烫得吓人。

"别……不……"她四处躲闪，企图逃开这种尴尬的情欲，却被他紧追不舍，只能从唇缝和鼻腔里发出声音。

理智和冲动在心里阵阵交缠，连有人转动门锁的声音也完全没有听见。

直到大门哐当一声被人从里面关上，客厅里所有的射灯、吊灯、电视背景墙等都一股脑儿地被人打开时，蔡姚才意识到有人进来了……

"看来我来得不巧。"潘渔舟拎着一个大包，头发也被淋湿了一半，门前鞋柜的位置还放着他搁下的一把湿漉漉的雨伞，嘴唇发紫，却分明呈现出一丝冷笑。

杨至恒和蔡姚一时间还没有松开刚才拥抱的动作，被这突如其来的事搞得尴尬不已。

蔡姚只觉得脑中嗡的一声，一种羞愧、恼恨甚至惊恐的心情一拥而上："老潘……"

"打扰你们雅兴了……"潘渔舟拎起包扭头就出了门。

蔡姚推开杨至恒，拼命冲出去追潘渔舟，穿着拖鞋跑了三层楼才拦住他，她知道自己彻底犯了错，她不知道怎么开口去承认这个错误，因为这对他打击很大："老潘你听我说！我们真的不是你想的那样，其实今天……"

"老蔡，别再多说了。"潘渔舟的脸色忽然冷得可怕，他们从认识开始，她从没见过他这种表情，从来没有，"如果我今天没有提前出院，没有忍不住偷跑回家，我永远不知道我最好的朋友会背叛我！蔡姚，我真没想到，你一边满脸无辜假惺惺地劝我想开，一边堂而皇之地喝得醉醺醺的把杨至恒带回家过夜！你把我当成什么？！"

蔡姚被潘渔舟几句话说得眼泪直涌，她使劲摇头，拉住潘渔舟的衣服，直到手指发白，她想跟他解释："不是这样……真的不是这样……我没有想把他带回来过夜……"

"要不怎么说看似最无害的人，其实最可怕呢？你整天都装出一副真正为我好的样子，但却用最下流最卑劣的手段来夺走对我最重要的东西！"潘渔舟的声音冷得如同冰窖，"我恨自己看错了人，怎么会信了你这个两面三刀的女人！"

"我真的没有！"蔡姚受不了最好的朋友对她说这种话，心如刀绞，"我承认自己刚才那一刻有些意乱情迷，但是……"

蔡姚还未说完，杨至恒也追了下来，伸手拉过蔡姚，将她拦在身后，和潘渔舟隔开距离："你上去，我和老潘单独聊聊，说到底，还是我和他之间的事。"

潘渔舟见到杨至恒出面，聚积的怨愤、想念都纠结成一团，眼前的男人让他爱不得、怨不得、伤不得，哪怕自己刚才恨透了他，可面对面的时候，却完全发作不起来。

蔡姚听话回了房间，只留杨至恒和潘渔舟还在安全梯间，窗口透出阵阵雨声，敲打玻璃啪啪作响。

"至恒……"潘渔舟叫了一声，咬着嘴唇盯着他，似乎在等着他给一个让他舒服些的答案，哪怕他和蔡姚之间真有什么，只要他否定，他都愿意相信。

"老潘，事到如今，可能从前那些委婉不伤和气的说法都不奏效了，尽管我们之间从前讲得很清楚，但从今天来看，也许还不够清楚。为了你，为了我，更为了蔡姚今后的生活和幸福，我今天直言不讳地说，是的，我一直以来不肯对别人讲出的，那个曾经让我差点丧命的女人就是蔡姚，这八年来，我一直觉得自己不会再喜欢别人了，加上为了气我父亲，我一直在做荒唐事……我知道你是好人，对感情认真，对朋友义气，但这种感情我没办法给你……从今天开始，我要正式开始追求蔡姚，不管谁的阻拦……"杨至恒的声音清晰沉实，甚至还带着楼道里的回音。

潘渔舟没想到他如此决绝肯定，甚至没留给他一丝希望，他感到浑身冰冷，感到自己忽然被弃如敝屣，这几年一直坚持的快乐源泉被完完全全地抽走了。一时间，他眼里所有的亮光都暗淡了……

第十四章　隐身对其可见

潘渔舟一夜没有回来，外面大雨倾盆，他的东西全部丢在安全梯里，独自一个人跑出去的，杨至恒没有去找他，蔡姚发疯要出去，被他拦得死死的。

"我从今以后都没脸见老潘了，你把我和他的友情彻底毁了！"蔡姚蒙着被子躺在床上哭了一夜，杨至恒就坐在沙发上一夜，谁都没再说话。

外面雷声隆隆，最近的雨已经造成交通堵塞，刚立秋不久，因为下雨的关系，天气阴冷，恍然情绪都被蒙上了阴霾。

第二天上班的时候，吴小茜看着蔡姚的脸，"啧啧"了两声调侃道："咱们俩的考核第一轮还没开始，你就被吓哭了？"

蔡姚知道她在开玩笑，便也没再说话，默默地整理自己的东西。

吴小茜凑过来直摇头："瞧你一脸斗败的公鸡相，没猜错的话，肯定是感情的问题了。"

"别瞎猜了，就是最近心情不太好。"蔡姚怏怏地工作，想起潘渔舟，想起杨至恒，她觉得心里像压了千斤重的东西。

"我可听说你好像跟关征和好了，昨天他还开豪车在公司楼下等你呢，你们俩这么甜蜜，才一晚上的工夫，就把你心情搅差了？"吴小茜显然不相信，将转椅移到她跟前来，满脸的看相神情。

"这和关征没关系，我就是自己忽然觉得很烦，没别的。"蔡姚努力想整理好情绪，她也不想将昨晚的思绪带到工作上来，可是停下来就忍不住想。

"蔡姚，吴小茜，准备一下，10点钟在十二楼会议室，各片区经理会议，你们一起参加。"肖经理忽然进来，吩咐了她们一句，"把这个季度的报表分析准备好，会上讨论用。"

"明白了，经理。"吴小茜答应了一声，伸手推了推蔡姚。

她强打起精神，也跟着点了点头。

这是她们到销售部以来第一次参加片区经理的会议，很多常常联系工作的人，从前都没有见过，今天算是都见齐了。

蔡姚想起郑副总说的，宏盛的营销部，女人占绝对优势，经理是女人，副经理也即将是女人，连下面的工作人员，也有一半以上是女人。

但各片区经理的情况却不太一样，男人居多，整个会议室坐了三十几个人，男人占了二十个以上。

"我跟大家介绍一下，这是我们营销部副经理的两位候选人，蔡姚、吴小茜，两个月后，她们当中的一位，就会成为副经理，所以大家先认识一下，今后大家见面的机会会很多，彼此熟悉了，工作才好开展。"肖经理说了一段开场白，就开始进行会议的正题。

先由各片区经理汇报这个季度的营销状况，而后肖经理做总结，提出下季度的营销计划，大家展开讨论。

会议一直开了两个小时，到中午的时候，会议才结束，蔡姚打开已经调成静音的手机，才看到上面已经有十几个未接来电，其中9个都是来自潘渔舟的母亲。

蔡姚吓坏了，意识到他母亲打电话来肯定是有重要事发生，昨晚的事，她愧疚了很久，甚至连回潘母的电话也觉得心虚。

"孩子，渔舟回家了，昨晚淋了雨，现在发高烧有些昏迷，一直叫着一个人的名字，然后情绪很波动……孩子，你告诉阿姨，杨至恒是谁……"潘母的声音颤抖，她似乎已经猜到了什么，却又不敢肯定，她不敢相信那个最坏的答案。

"……阿姨，他……"

"你跟阿姨说实话，到底是怎么了，那个人到底是谁？"

蔡姚不知道该怎么说，她不能告诉潘母实情，如果让一个母亲知道自己儿子其实是喜欢男人的，她一定会伤心，会失望，那是一个刚刚才找到生活乐趣的母亲，她怎么忍心打击她。

"没什么，阿姨，是老潘的好朋友罢了……"蔡姚尽量让自己的口气听起来正常，她怕潘母听出异样。

"哎……孩子，从前阿姨也听过一些有关渔舟的传言，可阿姨不信，尤其是他和你一起租房以后，我觉得心里安慰多了，我以为他会变的，他只对你上心，你是他唯一的女性朋友，阿姨真希望你们能在一起，可是……你来看看渔舟吧，他是个爱钻牛角尖的孩子……我就怕他这样下去，就毁了……"潘母明显在那头哭，甚至恳求蔡姚去她家里。

蔡姚不敢见潘渔舟，昨晚的事，她知道潘渔舟可能一辈子都不会原谅她了，没人能理解这种心情，她的负罪感特别强烈，无论怎样，她都无法解释和杨至恒的事了，不只是她，更重要的是，杨至恒也将他彻底地伤了。

"阿姨……对不起，我现在还不能去见老潘，因为他现在应该不会想看到我，就让他静静吧，等过段日子也许会好……那时候……"

蔡姚没再说下去，电话那头也没再说话，等了几秒，蔡姚没想到该怎么继续下去，潘母轻轻地将电话挂了。

她握紧电话，出神地望着大楼的外面，心里说不出的难受，愣愣地站了几分钟，直到吴小茜在背后叫她，蔡姚才回过头来。

"肖经理叫咱们一起去她办公室一趟。"吴小茜招呼了一声。

蔡姚猛然回头，条件反射地答应了一声。

不管生活多少烦心事，工作永远还在进行中，不想把这种心情带进来，就意味着白天要压抑着自己的情感。

下了几天的雨，今天刚算晴天，车身全是这几天的雨水和泥泞，司机师傅带着蔡姚和吴小茜去见一个项目合作客户，这算是考核期内交给的第一个任务，吴小茜带了很多东西，准备得相当充分，出门前还特地打扮了一番，可蔡姚却总显得魂不守舍，妆也化得不够精致，和小吴在一起难免暗淡了些。

"你说约了下午四点，是不是专门为了喝下午茶的？"吴小茜边补妆边碰了碰眼望窗外的蔡姚。

"也许吧……"蔡姚兴致明显不高，她现在只想回家休息，昨晚几乎一夜没睡，精力早就用尽了。

"今天这个客户很重要，据说是项目研发人，还是个大学教授，这笔生意是让我们来试水的,你别显得爱答不理,和关征吵架了也不至于这样吧?"吴小茜怕她的情绪影响了今天的生意,特别提醒了一句。

"我没有怎样,就是有点累,到地方我先喝杯咖啡提提神。"蔡姚答应道,肖经理布置的任务,她知道没办法临阵退缩。

"现在离4点还有1个小时零5分钟,开到莫斯科皇家餐厅只要15分钟,不如在前面路口的地方停一下,你到星巴克买杯咖啡,让司机师傅到洗车店洗车,这个时间还是上班时间,洗车应该不会排队,争取半小时搞定,我们再出发。"吴小茜果然安排得周密,以前蔡姚总觉得自己和小吴比起来,自己是优势的一方,现在忽然感到虽然自己起点更高,可小吴明显比她努力得多,这点努力也许就会让她走得比自己更远。

"好,听你的。"蔡姚赞同了她的提议,下车就钻进了星巴克。

蔡姚帮小吴也买了一杯,到洗车店找她。前面还有一辆车在排队,也许是雨过天晴的关系,原本人少的时间段也不复从前。

等了十分钟,站在里面洗车的小伙子出来招呼,裤脚挽到膝盖,袖子卷到肩膀,脚上一双拖鞋,头发奇短,朝这边喊了一句:"下一辆!"

这一句让蔡姚忽然觉得很熟悉,透过车玻璃看着那个人,五官、身材、表情,让她猛然意识到了什么,鬼使神差地,她打开了车窗。

接着连忙下车去,端着咖啡杯,下意识地走近那个人,黄黄的T恤,是工作统一服装,灰色裤子,脸上也脏兮兮的,手上提着一只喷水枪,也许是工作劳累,他的表情始终呈现出不耐烦。

蔡姚这次是正面看清,她渐渐走近,直到那男人也看到了她,两人同时意识到了什么,忽然间,那男人转过头去躲闪。

"阿艇?"蔡姚试探地叫了一声。

那男人没答应,却明显是听到了,脸色一沉。

"阿艇!是你吗?"蔡姚再次上前的时候,车已经开进了洗车区。

阿艇没有回答,只是客套地提醒了她一句:"小姐,请您后退,现在开始喷水,会弄湿您的衣服的。"

"我知道是你!那天我见过你的。"蔡姚还是没有退,反而说得更肯定了,"你出狱了?"

"赶快往后退!"

"我是阿姚,你不会想装作不认识吧?"

喷水枪的水花如期而至,将蔡姚的衣服溅湿了一片。吴小茜赶忙上去把蔡姚拉下来："你搞什么？人家要开始工作了，你还杵在那，你想干吗？蔡姚你今天一整天跟游魂似的，现在又这样，你是不是疯了？！"

"他是我多年不见的朋友，我有话想问他！"蔡姚大声回答吴小茜。

"咱们出来是有任务的，不是会朋友的！如果你再这样，你干脆回家好了，明天我会跟经理说，你今天毫无工作热情，一天都在做莫名其妙的事！"吴小茜甩手站到一边。

蔡姚确信那天在博亚的车库看到的人就是阿艇，而他当时堵着的那辆车，也分明是关征的，这说明他和关征是有联系的。尽管关征一直是个城府极深的人，可这一切和阿艇有了联系，让她觉得不敢想象。

蔡姚匆匆在店里买了一套衣服穿上，却没想到，今天和吴小茜一起去见的客户就是妈妈的男朋友赵鲲鹏。她见过这男人几次，他妻子去世多年，有一个儿子在美国工作，加上他的收入不菲，所以在国内，他过得很潇洒。蔡姚始终觉得这男人很虚伪，说不上为什么，尽管他每次出门都很体面，一副高知学者模样，谈话间也算有风度，客气和蔼，但蔡姚却不信任他，也许自己有戒备心理，这男人再好再优秀，始终不是自己亲爹，除了客套以外，她想不出其他的交流方式。

"你妈妈想你了，前几天还说你都不来看看她，念叨着呢。"赵鲲鹏弹了弹烟灰，沙哑地笑了笑。

"最近工作太忙，周末我就去看妈妈。"蔡姚一个标准化的笑容，想尽快把家事谈完好开启正题。

吴小茜看到蔡姚今天屡次遇见熟人，心情自然不爽快，谈话当中也很少插嘴，待到赵鲲鹏去卫生间的空当，才流露出不悦："这个赵总也是你亲戚？看来这笔生意你单独来就搞定了，何必要我这个陪衬。"

蔡姚早看出她心情不爽，笑了笑解释："我和他没什么交情，我讨厌这男人。"

"刚才那感觉，他不就是你后爸吗？"

"注意措辞，不是后爸，只是我妈交往的男朋友而已。"

"都差不多，你现在完全可以利用这层关系，搞定这笔生意了。"

蔡姚哼了一声，这是她从来没想过的。

"你们公司对这个项目报价和策划还是很有诚意的，不过具体的还得进一步再谈，有什么事可以联系我的秘书小张。"赵鲲鹏临走的时候，还不忘交代这笔生意的事，并示意秘书将名片递给蔡姚。

她和吴小茜两人目送赵鲲鹏出了酒店，直到他客气地让她们留步。接着又

第十四章
隐身对其可见

重新转回餐厅里，舒服地将餐点解决完。

吴小茜最喜欢客户走了以后可以继续坐下来大快朵颐的时刻了，从卫生间出来，见蔡姚无精打采的样子，连忙坐下来帮她夹了一筷子菜："这个赵总真够牛的，这么多好车，刚才去卫生间，无意中看到后院停车场了，赵总没上他的那辆车，上了一辆特耀眼的兰博基尼，尾号还特别好记，RR777，你妈找到钻石王老五了！"

蔡姚听到这个车牌号，忽然觉得在哪里见过，一时间却又想不起来："他能开发这么大项目，钱当然不少赚，不过我可没看出我妈这么富有。"

吴小茜俨然很是羡慕蔡姚，在她眼里，蔡姚已经算得上是个富二代，虽然是后爸有钱。

"你得回去补觉了，不开心的事都放放吧，过段时间就会觉得其实真没什么。你有个有钱的后爸，还有关征这样的男朋友，还竞争什么副经理，真觉得这工作就是在赔本赚吆喝。"吴小茜完全不能理解蔡姚还在拼死拼活工作的动机，在她看来，那完全没必要，"还有那个洗车店的打工仔，如果你真想打听他的情况，我可以帮你，那家店是我表哥开的，今天叫咱们公司的车去那边，也是照顾生意。我表哥雇的人，应该能打听出点线索，放心吧。"

蔡姚忽然笑了起来，吴小茜虽然有时候想法多了点，可终归是个直爽的女孩子，蔡姚喜欢结交这样的人。

出了餐厅的时候，已经到了晚饭时分，可蔡姚却一点也不饿。她步行去坐地铁，打算回家好好睡一觉。蔡姚掏出电话来打给叶耀，就在接通的一瞬间，她忽然想到那个车牌号RR777的车似乎是和他有关联的，于是问了一句："你还记得777是谁的车吗？"

叶耀想了想，忽然在电话里笑了起来："你不会是替语沫打抱不平来了吧？我那时候是坐过赵主播的车，可那根本什么也没有，而且你不是也向我爆料说，她是大蒜出口协会会长包养的情人吗，这浑水我哪敢蹚？"

蔡姚终于确定了自己猜测，那车是赵主播的，而刚刚赵鲲鹏是上了赵主播的车？

"你找我就这点事？"叶耀见蔡姚在电话那头发愣，于是问道。

"不，叶总，我想请你帮个忙，听说您和公安局那边熟，我想请你帮忙查个案底，我有个朋友叫唐一艇，8年前犯了绑架和故意伤害罪进了监狱，现在好像出狱了，我最近几次见到他，觉得他变化很大。"蔡姚找了个安静的地方跟叶耀说，她觉得在这件事上，真正可以帮忙的人，只有叶耀了。

"你好奇心挺重的，这么多年不见了，不管他进监狱还是出监狱，又能怎么样？还非得查人家？"叶耀好像并不乐意帮忙，在他看来完全没有必要。

"不，叶总，哎……我实话跟您说吧，我总觉得关征最近在搞什么不可告人的事，而这件事恰好和唐一艇有关。"

"关征应该会有分寸，他做事挺老练的。"

"关征太想赢了，而他最后的筹谋永远都不让别人知道。"

叶耀在电话那头沉默了片刻，终于答应道："好，我帮你，不过不管什么结果，你千万先不要跟语沫和关叔叔他们一家说。"

"我明白。"蔡姚答应着。

一夜睡了个踏实，好多天没有睡得这么久，也许太累了，尽管半夜里几次做梦潘渔舟高高兴兴地回来了，可一觉醒来才发现终究是假的。

只有吴小茜早晨迫不及待地给她打电话，好像收集到了一手资料一样："跟你爆料两件事，恐怕你听了会吓一跳。"

"说吧，看看能不能把我吓一跳。"蔡姚揉了揉蓬乱的头发，起床朝卫生间走去。

"第一件事，你后爸似乎有情况，那辆车昨晚被发现停在湖山公寓里面，他和一个年轻女人下车进了公寓，那女人竟然是电视台主持晚间新闻的赵主播……"吴小茜的爆料冲击了蔡姚的耳膜。

尽管她不喜欢那个男人，可她相信母亲的眼光，听到这个消息，多少觉得刺耳。

"哦？你怎么会去湖山公寓？那边房价可不便宜。"蔡姚故作疑惑地问了一句。

"我……一个朋友住在那。"吴小茜回答得不痛快。

其实蔡姚之前就听说郑副总在湖山那边买了楼，当时还有叶耀在场，还在夸郑副总买得值，那个地方始终是要升值的。而谢晨晨之前又说过，吴小茜是郑副总的小三，如此说来，这种传言是真的了。

"还有一件事呢？"蔡姚没有让她继续尴尬下去，转而问了别的。

"你那个朋友阿艇，是个心理阴暗的变态，据我表哥说，他在洗车店很少和人交流，下班就抱着一个吉他，每次看到有好车开过去，都用仇视的眼神瞪着人家，吓走好几拨人了，之前还坐过牢，要不是我表哥觉得雇他的费用便宜，根本都不会同意，不过过两天他就结算工资了，我表哥说，打算把他开了。"吴小茜好心地提醒他，"蔡姚，我总觉得你把名片给他，挺不安全的，听说他以前把一个富二代绑架了打残过，他就是个仇富的变态……"

蔡姚没想到阿艇会变成这样，也许这八年的监狱生涯，早已让他性情大

第十四章
隐身对其可见

变："我高中的时候，曾经觉得他帅得昏天暗地的……"

"年少无知，可以理解，他现在就是个变态屌丝，咱们可千万也离得远远的。"吴小茜劝诫，"你现在大好前途，一片光明，千万别招惹他，蹭得一身腥。"

"我明白。"蔡姚在这头答应着，"小茜，你也别光劝我，其实你也很好，要为自己以后打算，郑副总年纪大了，有老婆有孩子，尽管都不在国内，可不能改变这个事实，你千万别犯糊涂，他不适合你。"

吴小茜似乎没想到蔡姚会这样直言不讳，甚至没想到她会知道自己的秘密，一时语塞，只说了句："你不会明白。"就挂了电话。

周五的早晨，几乎所有人都是充满期待的，因为很快就会迎来一个休息日，叶耀中午临下班的时候给她打了电话。

蔡姚没想到他的速度竟然这么快，半天的时间，已经有了详细资料。只是她进门的时候，叶耀就一脸苦笑地望着她："坦白地说，我不知道我该不该把情况都告诉你，毕竟这么多年过去了，追寻以前的陈年旧事有时对现在的生活很不利，可你既然这么想知道，我也查到了，那也没必要瞒你。如今的情况怎样我不知道，暂时也没看到任何有关唐一艇和关征有恩怨的材料，但这个过程中，我发现一个让人震惊的消息。"

蔡姚跟着叶耀的指引，看到影印的案卷，上面有八年前阿艇的犯案记录。

——唐一艇，焦山仓库绑架案主犯。2004年5月28日，伙同刘云泰、张顺等五人在焦山仓库绑架丽港大学经济学院研究生杨某，判处有期徒刑10年……

10年……照这么说，阿艇应该是提前被释放了……

5月28日……丽港经济学院研究生……杨某……

蔡姚猛然抬起头来看着叶耀，一瞬间脑海中冒出一个可怕的答案。她震惊得说不出话来，而叶耀却点了点头，她知道叶耀和她的认知是一样的……

"预计我市十年来最强一次降雨将于今晚来临，雷雨时有大风，温度将下降10度左右，明天最高气温25度……"

刚刚见到太阳的半边脸，如今又回复到阴云密布的天气，蔡姚一晚上都躺在床上，听着电视里报道的暴雨预警。整个人都陷入了沉思状态，关征几次打来电话她也没接，一点心情也没有，阿艇的案底确实让她震惊了。

手里捧着叶耀给她的那几页记录，那几个犯案的人，她几乎都见过，刘云泰就是当年阿艇常跟的那个"泰哥"，据说和黑道经常有往来，从详细经过来看，刘云泰在这宗案件中显然不只是从犯这么简单。她连忙上网搜了这个人的名字，显示他也是八年前，因为贩毒而被判无期徒刑。其他几个也都不同程度地获刑。

看得眼也花了，蔡姚抬头看了看时间，拨通了母亲的电话，很久没有和母亲交流了，她的声音今天轻柔了很多，大约是感叹女儿终于想到了她。

"妈，您睡了吗？"蔡姚将手插进头发里往后梳，听到她的声音后，突然感觉到自己很想母亲。可总是因为各种各样的事忽略了她，甚至很少去看望。

"还没，在弄论文，最近学校的事也很多，每天忙到很晚。"姚君玉从前对女儿管教严格，自从出了杨至恒的事以后，反而怀柔多了，她常常感叹自己管教了二十几年，对女儿的影响力还不如杨至恒的十分之一，这不知道是一种什么力量，"你最近还好吗？"

"好着呢，回头明天我去看您。"蔡姚尽量让这个开场白轻松些。

"明天可能还有大雨，别过来了，等天晴了再说，你租的那套房子这么远，想见一面都困难。"姚君玉抱怨着，可对女儿能想到自己还算欣慰。

"赵伯伯呢？"蔡姚问起赵鲲鹏的事，轻轻试探了一下，自从小吴告诉她有关赵鲲鹏去了赵主播公寓的事，她觉得有必要让母亲多留点心。

"他最近在谈一个大项目，正在筹集资金，每天回来都很晚。"

"哦……"

"怎么了？姚姚。"

"妈，你要留心点，赵伯伯毕竟不像爸爸那样老实巴交，加上他应酬多，难免会有状况。"

姚君玉听出了女儿的话外音："怎么？是不是你听到了什么？"

蔡姚不敢肯定小吴有没有看错，但总觉得这样的事不会空穴来风："没什么，就是提醒您一下，您和赵伯伯在一起也好几年了，彼此也算了解了，也许您相信他，但是之前您不也经常教育我，女人要多为自己打算吗，所以我觉得……多长个心眼儿没坏处。"

姚君玉已经明白了女儿的意思，在电话那头沉默了片刻："妈妈知道了……"

蔡姚没有说话，也没有挂电话，空气好像都凝结了，她想问的问题还没开口，就已经觉得无所适从。

"你打电话来，不会就是想告诉妈妈这个吧？"姚君玉见她半天没讲话，知道她有心事。

"妈，当年你们经济学院的研究生当中，除了杨至恒外，还有人姓杨吗？"蔡姚心里忐忑，她不想总在母亲面前提起他，可很多问题，她无法去问别人。

第十四章
隐身对其可见

"很多年前的事了,妈妈一时也想不起来了,回头查查毕业照什么的,或许能找到一些。"姚君玉不知道女儿问这个有什么目的,但她最近几次和女儿通电话,她拐弯抹角总要问起杨至恒,她知道那段往事蔡姚一辈子都不会忘。

"哦,不用了,不用麻烦了,其实真没什么。"

"对了,杨至恒当年的班里可能要搞同学聚会了,到时候我也会参加,大家见了面,我就知道了,现在一时真记不清了。"

蔡姚连忙解释:"没关系的,妈,只是随便问问而已。"

姚君玉却没打算放过女儿,郑重其事地问道:"你告诉妈妈,你还喜欢杨至恒吗?"

蔡姚猛然间想到那天晚上和杨至恒的那个吻,脸刷地一下红透了,心跳加速,她不知道该承认还是否认,这么多年以来,他就像剜进她心里的一根刺,冷不丁地就会疼一阵,还喜欢他吗?连她自己也说不清……

躺在沙发上熬到午夜,电视剧还在不断播放,而蔡姚已经困倦得睡着了。半夜里迷迷糊糊听到有人开门,习惯地将伞撑在地上,蔡姚强迫自己睁开眼睛,看见果然是潘渔舟回来了,不禁激动得站起来。

"老潘……你回来了。"蔡姚招呼道,想和他说两句。

潘渔舟没有表情,径直进了自己的房间,将门"嘭"的一声关上,将蔡姚拦在门外,过了半个小时,他拉了一个行李箱和一只彩条布袋子出来,显然已经把自己的东西都收拾好了。

蔡姚这才意识到,他今天来的目的是收拾东西的,也就是说,他要离开。

"你真要走?"蔡姚知道事到如今他已经不会再听她的,可想到和几年的死党反目成仇,心里滋味难受。

"不走难道以后天天看你和杨至恒卿卿我我?"潘渔舟冷哼了一声,拖着箱子往外走,整个过程没有丝毫的眼神交流。

"你站住!"蔡姚在他即将出门的时候喊了一声。

潘渔舟顿了顿,伸手将门打开:"这房子我以后不会租了,钱我已经交到这个季度末了,算便宜你了,今天我们回到互不认识的时候吧,我不能接受你和杨至恒有瓜葛,其他的你怎样都行,唯独这一条不行。"

"你要走可以,但话要说清楚,我从前年少无知的时候,是追过杨至恒,但这几年没有丝毫联系,我早就死心了,我也从没想过从你手里抢走杨至恒。可你应该清楚,他和你是不同的,他不是同性恋。"蔡姚知道潘渔舟根本不会听,可话不说出来她憋着难受。

潘渔舟转过头来,冷笑着朝他摇摇头:"说清楚?这些年你了解过杨至恒吗？跟你说得清楚吗？从始至终，你为他付出有多少？你和他一起经历过生死，经历过脱胎换骨吗？你和他经历过人生最低谷，最没落吗？这八年你和他就是脱节的！和他在两个世界里活了这么多年，一句惦记，一句喜欢，就想重新开始？你太天真了！"

蔡姚完全被潘渔舟的话堵住了，她从没见过这样的老潘，一向柔柔弱弱的他，婆婆妈妈的他，忽然间像变了一个人。

潘渔舟狠狠地将门关上，将蔡姚的声音关在门里面。

拖着箱子，拎着行李，朝瓢泼大雨的外面走去，结束了几年的同居生涯。

他把东西放进自己开来的那辆捷达里面，朝母亲家里的方向开去，边开边流泪，心里所有的难过都汇集在一起，直到眼泪模糊了视线，他才将车停在路边，趴在方向盘上痛哭了一场。

杨至恒接到潘渔舟的电话时，已经过了午夜零点，从睡梦中惊醒。

他夜里通常不关机，因为公司里有事要随时能联系到他，看到潘渔舟的电话，他迟疑了一会才接起来。

"至恒……是我，别挂电话。"潘渔舟的开头让杨至恒皱了皱眉，握着电话什么也没说。

"什么事？"

"你考虑过一个问题吗？八年前的事，蔡姚她真的了解吗？她能接受吗？"潘渔舟反问。

杨至恒躺在床上，听到潘渔舟的话，忽然间屏住呼吸，几秒钟后，若无其事地反问："你想说什么？"

"你被绑架的真相，还有在九鹭别墅休养的那段时间，如果你告诉她，她会怎么想？她还会跟你在一起吗？"潘渔舟的声音冷得像这个夜里的雨水，"她能接受一个有这样历史的男朋友吗？蔡姚是个单纯的女孩，她对你的印象还停留在你八年前纯净大学生的阶段，你忍心告诉她你遭受的那些事吗？"

杨至恒觉得胸中有一团熊熊的火，想将心底最不堪的往事烧掉，如果没人提起，他确实不准备再将那段屈辱告诉蔡姚，如果可以，他希望自己永远是从前的杨至恒。可潘渔舟是个不定时炸弹，如果把他逼急了，他一定会告诉蔡姚的。

杨至恒一闭眼就想到蔡姚会用那种鄙夷厌恶的眼神看着他，他接受不了。

"你别乱来！"杨至恒低声警告他。

"我可不能保证。"潘渔舟回答，"你的秘密我全知道，如果你执意让我难过，我就只好选择这条路。"

杨至恒咬牙切齿，捏着电话坐起身来："你有什么条件尽管跟我说，别到蔡姚面前搬弄是非，这些年我为了答谢你，给你的好处不是一点点，你应该清楚！"

"你也应该清楚我要的不是这个！"

杨至恒深吸了一口气，沉声威胁："我最后说一遍，你想要的，我给不了！如果你伤害了我和蔡姚间的感情，我自有我的方法对付，你好自为之。"

杨至恒将电话挂了，潘渔舟始终拿着手机，半天没有动。他知道自己和杨至恒彻底闹僵了，这些年，他最讨厌别人拿那次绑架案威胁他，他花了很久很久的时间从那次的事件中振作起来，所受的苦没人能明白，他已经在开启新生了，已经打算重新面对，谁都不能阻拦他。

第十五章　一场大雨漂来的爱情

叶耀看着蔡姚和吴小茜第一次考核的成绩，来来回回看了几遍，和肖经理面对面而坐地商量："她们俩怎么样？"

肖经理抿嘴而笑，并不开怀："说实话，营销部缺男人，这次竞聘副经理，11人当中7个是男人，按说几率很大才对，没想到并列第一的是两个小姑娘，可能在考试和语言表达上，女人还是占优势的。坦白说，她们俩都不错，就是经验缺乏了一点，没一段时间的培养和磨炼根本不行，但怕的就是，刚把她们培养起来，就要面临结婚生孩子，恐怕难当重任。"

叶耀知道肖经理一直希望有个男人来当副经理，一直说这样比较好安排工作，尤其出门应酬不用担心人身安全。

"你不是也从小姑娘做起的吗？你现在已经是经理了。"公司里众所周知肖经理是视工作如生命的，尤其是儿子没了又离婚了以后，她已经把一切琐事都抛开了，只关心工作。

"我干这一行10年了，怀孕的时候，我挺着大肚子还在整理台账，出了月子就开始联系客户，整个部门，甚至整个公司，没人不服我，可她们是空降兵，是骡子是马，光靠几次这种理论考核没什么用。"肖经理显然对她们还不够认可。

在叶耀沉思的时候，她继续说道："还有，蔡姚最近几天好像精神挺恍惚的，不知道是不是有心事，工作热情好像不是太高。"

叶耀"哦"了一声，差不多已经预料到了，将考核的情况交给她："我知道了，你去忙你的吧，有事我再找你，或者有情况，你再来及时向我汇报。"

肖经理点了点头，走到门口又回过头来："外面连续下了几个小时的大雨了，下班可能回家有困难。"

叶耀笑了起来："如果今天因为天气回不了家，楼下的快餐店，我请同事们。"

肖经理从叶耀的办公室出来后，脸上一直挂着似有似无的笑容，说话也比平时轻柔了些。

吴小茜推了推最近时常神游的蔡姚，小声说道："发现了没？肖经理喜欢叶总……"

蔡姚忙睁大眼睛，一口否定她的猜测："叶总快结婚的人了，怎么可能？"

吴小茜眯着眼睛一脸暧昧，尖尖的脸蛋摆出得意的样子："叶总的口味可难说，那个电视台的关主任，就是你们家关征的姐姐，比叶总还大两岁，他都追得锲而不舍，更何况肖经理呢，而且肖经理也算是个成熟美女，如今又离异了，怎么没可能？"

蔡姚当然不信叶耀会出这样的幺蛾子，毕竟他对关语沫的感情她看在眼里，更何况他们婚期也定了："肖经理就算有这个心思，我也敢替叶总打包票，他绝对没有，他年底就跟语沫姐结婚了，两人现在恩爱万分。"

吴小茜摊手耸肩，表示不再跟她争论："这个周末，他们还要一起出差去南陵呢，孤男寡女，怎么好说呢，叶总上次出差捎来的热带小盆栽，肖经理别提多珍惜……"

蔡姚虽然不信，可被吴小茜这个包打听一渲染，心里也不敢太确定，毕竟叶总是个成功人士，身边诱惑不少，肖经理虽然离异了，也只有三十出头而已。

蔡姚思考了半天，上洗手间的时候才终于给关征拨了个电话。

关征接起电话就满口抱怨："你老大终于舍得给我打个电话了？"

蔡姚捂着手机听筒，尽量声音放低："先别扯别的，问你个正事。"

"什么呀？"

"你认识三十岁以上，四十岁以下，至今还单身的靠谱男人吗？"

关征没料到蔡姚说的正事是这个，揶揄道："你要相亲？"

"扯，帮别人介绍的。"

"女方什么条件？"

"三十一岁半，我上司，离异。"

关征想了一下，为难道："有是有，可是你给上司介绍男朋友，成了倒还好，不成的话，对你今后不见得是好事。"

蔡姚哪还理会这么多弯弯绕绕："女人是需要感情滋润的，如果长期得不到，说不定就开始想一些歪招，不如分散她的注意力，能间接造福很多人。"

蔡姚所担心的最主要还是吴小茜爆料的事。

第十五章
一场大雨漂来的爱情

关征在电话那头笑得爽朗，他没想到蔡姚目的是这样，只认为她是被上司整惨了想出来的招数："放心吧，我联系好了跟你打电话，有个动物研究中心的哥们儿，和你们上司年纪相仿，也是离异，估计真能撮合撮合。"

蔡姚在电话这头不住地点头，想挂电话之际，忽听关征开始提起要求来："不过，这个月26号，我们公司搞个派对，主要是庆祝我们这边拿下一个大的合作项目，我希望你能来参加。"

"噢？那我们这种同行冤家，你们拿下大项目，我们这边就缺了个大项目，参加你们的派对岂不是很没气节？"蔡姚故作为难。

"一个候选副经理，搞得你得瑟成这样？"

"必须的。"蔡姚调侃道，本还想多说两句，忽然听到卫生间外面有脚步声，连忙敷衍了关征几句，"行了，先这么说，回头再打给你。"

关征本还想问要不要接她，被突如其来的嘟嘟声逼退了。

挂了电话回到工作间里，蔡姚才长舒了一口气。

从外面回来的同事都抱怨雨大得吓人，连续下了快十个小时了，眼看到下班的时间，却没有一个人有勇气出去。

"阿姚，今天开你那雅阁了没？"吴小茜离得老远就招呼她，将窗户关紧感叹道。

"开了。"蔡姚擦了擦手，皱眉看着窗外。

"下班带我乘风破浪回家吧。"吴小茜每次都那么突发奇想，只不过这次招来了蔡姚一通白眼。

整个公司的人几乎都被困住了，有几个号称游泳高手和几个惦念家中孩子的同事大胆地按时下了班，其他人还在持观望态度，肖经理显然是没有要走的意思，始终在办公室里坐着。

吴小茜撇了撇嘴，不屑地讽刺道："她准是听说叶总要请客，故意不走的，她家就在隔壁那条街，近得一塌糊涂，撩着裙子就蹚过去了。"

"据说外面有的自行车都被淹了，我的车停在地下停车场，不知道有没有事。"蔡姚担心着，今天原来打算下班去母亲那边，看来情况真如她所讲的。

蔡姚拿起手机来拨通了母亲的号码，响了半天也没人接，过了十分钟，母亲打了回来，听起来那边的声音很空旷。

"妈，您在哪儿呢？我想去看您的，可外面雨太大了，恐怕连公司门都出不了。"蔡姚坐在椅子上晃着两条腿跟母亲讲话。

"姚姚，妈妈在医院呢，刚才大夫不让打电话，这会儿到走廊上才打的。"也许是信号不好，蔡姚觉得母亲的声音显得虚弱不少。

"您没事吧？在哪家医院呢？"蔡姚心中一紧，连忙跟着询问。

"小毛病，这两天体检刚知道的，说是乳房长了个纤维瘤，不是什么大事，周五可能要安排手术。"蔡姚听出母亲的忐忑，她平时说话的腔调很洪亮利落，普通话还带着一点尾音，讲课时候也很有激情，这种语气是她少有的。

"这还是小事？我得去看看您，您吃饭了没有？赵伯伯在您身边吗？"蔡姚慌忙站起来，一只手开始收拾东西，一只手拿着手机。

"他待会就会来的，你别过来了，外面雨大，积水很深，根本走不动。"姚君玉还在劝她。

蔡姚已经抓起包开始下楼了，吴小茜还在后面喊她，大约是没想到她走得那么匆匆。

坐电梯下到负一层的停车场，那里的积水已经没过了膝盖。蹚水找到自己的车，蔡姚看到这情况，如果打开车门，势必会造成车内进水，干脆只打开天窗和两边玻璃，将包扔进去，而后挽起裤脚从窗户爬进车内。

整个过程还算顺利，母亲所在的第五医院离这边不算太远，平时开车不到十五分钟的路程，虽然外面积了很多水，但应该还不至于这点路程也走不动。

发动车子出了地下停车场，将窗子关紧，一路逆水而行，虽然慢，但总算开到大路上。路上树木和标牌刮得东倒西歪，行人大多推着车子艰难前行，汽车排起队来，在一片汪洋般的路上寻找前行的路。

蔡姚感叹勇敢的力量，以为今天这种情况应该不会堵车，却没想到完全想错，竟然有这么多和自己同样想法的人。

吴小茜打电话来抱怨蔡姚走得太快，没等她就离开。蔡姚也只是稍稍解释了两句，不只是担心母亲，而是路上的路况实在堪忧。

跟着排起长龙的车朝前开，一直到地下道的位置，水渐渐深了，地势也渐渐低了，一排车堵在长长的地下道里，不停地有人按喇叭，蔡姚猜想大约前面有辆车在水中熄火了，才造成后面的车都聚集在这里。

堵了接近半个小时，前面的车一动不动，蔡姚急了，想抄侧边的路超到前面，脚下一松刹车，突然间动力一空，自己的车也熄火了。

蔡姚气得用拳头砸了一把方向盘，懊恼得直跺脚，她记起有报纸上提醒说，水中熄火决不能再次打火。便也不敢轻举妄动。

母亲的电话再次打来了，她接起电话，没敢告诉母亲自己还堵在地下道，

第十五章
一场大雨漂来的爱情

说了几句轻松的想暂时缓解一下紧张的气氛,反而母亲像想起了什么:"对了姚姚,妈妈今天早上查了当年的同学录,那时候也算巧了,那几届的学生里面,还真的只有杨至恒一个人姓杨。"

蔡姚听到母亲的答案,整个人都沉默了,一个她害怕却又渴望听到的答案,这简直是板上钉钉的事了,她想起那时候在翠竹山,阿艇入狱的消息还是杨至恒告诉她的,当时他那种语气,那种神情,现在想来自己太单纯了……

也就是说,阿艇绑架的那个人就是杨至恒?

雨依旧在下,蔡姚却陷入了沉思中。

"杨至恒!明天一定要来!我等着你!"蔡姚那时候走到楼梯口,还不忘回过头来大声地招呼他。

"嗯,回去吧。"杨至恒腼腆地笑了笑,朝她摆了摆手。

蔡姚上了一层楼,还是不放心,在两层楼中间的玻璃窗伸出头来,对着已经走出老远的杨至恒大喊着:"你不来我就到你宿舍去!"

杨至恒回过头来,露出一个无奈的笑容,朝她又一次挥了挥手。

蔡姚站在两层楼中间,看着他越来越远,蓝色的T恤渐渐成了那条小路的一颗小圆点,她扯开嗓子喊:"杨至恒!我喜欢你——"

那距离已经很远,可蔡姚还是确定杨至恒回头了,她想他一定回头了,不只回头了,还在原地站了很久很久……

蔡姚一滴泪水落下,早已经如死灰的心中好像忽然有一撮火苗,燎得心里疼痛难忍。她坐在车里,鬼使神差拨通了杨至恒的电话,在他接起的一瞬间,蔡姚觉得鼻子里猛然一酸。

"喂?喂?"杨至恒在那头叫她的名字,喊了几声才听到她的哭声,"你怎么了?出什么事了?你说话啊……"

"你为什么骗我?"蔡姚类似控诉的语气让杨至恒一愣。

"你说什么呢?"

"你骗我!"

"我怎么了?"

"你是个大骗子!"

"我……"

杨至恒没敢再出声,因为听到蔡姚在电话里的哭声越来越响,从抽泣逐渐变成大哭。

"蔡姚,你别哭,别哭,你怎么了?出什么事了你告诉我?你这样我很担心……"杨至恒在那边不停地询问。

"你被阿艇绑架了,就在我生日那天,你为什么不告诉我!?"蔡姚的腔调已经变了。

杨至恒完全被她的质问镇住了,一时语塞。

"从始至终你就把我当成一个傻子,出了那件事你就躲了起来!你是个男人吗?!你知道不知道,即使你两条腿都残废了,那时候我都会陪着你守着你的!"蔡姚对着电话大吼,想把这些年积聚的委屈都发泄出来,"我会和你一起经历生死,经历脱胎换骨,和你一起经历人生最低谷,最没落!我不会让任何人说我们两个是脱节的,是生活在两个世界的,你知道吗!?"

杨至恒嗓子一紧,想开口,眼泪却忍不住落下,他赶忙用手擦去,不想被别人看到:"阿姚……我……"

"你个白痴!我恨你!"蔡姚怒吼着,整个人都被这种情绪燃烧了。

杨至恒还想说什么,信号忽然间断了,他着急地想打过去,却提示不在服务区,他着急了,再打,依旧如此。

蔡姚抱着方向盘痛哭,哭了好一阵,觉得心肝脾肺都哭干了,抬起头来,才发现积水已经漫到车窗的位置了,吓得她一个激灵,连忙想打开中控锁,才发现任凭她怎么按都是失灵的……

蔡姚试了好多次均没有反应,拿起手机来拨打,才发现根本没有信号。努力地敲打车窗想求救,心里的恐惧已经压倒了一切。外面的雨还是不停地下,车厢里的空气都凝结了。

蔡姚果断地拿起手机砸车窗,丝毫反应也没有,接着脱下高跟鞋,用鞋跟猛击,连击十几下,只是贴膜的部分有了些损伤,玻璃依旧纹丝不动。她急了,从包里掏出前两天刚买的雅漾大喷雾瓶,抡起来向窗户敲去,也许是缺氧的关系,没一会的功夫,她已经觉得眼冒金星,力气越来越小。

车里能找到的东西全都用上了,她感到车内空气渐渐稀薄,抓着车把手,努力想求救,用手机敲击天窗玻璃,用力大喊。

"救命!救命……"蔡姚已经感觉浑身无力。

想起父母,想起杨至恒,还有和她已然反目成仇的潘渔舟,她觉得自己还有很多事要做,她一定不能困在这里,尤其是对杨至恒,她还有很多话要说……

她的意识渐渐模糊,心里的念想却越来越清晰……

"妈,我听说丽大有去英国的交换生,虽然我可能资格不够,但您是丽大的资深教授,能不能想个办法,利用这一层关系把我破格弄出去?"蔡姚拉着

第十五章
一场大雨漂来的爱情

母亲的胳膊晃着撒娇道。

姚君玉当然知道蔡姚心里打的什么算盘，杨至恒离开了，她不会死心的。

"谁跟你说杨至恒去英国了？他可能哪里都没去，还在国内。"姚君玉咬死了不答应，不愿意再纵容女儿的任性。

"可他的同学都这么说，他走得很突然，连后来帮他收拾东西的都是他家的司机，不管是不是这样，我想去看看。"蔡姚执意要求，现在她唯一的想法只能是去找他，希望他能当面给她解释，只有那样她才能死心，才能放弃。

"你傻吗？如果他对你有感情，根本不会不辞而别，现在好几个月了，他都没再跟你联系，他可能根本不想再出现在你面前了，而你可真是不到黄河不死心，还想出国找他！妈妈像你这么大年纪的时候，根本不知道什么爱不爱的，现在的年轻人一点点事就死去活来，姚姚，你还知道自己现在该做什么吗？不把学习搞好，其他的一切免谈！"姚君玉悔恨自己做了一个错误的决定，她不该让杨至恒来辅导她功课，她太小看杨至恒的魅力了。

之后的几个月，姚君玉发现女儿开始拼命攒钱，将每月的生活费省下存起来，到了第二年的暑假，她攒下压岁钱、奖学金、零用钱、生活费，甚至还把自己的笔记本电脑也卖掉了，筹集了三万块钱。

那时候姚君玉才终于知道女儿的决心有多大。她甚至已经开始秘密托人办签证，想利用暑假这段时间出国找人。

"妈妈跟你一起去吧，既然你真的不到黄河心不死，那妈妈陪你一起走到黄河边。"姚君玉终于明白，如今自己在女儿心里的影响力，还不如杨至恒的十分之一多，她可以为了那点小情小爱干许多事，甚至为了一个男生改变了自己，完全改变了自己。

女儿长大了。

那趟英国之旅，在几年后想想，更像是一次出国旅游，她们到了很多学校，看了很多东西，问了很多人，唯独没有找到杨至恒。那一次她知道杨至恒彻底不见了，他是真的不想让她找到，他彻底消失在了她的生活中……

不知过了多久，蔡姚已经觉得呼吸困难，眼前不断交替闪现身边人的画面，大脑昏昏沉沉，完全没有力气。她想她大概要困死在这儿了，心里悲恸。使尽全身气力在天窗顶部里面用彩笔写上"救命"两个字。

过了一会，她恍惚中听到有人用力地敲打她的窗玻璃，手里拿着破窗丁具,她用力睁开眼睛。她听到隐约有人在叫她。
"小姐!小姐!您还好吗?请千万支撑住……"

杨至恒打不通蔡姚的电话,转而给她母亲打,姚君玉没想到会是杨至恒,这么多年了,他只叫了一句"姚老师",她立即就听出是他。
"蔡姚二十分钟前刚给我通了电话,说开车在路上了,可能有些堵。从她公司到这边,应该是走南沙江路通道吧……"姚君玉没明白杨至恒为什么突然问她这个,可听到他紧张的语气,她意识到蔡姚可能出了事。
"姚老师,这个周末就是咱们的同学会,到时候见面跟您叙旧,现在蔡姚可能在路上出了点问题,我得去找她,您也别着急,我会全力以赴。"
杨至恒紧接着将电话挂了,姚君玉几乎没来得及说第二句。他是个稳重谨慎的人,不会随随便便打这种电话,一瞬间她觉得心提到了嗓子眼。

杨至恒开车出了公司大门,一路向蔡姚可能经过的地方找去,越接近南沙江路通道,水越是深,到实在无法行车的时候,他连忙打开车门,蹚水走了一段,终于看到地下道的位置,那里聚集了很多车辆,地势低洼,行到这里容易堵车,有一辆熄火,其他车都走不了,水越漫越深,已经没了普通轿车的顶盖,只有一些视野较高的商务车、越野车等还露了一截位置。
杨至恒全身都湿了,几乎是游过来。身后有救援队的还在冲他大喊:"先生!前面水深,别再往前走了,朝上坡的位置去!"
杨至恒没有理会,一辆辆的车找,一辆辆的车喊。有的车主已经自救脱险。救援队的不断从车内救出人来,有的因为窒息时间过长已经断气。
杨至恒找了十几辆车,已经筋疲力尽,爬到一辆视线较高的车顶,四处张望周围,水淹了大半,他几乎已经看不出哪辆车是蔡姚的。
心里的担忧像水一样越漫越高。

蔡姚被送到医院的时候,神志还是清醒的,只是头晕晕的,胸口憋得难受,加上淋了雨水,有些受凉。
她睁开眼睛看了看医院走廊的标牌,竟然就是第五医院。
她后悔不该冲动地出来,母亲给她的那辆车应该还泡在水里。她裹着医院给的毯子朝妇科病房走去,在电梯口就碰到披着雨衣急慌慌要出门的母亲。
"妈!"蔡姚喊了一声。
姚君玉恍然回过头来,看到女儿的一瞬间,差点要哭出来,这一会儿她的电话要打疯了,没想到她已经来了。

第十五章
一场大雨漂来的爱情

"姚姚,你怎么样了?你没事吧?妈妈都急死了!"姚君玉眼圈一红,摸着蔡姚冰凉的脸。

"没事,妈,我没事……就是您的车可能泡坏了……"蔡姚抱歉地看着她,想起刚才的经历,现在还在后怕。

"车都是小事,人没事就很好了,妈妈都吓死了。"姚君玉拉蔡姚进病房换衣服,一会儿工夫才忽然像想起了什么,"对了,杨至恒呢?你没见到他吗?"

蔡姚刚换上母亲的上衣,忽听她这么问,整个人都警觉了起来:"他怎么了?"

"他打电话来,可能去找你了,还说一定全力以赴……"姚君玉意识到现在问题的所在了,从一种担忧转移到另一种。

蔡姚想到信号中断前自己还和杨至恒通话,听到母亲这么说,心中猛然一沉,愣了几秒钟,安慰母亲:"妈,您先休息,我出去一趟!"

蔡姚迅速将中裤穿好,将毯子扔在母亲的病房里。姚君玉想拉住她,她已经踩着拖鞋飞速下楼了。

在一楼急诊大厅的位置,她看到好多被送来的人,迎面有个高高的男人,裹着毯子浑身像落汤鸡,四处张望着,拉住医生就询问:"大夫,有个叫蔡姚的送到这里来没有?"

蔡姚停住了脚步,看着杨至恒的样子,刚才紧张的情绪一瞬间被什么抚平了,忽然间心境有了些许不同。

想起从最初的喜欢,到后来的恨,所有经过的这八年在脑中来来回回,她多次问自己,还喜不喜欢杨至恒,是恨,是厌恶,还是喜欢,每次想到最后,连自己也说不清楚。

"杨至恒。"蔡姚喊了一句,听起来轻轻柔柔,没有任何感情波动。

那个男人朝这边看过来,眼睛定在她身上的那一刻,悄悄松了一口气,没想到会在这样的时候相见。两人就这样互相望着,几秒钟后,杨至恒微露尴尬:"你……我只是路过这儿看看,我听说南沙江路通道堵了很多车,已经淹了,我怕……所以我就来看看。"

蔡姚朝他的方向走了几步,笑了笑:"哦……我已经没事了,幸好没事了。"

"是啊,幸好没事了,那我就放心了。"

"那你还有什么要说的吗?"

杨至恒一时间不知道怎么开口,他想过很多次和蔡姚说在一起的情形,可隔了太久,想了太多,尤其经历了那次绑架和后来潘渔舟的事以后,他有种说不出的自卑。

蔡姚见他犹豫,转身朝反方向走。杨至恒连忙追过来,从后面拉住她:"阿姚!"

蔡姚停了下来,咬了咬牙,转过身猛然抱紧杨至恒。
他怔了一下,在反应过来之后,张开手臂回抱住她。
毯子滑落在地上,只剩下杨至恒湿湿的衣服,她感觉到他在颤抖,不知道是冷还是激动,或者是,他哭了。

有关杨至恒的记忆,在这八年来千回百转,她一直以为他们不会再有机会在一起了。可此刻的感觉,却像是一只鹰飞过了千山万水,终于找到了心安的着陆点。

杨至恒低下头,没有犹豫地吻向蔡姚,这次蔡姚主动抬起头来迎合他,双臂在他被湿衣贴得紧紧的后背上攀附着。杨至恒步步深入,将蔡姚箍得紧紧的,双手不断在她纤细的后背游移。

不知过了多久,蔡姚猛然将他推离自己的身体,红着脸却笃定地瞪着他。
"再给你个机会,你有什么要跟我说的?"蔡姚决心打破沙锅问到底。
"我……"
"我数到三,不说我立即就走!"
"我其实……"
"一!"
"你别这样!"
"二!"
"别逼我!"
"三!时间到了,对不起。"

蔡姚转身要走,杨至恒已经握紧拳头,额头上全是青筋,上前将蔡姚扳过来,搂住她的腰身,低头密实地吻了下去。

蔡姚发狠地推开他,用手背擦了擦嘴唇:"不说就别碰我!"

杨至恒不放手,死死地搂住她:"你为什么总那么任性妄为?这些年我一直觉得有负罪感,你那时候还小,我怕你是因为年纪小,还没见过世面才喜欢我,我不敢接受!后来发生了那些事,我……我觉得自己配不上你……"

"什么配得上配不上?你不就是被绑架了,两条腿骨折过,后来都已经痊愈了,也许你心里还有阴影,可这什么都不妨碍,为什么配不上?"蔡姚质问,眼睛红红地瞪着他。

杨至恒心里好像被什么割了一刀,被绑架那一晚的事在心头浮现,那可能

第十五章
一场大雨漂来的爱情

是他一辈子的梦魇,挥之不去,可他不想让蔡姚知道,一点都不想。

"你就是胆小,就是窝囊!你什么都不敢!畏首畏尾,缩头乌龟!躲了八年都不敢给我个解释,你让我怎么和你重新在一起!"蔡姚拧着眉头怒道。

"阿姚,跟我在一起吧,我说的是真的。以后我都听你的。"杨至恒回应。

蔡姚终于静了下来,愣愣地看着眼下的地板,"你敢不敢做一件自己从来不敢的事?"

杨至恒停了下来,已然明白了蔡姚的意思,脸上一红。

"胆小鬼!"

"……"

"胆小鬼,窝囊废!"

"蔡姚!"

"你就是,你就是!"

杨至恒被激得满脸青筋,忽然间抱起蔡姚,任凭她的挣扎,大步朝外面走去。

隔着一条马路,看着水漫满城的夜景,26层的酒店客房高高俯视对面的第五医院,霓虹灯依旧透亮,室内却被暖光的床头灯和薄纱一样的窗帘内衬笼罩。

衣物散落了一地,床上的被子也被拖到地毯上,电视打开到极小的声音,偶尔能听到播新闻的音乐。

蔡姚被杨至恒光裸地按在印有金丝图案的墙纸上,后背接触到凉意,皮肤泛起微微的鸡皮疙瘩。双手被他抓住,上举到头上,手背贴着墙。

她不自在地想要乱动,杨至恒的吻已经落下,沿着脖颈、锁骨一路往下,来到胸前……

她闭着眼睛享受这一刻欢愉,娇喘伴着低吟,每一个动作都让她觉得战栗。在微光里,她眯着眼睛看着这个男人,他似乎还是当年的样子,又似乎有了什么不同,这些年来的想念、等待、记恨,都化为一股欲望,在这种时刻的催化下,想要将对方扒皮拆骨,想要钻进他心里的最深处去吞噬。

翻滚在柔软的地毯上,蔡姚披散着头发躺着,盯着杨至恒迷离的眼神,片刻后心一横将他推到一边,一翻身跨坐在他身上。

"八年前我想做小猫咪,但现在我想做女王。"蔡姚邪魅地看着他,勾了勾唇低头朝他咬了下去。

杨至恒痛叫,反而赤裸地将她抱得更紧,手插进她的长发中,轻声回应:"任凭你处置……"

蔡姚笑了笑,低头深吻下去。纤细的手掌在他身上来回摩挲,像寻找什么,越来越快,越来越用力。惹得他胸膛起伏也越来越剧烈。

杨至恒闭着眼睛,直到再也忍受不住这种方式,抱紧蔡姚翻身将床头灯也关掉。室内黑暗一片,只偶尔有电视机的光亮透过来。两人的喘息越来越重,动作也越来越狂野。

直到在暗夜中,蔡姚"啊!"的一声叫了出来……

痛并快乐着,那一晚她忽然对这句话有了更深刻的理解……

第十六章　想爱的人在身边

晨光微露,蔡姚从睡梦中醒来,看着杨至恒在身边,睡得正香,一只手臂放在头顶,一只手臂揽住她的腰身,呼吸均匀,表情放松得像个孩子。蔡姚没敢叫醒他,只是静静地躺着,保持着原有的姿势。

侧着头看着屋里的石英钟,是早晨七点半钟,她每天早晨都是这个时间起床,所以久而久之,即使不上班的时间,她也总是遵循这个规律。

今天可惜不是周末,她还要赶去上班,上班之前她还想去看看母亲。

想到这里,她不舍地伸头轻轻吻了杨至恒的脸颊,将他的手臂放到自己身边,蹑手蹑脚地下床。

将所有事项打理完毕,从包里找出了便签纸,想给他留张字条。才写了一句,就听床上有声音传出:"直接念吧,别写了。"

蔡姚才知道他已经醒了,窘得满脸通红:"你有没有情调啊?电视剧里面都是这样演的,一个人先起来,要给另一个留字条的。"

杨至恒不领情:"我怕你留的是分手的字条。"

"你想得美,昨天刚被你占了便宜,今天就分手,我会这么样?"蔡姚剜了他一眼,拿起自己包,踩着塑料凉鞋打算出门。

"外面还那么多积水,你就不能先请假?叶耀平时这么不近人情的?"杨至恒显然对她走得太早不满,躺在床上抓了抓凌乱的头发。

"我得去看看我妈。她生病了,昨天为了你,我已经把她一个人留在医院了。"蔡姚愧疚,从包里找出零钱想给母亲买早点。

"不是有你后爸赵鲲鹏吗?"

"他?我可信不过。"

杨至恒无奈,起身穿衣服表示要和她一起去。

"你再多睡一会,我到公司,有空的时候再给你打电话。"蔡姚觉得现在在公司的时候也特别忙,说是打电话其实除了中午吃饭,很难抽出时间来。

第十六章
想爱的人在身边

"别了,晚上我去接你,别再不听话地乱跑了,太危险了,昨天我吓得肝都裂了。"杨至恒伸手要一个拥抱。

蔡姚点点头,看了看时间,只是隔空给他来个飞吻,就出了门。

母亲那边已经起来了,果真如她所料,赵鲲鹏一夜没有过来,想起吴小茜告诉过她有关赵主播的事,蔡姚直替母亲抱不平。

在上班途中,蔡姚想了很久,始终不放心母亲,狠了狠心拨了父亲的电话。

父亲是个爱好晨练的人,即使刮风下雨,他也会在自家屋里锻炼做操,从不间断。蔡姚打过去的时候,他还在听着广播做运动。

"爸,妈妈病了,听说是乳腺肿瘤,这两天就要做手术,我看赵伯伯最近总不在妈妈这边,她没人照顾,我又整天要上班……"

"在哪家医院?"蔡姚还未说完,父亲就已经开始追问。

"第五医院。"蔡姚知道父母这些年早已经断了关系,可逢年过节,母亲会让她给父亲捎些东西,父亲也会用他那笔给母亲写一副春联。十年没变。

蔡姚赶到公司时,时间刚刚好,到楼下按了指模打卡,飞速地跑上楼。

坐到位子上,整个人都气喘吁吁,还好肖经理还在里面,没发现蔡姚的情况。

倒是吴小茜上下打量了蔡姚很久,继而下了结论:"我看你今天不同以往啊?"

蔡姚心虚,脸腾的一下红了,以为连吴小茜也看出她昨晚……

"你今天妆都没化好,粉底没擦匀,眼线也没画,这么粗糙的就出门了。"吴小茜挑剔地用笔指了指她的脸。

蔡姚赶忙捂着半边脸:"昨天太忙了,今天起得晚,所以没来得及。"

"你昨天真不义气,跑得这么快,生怕我搭你车。"吴小茜抱怨,"昨晚我差点没住公司里。"

"昨天幸亏没有带你,我车已经泡在南沙江通道了,估计算报废了,我回去翻翻保险,看能挽回点损失不。"蔡姚虽然心疼车,但想到这一夜的经历,欣喜的成分还是占了大多数。

"昨晚叶总请大家吃饭了,让公司餐厅给做的,味道真不错,肖经理果真像我说的那样,没回去。但是半途叶总去接关主任了,肖经理估计失望透了。"吴小茜绘声绘色地形容,面露看好戏的神色,末了还"啧啧"了两声。

自从听说肖经理有意勾引叶耀以后,蔡姚怎么看她都不顺眼,也许是和关语沫太熟悉了,太了解她和叶耀之间的事,听说杀出个程咬金,总有替她抱不平的心理,尽管自己也未曾亲眼看到肖经理怎样不本分,可先入为主的印象很

161

不好。

"昨晚你一定是赶着跟关征约会去了。脖子上还隐隐能看到小红莓呢。"

吴小茜的直言不讳让蔡姚脸颊发烫，眼神躲闪："别瞎说了，哪有！"

"原来其实没看到什么，不过看到你的表情，看来是真有无疑了。"吴小茜的说法让蔡姚气得直颤。

肖经理一上午在开部门经理会议，蔡姚和吴小茜算松了口气。

蔡姚一上午不住地出神，而后就是和杨至恒在QQ上聊天，心里说不出的甜蜜，趁着去茶水间的功夫，又跟杨至恒打了两个电话。

蔡姚这才发现，恋爱和工作从根本上是有冲突的，这一天她脑子里全是杨至恒，不时地还能想到昨晚的情形，不觉脸微微发烫。

"我已经给姚老师的主治医师打点过了，他说她这种情况可能只是良性的，问题不大，叫我们不要担心，一切等手术后切片处理，看看就知道了。"蔡姚听到他的声音，心里安定多了。

"嗯，我妈其实一直身体挺好的，应该没什么事。对了，我爸去了吗？"蔡姚关心的还是这个。

"蔡叔叔来了，一整天都守在这里，刚刚回家去做饭了。"

"哦，那赵鲲鹏呢？"

"没露面，上午打电话说去南陵参加一个学术交流会。"

蔡姚听到这，在电话里冷哼了一声。

"阿姚，等姚老师做完手术，我们一起把咱们重新在一起的事告诉她吧。"杨至恒见她半天没有讲话提议道。

"不，我下了班，就去告诉我妈，她会理解的，会为我们高兴的。"蔡姚坚持要今天说，她希望母亲这个曾经促成他们认识的中间人，能见证一下他们的重归于好，尽管这当中隔了太多年，可这并不晚。

"好。"杨至恒答了一句，那语气是她熟悉的。

蔡姚下班赶到医院的时候，父亲已经做了黑鱼汤和六样清淡的小菜。他一向很会操持家务，是个居家型男人，但从前母亲总觉得他太窝囊。

"姚姚，至恒，快来，大家一起吃，我今天做得多，就知道人多。"蔡父尽管有段时间也怀疑杨至恒和程娇有些什么，可后来听说她意外死去了，加上女儿和他突然在一起，关系看来非同一般，心里的疙瘩就消了下来，招呼他吃饭就像一家人。

"爸，今天可真丰盛。"蔡姚喜欢这种氛围，一家人围坐在母亲的病房餐

162

第十六章
想爱的人在身边

桌边,桌上全是玻璃盒,里面是各种菜色,有父亲有母亲,还有杨至恒。

蔡姚忽然觉得,这就是自己想要的人生。

"你妈妈生病,加上难得大家都在一起,多做几道菜应该的。"蔡父坐下将带来的碗筷从保温包里拿出。

父亲是个很爱干净的人,餐具一尘不染,连拿来的桌布也叠得整整齐齐。

一顿饭吃得其乐融融,饭后蔡姚拉着杨至恒下去买水果。只留下父亲收拾碗筷。

姚君玉忽然间感慨良多,看着前夫这些年皱纹也长了,人也瘦了,衣服也没几件像样的,可奇怪的是,感觉依然很熟悉。

"老蔡,咱们多久没一起吃饭了?"姚君玉真觉得在这样的时候,她需要的真不是一个会赚钱,会工作,会八面玲珑的丈夫,而是一个简简单单生活的男人。

"好多年了吧,最后一次,可能还是姚姚的十八岁生日,不过那天饭还没吃成。"蔡父收拾了东西装进一个塑料包里,又拿纸擦了一遍桌子。

"老蔡……"姚君玉想开口却又不知道说什么,她觉得自己和他已经算是多年不来往了,仅仅逢年过节才象征性地送些东西,可在这个时候,却是他伸出援手。

"你好好休息,安安心心做手术,不会有事的。姚姚也大了,她和杨至恒,其实挺般配的,你别再反对了。"蔡父劝说。

姚君玉早就猜到女儿一直对杨至恒念念不忘,尽管时过境迁,可令她没想到的是,两人真的在一起了,真的想想,这未尝不是件好事。

蔡姚和杨至恒手牵手走在街道上,雨停了,积水也渐渐消失了,街上空气潮潮的,地上还带着泥泞,可两个人心情却好得出奇。

"至恒,这些年我总在想,如果我们还能在一起,该做点什么呢,是该去哪玩,还是做些什么有意义的事,但是现在我觉得,什么都不做,就这么牵着手在大街上晃荡也不错。"蔡姚不掩饰自己的开心,毕竟多年的夙愿完成了,这种感觉难以言喻。

"可我怎么觉得光这样不够啊。"杨至恒故作严肃,忽然甩开她的手郑重地看着她。

蔡姚忽然觉得紧张,不知所措:"那你还要怎样?"

杨至恒猛然拦腰将她抱起,腾空转了两转,大步朝前跑去:"想要像昨晚那样!"

蔡姚将手指放在嘴唇上,红着脸示意他小声点。

"我说我要像……"杨至恒故意放开更大的声音,吓得蔡姚连忙将他的唇掩住。

"你疯了!"蔡姚通红着脸呵斥他。

杨至恒放下她,抱紧她的身子,没有犹豫地吻了下去。两人相拥,映着路灯的光亮,在川流不息的街道旁,在初秋的时光里。

忽然觉得,这个城市很美。

关征开车从熙熙攘攘的街道路过,满眼繁华和霓虹灯的光亮,在刚刚路过的地方,他觉得有一对情侣,那感觉很熟悉很熟悉,让他想要回头去确定,可离得太远,只有一个小小的背影。

风透过车窗吹进来,微凉。

蔡姚接受了公司的第二轮考核,而母亲也接受了手术,只是很不幸,母亲的肿瘤是恶性的,虽然发现得早,但依然要接受化疗。

赵鲲鹏一连接近10天没有露面,一直是父亲照顾她,蔡姚只有下班就去看母亲,杨至恒也几乎天天过来。她忽然觉得,这十来年的时间中,从没有一刻像现在这样感觉到家的温馨。

父亲顾及蔡姚还在上班,坚持不让她夜里来照顾,她只是每天晚上下班过来几个小时,父亲利用这个时间回家做晚饭。

母亲很痛苦,化疗的时候,吃的东西全都吐了出来。脸庞浮肿,之前女强人的姿态全无。

后来过了几天,母亲的第一次化疗结束了,回家去休养,心中始终抑郁不已。

"姚姚,过几天陪妈妈去买个假发吧,过些天,妈妈的头发就全掉光了,太难看了,趁现在戴上,也许别人还看不出来。"母亲心里难过。

虽然大夫说这种病症痊愈的希望有95%,可治疗的痛苦不能言喻,加上头发也会掉光,这对于一向以一头乌黑的头发为自豪的母亲来说,实在是一种极大的打击。

但她没有表现出来,还是时常和她说说笑笑,可说到假发的事,她忽然神色黯然。

"妈,我去给您买吧,您现在不宜出门,需要在家休养,您想要什么款式,我多给您买几个。"蔡姚安慰她,再老的女人也会在意美貌,即便还能长回来,可心里到底过不去。

第十六章
想爱的人在身边

"我觉得咱们以后见了姚老师，都得多提点高兴的事，虽然这周五的同学会她没办法参加，但是全体师兄弟姐妹都没有忘记，派了很多代表来看她。"杨至恒和蔡姚走在街上，和她描述同学会的事。

她知道母亲的那些学生都很热情，给母亲带来了很多东西，说起当年的事，母亲都哭了。还有两个男生为了谁才是大师兄的问题互相争执半天。她觉得当老师最幸福的时刻应该就是这样了。

"我以后再也不惹妈妈生气了，从前我老是任性，不听她的话，她很多时候都是为我好，我却不领情，这么多年，我简直就是个不孝女。"蔡姚心中压抑，想到从前的种种，觉得鼻子一酸。

"姚老师其实最操心的就是你，你以后要多抽出时间来陪陪她，别总忙自己的事。"杨至恒知道蔡姚很少去母亲那里，甚至也很少去父亲那，自从他们离婚以后，那些幻想中的天伦之乐最后都变成了躲避和冷漠。

"我讨厌赵鲲鹏，我一直还记着小时候父母在一起的时光，后来他们离婚了，哪一边都没办法面对。"蔡姚深吸了一口气，"但是这次，让我觉得，其实他们俩还是很好的，不是那种离婚以后再无瓜葛的夫妻。"

杨至恒笑了，忽然停下了脚步，双手按着蔡姚的肩膀："等姚老师的病好了，我们就结婚吧。"

蔡姚一愣，没想到他这么快就提出了，没有回答，却伸手紧紧地抱住了他，杨至恒轻轻地帮她捋了捋头发。

其实她想了很久，关于和杨至恒重逢的一天，甚至到最后她觉得只要能和他再说两句话，其他的并不重要。有关结婚，她甚至从来都没想到这样深入的一层。

蔡姚不知道这一晚杨至恒算不算向她求婚，他什么也没拿，什么动人的表白也没有，从前按照她的想象，最起码是一手捧鲜花，一手举戒指，单腿跪地，念段长诗什么的才算求婚，可杨至恒什么也没用，她却心甘情愿地答应了。

回到家里，已经浑身疲惫，逛了一晚上，买了三个假发，都是和母亲从前的发型相似的，母亲怕别人看出来，所以她尽量低调。

一直到躺在床上，蔡姚主动给关征打了个电话，不管怎样，她觉得自己有些话必须跟他说清楚，她和杨至恒在一起的事，她不想隐瞒任何人，甚至包括潘渔舟。

"你终于还记得有我了?"关征懒洋洋地接起电话,听那感觉应该是在泡澡,旁边还有人搓背,声音一颤一颤的。

"当然记得,不仅记得,还是想忘都难的。"蔡姚调侃,她面对关征的时候总是比较放松的,敢说敢笑敢哭敢骂,几乎没什么忌讳。

"最近一个多礼拜,基本联系不到你,也不知你去哪儿了,今天听我姐说,你妈妈住院了,正打算明天去看她呢。"关征趴在浴池沿上,"你太不像话了,咱们这关系,你还让我从我姐那边得知这样的消息,我今天气了一整天。"

"我妈生病住院的事,她不想让太多人知道,所以没敢告诉几个人,但是我在公司请假,部门经理可能告诉叶总了,所以语沫姐也知道了……"蔡姚推测应该是这样,不然她自己可从没告诉过关语沫这件事。

"这几天的事可能还不止这些吧?我听说你的车也被大雨泡了?"关征看来知道的比她想象的还要多。

"是,不止车泡了,还有一件事,也是我今天打电话的主要目的……我和杨至恒重新在一起了……"

蔡姚屏住呼吸,那头的关征却半天没有讲话,过了好一阵子,他忽然笑了,是那种商场中见惯不惯的笑声,说不上是什么感觉。

"好事啊,我是不是该说恭喜?"关征自嘲,想起那一晚看到的,那果真是他们,不是眼花,不是他多想。

"我知道你不喜欢杨至恒这人,也说不出这种话,但是我不喜欢扭扭捏捏,不想等你看到再解释什么,想主动跟你说清楚……"蔡姚知道关征没表现出来,不代表他不生气不愤怒,他越是不表现,就越是可怕。

"蔡姚,我只想问你一句,这八年中,你是一直都只喜欢杨至恒一个人吗?那我们在一起的那段时间,你有没有过一点动心?你说我像他,那你有没有不把我当成他,也有觉得喜欢的时候?"关征憋了很久,把最想知道的问题一股脑儿都问了出来,他想如果过了今天,也许这个问题他再也问不出了。

蔡姚沉默了,不是惧怕、纠结,而是这个问题她也说不清楚,和关征在一起的时候,她曾经也问过自己。

"我从来不相信什么所谓替身不替身的,因为每个人都不一样,即使有某种相像的地方,可两个人也明显是不同的,说什么替身,都是骗人的鬼话,想推卸责任罢了。"蔡姚的解释不同寻常,她不知道关征听明白没有,但她是想明确地告诉关征,当年的话只是自己随口一说,而他却记了这么久,耿耿于怀。

"我明白了。"关征轻轻笑了,没等蔡姚再说什么,就将电话挂了。

她知道关征的个性,他不喜欢纠缠,更不喜欢解释。

第十六章
想爱的人在身边

第二天总算迎来了周末，蔡姚起得很早，将红豆洗干净加水放在炉灶上煮汤。这是医生交代的，红豆有补血的功效，母亲第一轮化疗刚过，白细胞已经严重减少，需要补养。

忙活了一阵子，又匆忙收拾了屋子才赶去母亲那边。

一进母亲的房间，才看到客厅里摆放了很多礼品，还有一个大纸箱，各种各样堆得满满的，父亲竟然来得比她还早，在母亲的房子里忙忙碌碌。

"妈，这一大早的，来了这么多人？"蔡姚边打量着客厅里的东西边感叹。

母亲还躺在床上，父亲从厨房伸出头来答应："早上不到7点半，你从前那个室友小潘来了，带了这么多东西，真是破费了，还有那个大纸箱，说是送给你的。"

蔡姚没料到会是他，惊讶之中连忙又仔细看了看他拿来的东西："我跟他已经断交了，没想到……"

"这孩子虽然平时婆婆妈妈的，但就是细心，刚刚在这边跟我们聊了很多养生常识，桌上还有一壶他炖的汤。看那个样子，他应该已经原谅你了。"父亲宽慰女儿，怕她心中愧疚。

蔡姚这次更觉得愧疚，她抢了潘渔舟的男朋友，和他彻底翻了脸，他生气归生气，却主动来看她母亲，还带了这么多东西。说明她才是小气的那一个，她选择了爱情，放弃了和潘渔舟那段友情，对于老潘来说，一次失去了两个最重要的人，该是多么难过，何况他本身身体也不太好，却处处关心他人，蔡姚一瞬间自责得无以复加。

她打开了潘渔舟送她的纸箱，是她曾经丢弃的一件玻璃工艺品，因为边角处碰坏了，底座也显得过时，她觉得已经不符合自己房间的格调，才丢掉。现在潘渔舟重新送给她，原来破损的地方已经修补好了，底座重新换了一个大气的，垫得很高，现在整体看起来比原来漂亮多了。

蔡姚看着这东西，沉默了良久，随后长叹了一口气。

直到周一上班的时候，蔡姚忽然看到有两位公安干警从叶总办公室走了出来，神情客气，末了还握了握手。

她轻轻碰了碰吴小茜，用眼神瞟了一眼刚刚下楼的警察，好奇地问道："你说警察来干吗？"

吴小茜耸耸肩："我也不是很清楚，但是听说前段时间省文艺汇演的事故现在有了重要线索，叶总也是案发现场的见证人，估计是来了解一下吧。"

蔡姚想起那个案子，至今还心有余悸，但叶耀是亲身经历的，应该更恐惧更难忘才对，可前几次无论和关语沫一起，还是全家聚会的饭局中，均未听叶耀再提过那次的事件，每次别人问起，他总是几句话敷衍过去，蔡姚一直不相信一个亲历灾难并受重伤的人，竟然连当时的情形都不愿意回忆？

蔡姚开会当中，手机便不住地震动，由于是个陌生号码，加上这个会议是通告她和吴小茜考核情况的，就没敢接。

一直到开完会，接近上班时间，她顺着那个号码打回去，那边好像有喷水和汽车发动的声音，隐隐地还能听到电钻工作声。

"阿姚，你的电话可真难打，不会是和姓杨的约会去了吧？"声音很熟悉，她心里一个激灵，很快就确定那是阿艇。

"你终于给我打电话了。"蔡姚想起自己塞给他的那张名片，竟然事隔很久，他才打过来。

"是啊，要不咱们见面聊聊？"阿艇的反应让蔡姚疑惑。

"我最近忙得厉害，在电话里说吧，你找个安静的地方。"蔡姚不想和他面对面说什么，尤其在知道了杨至恒曾经被他绑架过之后。

"电话里怎么能说得清？况且咱们这么多年没见，上次你不是还想和我聊聊吗？"

"现在没必要了。"

"有必要，晚上6点在新苑鲍翅馆，我定了个包间，306，不见不散。"

"我不会去的。"

"随你，我现在反正是臭名昭著了，再臭一回也无所谓，你的杨至恒可不一样……"

电话突然被挂断了，蔡姚气得脸色通红，捏着电话不知如何是好。

下了班，蔡姚推掉了和杨至恒的约会，又打了电话询问了母亲的状况，才去了新苑鲍翅馆赴约。

阿艇早已经到了包间，并且点了一桌菜和一瓶1991年的葡萄酒，没等她来就吃了起来。

"你发达了？能吃起这里的菜，喝这么好的酒？"蔡姚看到他的样子，忍不住冷哼了一声，将包放在沙发上。

"反正你买单，所以我吃什么都可以。"阿艇切了一块牛排，放在嘴里吃得欢畅。

"你以为我是大款？我两个月的工资都付不起这里的一顿！"蔡姚见他贪婪的样子，和当年那个热爱音乐的青年完全不同，这些年的牢狱生活，反而把他变得更自私更无耻？

"你有杨至恒撑腰，钱不是问题，老友相逢，这么吝啬你好意思吗？"阿艇说得理所当然。

"你到底想跟我说什么？"

"两个大爆料，不知道你想不想听？"

蔡姚知道阿艇不会轻易告诉她什么秘密，什么爆料，除非他有目的，或者想图利。

"你爱说不说！"蔡姚站起来拿起包，做出要走的姿势。

"你不听可以，我可以说给别人听，到时候造成什么后果，与我无关。"阿艇好像根本不担心，只顾低头吃东西，餐具间触碰的声音让蔡姚觉得很刺耳。

她终究没敢走，回过头来瞪着他，眼神里全是轻蔑："我曾经觉得你很帅，现在觉得你很丑陋，无论是脸还是心！"

阿艇将餐刀摔在桌子上，眼神斜睨地站起来："我丑陋？我比你身边所有人都干净都纯洁！"

"看来你的牢狱之灾还没受够！"蔡姚冷冷地从牙缝里挤出几个字。

"很快的，有人就要重复我之前的痛苦了，牢饭不好吃！"

"什么意思？"

"省文艺汇演，事故这么大，查了这么久，竟然就抓了几个技术操作人员，说来说去就是临时工操作失误，出了这么大乱子，你以为就那么简单？"阿艇双手抱臂，防备的姿态，"你身边和你熟识的人，是没人出事，所以你没怎么关心吧？"

蔡姚想否认，可想到当时关征和叶耀都出来之后，她确实已经不在意了，毕竟不是和自己密切相关的，关注程度不会太高。而事后叶耀和关征都没有过多地提起这件事，直到今天有警察来公司找叶耀谈话。

"你想说什么，不要卖关子。"蔡姚知道阿艇竟然敢于约她，肯定已经掌握了足够的证据。

"关征是个不守信用的人，利用完了我以后，才给了那么点钱，以为我是要饭的？"阿艇将桌上的餐碟摔在地上，拿起酒来仰头灌了一阵，"我长这么大，一事无成，反而在牢里待了那么久，谁关心过我？"

"你坐牢都是你咎由自取！"

"屁！"阿艇晃荡着身子吼道，"杨至恒当年说，只要我在台上输给他，他就用十倍的好处来报答我！最后呢？他一分钱没给过我，还抢走了我的女朋友！关征说只要我想办法让杨至恒在文艺汇演的时候受伤，让他三个月无法在公司正常工作，只要演得好就给我三百万的好处费，可最后杨至恒没来，可该

169

准备的我全准备了，最后你猜猜他给了多少？五万！才五万！"

蔡姚没想到关征曾经想在文艺汇演的时候害杨至恒，幸亏他那天没去，想到这，蔡姚忽觉后背发凉："是你制造了那场事故？"

"我有那么傻吗？那抓到了可是死罪！我才刚从监狱出来，想重新享受生活还来不及！"阿艇将一条腿架在板凳上，掀开裤脚到大腿，上面全是虬曲恐怖的烧伤痕迹，虽然不算严重，但已然留了重疤，"我这些伤都是那天造成的！我花钱养病都用掉很多钱，五万块根本剩不下什么。而关征倒好，弄巧成拙自己跑了进去，最后还成了英雄。"

蔡姚拧着眉头，很快的工夫，她否定了阿艇说的线索，关语沫要和她去看表演，关征老早前就知道，如果是他策划了那场事故，他不可能不顾及自己姐姐的生命，况且到最后，他拼命冲进去救人也是装不来的："满口胡言！"

阿艇见她不信，愤怒之情溢于言表："我算准了节目计划单上杨至恒登台颁奖的时间，又花钱在网上买了黑客的程序，提前安装在后台，那个时间里，升降台会提前下落，他很可能摔下舞台，但高度应该不会致死。"

"可升降台出问题的时间并不是在颁奖的时候，而是在程娇跳飞天舞时……"蔡姚突然感觉到问题的所在，整个人都开始石化。

"这不是我所为，程序要在那个时间，我去亲手启动才能有效，可我还没去，事情就发生了。"阿艇心慌，说话间不住打颤，"蔡姚，现在你才能帮我，其他的我真想不到别人了。"

"我不会帮你的，不管你是被人唆使还是自己主谋，不管你时间安排得早还是晚，你事实上已经造成了事故，你应该受到惩罚！"蔡姚转身要出门。

阿艇过来一把将门按紧："你别出去！我真的没有做什么坏事，我只是犯罪未遂！最近自从我追着向关征要了几回钱，他的态度越来越强硬了，上次竟然让几个人来教训我，再这样下去，按照他的行事风格，很可能会找人把我搞掉，我还不想死！"

蔡姚使劲想把门拉开而使不上劲，冷冷地嘲讽："你活该！"

"我是为他做事，况且我什么都没做，如果就这样遭人暗害，我岂不是很冤？只有你能伸手保护我，如果你能保护我，关征不会轻易对我下狠手的……"阿艇已经接近恳切。

"对不起，我没那么大本事，帮不了你……"蔡姚已经看清了阿艇的贪婪，心里厌恶还来不及，又怎么会出手帮他？何况她和关征已经掰了，今后只是普通朋友，根本起不了什么作用了。

阿艇见蔡姚决绝，口气一直没有丝毫松动，气愤之余心一横，冷哼了一声："先礼后兵，我已经对你以礼相待，说了很多好话，把实情都告诉你，可你一点都不念咱们当年的交情。"

"你伤害了杨至恒，为了钱什么都敢做，还怪我不念交情？"蔡姚觉得好笑，用力推开他掰开门把手。

"你真跨出这个大门，别后悔！"

"我今天来了才后悔！"

门开了一半的位置，阿艇已经被甩到沙发角上，声音反而回复了冷静："你走吧，你走了以后，这些我珍藏了八年的照片，就可以公之于众了。"

蔡姚惊得回过头，看到他从口袋里拿出一个信封，从里面掏出一沓照片，朝她的方向一扔，像雪花一样飘落一地，蔡姚随手抓住了一张，才看到上面的内容不堪入目，一个男人被扒光了绑着躺在一张长桌上，表情痛苦，身上伤痕累累。

一瞬间，她的恐惧感油然而生，连忙从散落在各处的照片当中寻找信息，照片上都是同一个男人，同样的是都光裸的，有几张更甚，竟然是几个人同时按住那个男人，然后……然后……

而那个男人竟然就是杨至恒……

蔡姚的脸由白转红而后发紫，恼恨得整个心都燃烧起来了，怒瞪着阿艇："禽兽！你们这些禽兽！！"

她觉得心如刀绞，眼泪瞬间涌出，她从来不知道杨至恒受了这么大的屈辱，他的人生，在那个阳光的年纪被一群魔鬼给毁了。原来不只是腿骨折了，不只是遭到绑架，更重要的是他作为男人的自尊……

"阿姚，这件事除了他妈妈和当年几个查案的警察知道，恐怕还没人知道，要是照片被公布了出去，他的名声，他的一辈子可就全毁了，连关征也不知道这么重要的线索，否则他也不会放过这个好机会，但我阿艇只信得过你，我知道关征诡计多端，合作不是纯粹的合作，敌对也不是纯粹的敌对，但你才是真正关心杨至恒的，这几天我观察过你们了，你和他如胶似漆很开心，我想你也不希望这个开心的时光太过短暂吧？"阿艇声音越来越轻了，笑容却越来越诡异。

蔡姚捏着照片，攥得紧紧的，牙咬得咯咯直响，恨和痛苦占据了整个内心……

第十七章　黑夜前的余晖

蔡姚像一抹游魂晃荡在街上，眼里，脑子里全是那些照片的画面，伤心、愤怒、懊悔、痛恨……所有情绪瞬间都集中到一起。

她趴在南沙江边的护栏上，看着波光粼粼的江面，来来往往的船只，忍不住痛哭。

　　这些年她恨过杨至恒，恨他不声不响地走了，连一句解释也没有，却不曾料到他受了那么大的屈辱，遭到了那么多非人的折磨，如果她早知道是这样，她不会对杨至恒那个态度，她不会放弃，会在当年就想法设法找到他，和他在一起。

　　哭得眼泪都干了，蔡姚听到包里的手机在响，掏出来才看到是杨至恒，忙擦干眼泪，调整了情绪，尽量让声音听不出有哭过。

　　"喂？阿姚，我给姚老师煮了甲鱼汤，味道可鲜了，给她送去了一部分，还剩一些，我给你留下了，我现在就在你家楼下，我先上楼布置碗筷，你什么时候能回来？"杨至恒的声音带着居家男人的味道，听得蔡姚心里暖暖的。

　　"哦……我，我很快就到家了……"蔡姚答应着，语气尽量放轻松。

　　"好，那我等你。"杨至恒挂了电话。

　　蔡姚连忙跑到路边叫了一辆计程车，在车上擤了一把鼻涕，又掏出化妆套盒来补妆，将散乱的头发也重新梳理了一遍，她不想让他看出什么。

　　回到家中的时候，杨至恒正坐在沙发上看电视，听到门的动静，连忙站起来迎过来，挂着宠溺的笑容："功臣回来了啊。"

　　"去你的，什么功臣。"蔡姚嗔道，开始低头换鞋。

　　杨至恒接过她的包放到一边，又示意她去换衣服和洗手："今天的甲鱼汤特别好喝，我按照菜谱炖的，火候和材料都很足，姚老师说特别喜欢。"

　　"我妈妈吃东西挺挑的，能让她满意可真不容易。"蔡姚坐下来，看着餐桌上不锈钢的保温桶，才觉得自己真的饿了。

　　晚上的一顿饭，蔡姚一口都没吃下去，却全部埋单了，她不敢得罪阿艇，她现在才知道他是个可怕的人，更重要的是，他还抓着杨至恒的把柄，一个不能为外人道的秘密。

　　"她说，活了这么大年纪，总算享到女婿的福了。"杨至恒说到这里腼腆地一笑，将小汤勺放在蔡姚的碗里，骨瓷的青花小碗，配上加了枸杞的甲鱼汤，汤色纯正，香气四溢，看起来十分诱人。

　　蔡姚听懂了他话里的意思，也跟着笑了笑，想说些什么，被汤的热气一熏，心里的难过漾了起来。她连忙压抑住这种想哭的冲动。

　　"你怎么了？"杨至恒觉得今天蔡姚不同寻常，连忙关切地问。

　　"没怎么……"蔡姚连忙摇头，不想让他看出有什么问题，不想让他发现她眼圈红了，于是一直低着头。

第十七章
黑夜前的余晖

"你心情不好?"

"没……"

"你说谎。"

"我真没!"

蔡姚抬起头来,眼泪不争气地渗下一滴,连忙用手背擦干,将脸转到一边。

"出什么事了?你告诉我。"杨至恒放下汤碗拉着蔡姚的胳膊,帮她擦眼泪。

蔡姚躲躲闪闪,不住地摇头:"真没什么,你就别问了……"

"有什么连我都不能知道的吗?"

"没……别再问了……"

杨至恒忽然想到蔡姚最近每天工作都忙到很晚,时常有应酬,就是因为竞聘副经理考核的事。

"是不是你上司那个肖什么的骂你了?"

"不是……"

"和同事闹矛盾了?"

"也不是……"

"是不是你担心姚老师的身体?"

"都不是!你能不能别问了?"蔡姚终于咬着嘴唇哭了起来,怎么也忍不住。

杨至恒过来抱紧她,双手在她背上顺着:"别哭别哭……我不问了……"

蔡姚抱紧杨至恒,将脸埋在他怀里,紧紧地抓住他的衣服:"我怕,我很害怕……"

"怎么了傻瓜?你怕什么?你不是有我吗?"杨至恒不住地轻拍她的后背安慰道。

"我觉得现在很幸福,很满足,我不想让任何事情任何人来破坏现在的生活……"蔡姚呜咽着,声音也变得颤抖,抬起头来哭着看他,脸上刚补的妆全都花了。

"是不是老潘又找你了?我明天就去跟他说……"

"不是他。"

"那是谁?"杨至恒警戒地问道。

蔡姚只顾摇头:"没有谁,谁都没有,只是我太傻,患得患失的心太重,我怕你有一天离开我!"

"不会的,白痴,我永远都不会!"杨至恒说得肯定,猛然抱紧她,不让她胡思乱想。

蔡姚抬头主动吻向他,杨至恒怔了一下,开始迎合她的动作,蔡姚在得到他的回应后更加热烈地交缠,唇齿间互相争斗,谁都不甘被动。

衣服被撕扯拖拽，急不可耐地想要拥有对方。

"嘶"的一声，蔡姚觉得裙子的拉链在大力道扯动间坏掉了，拉到一半卡住了。

杨至恒尴尬地抬起头，想帮她把拉链修整好。

蔡姚一把拉住他的胳膊，通红着脸将他的手按到自己胸前："别管它……"

杨至恒轻笑，低头一路吻向下。蔡姚热情地邀请，每一个动作都极为性感，仰起头享受着这一刻的欢愉……

睡到半夜的时候，忽然感到一阵凉意，蔡姚睁开眼睛，看着阳台的窗户还开着，已经接近入秋，早晚温差大，加上一直阴雨不断，这些天夜里温度都不高。

起身关小了一点窗户，又从柜子里拿出一条毯子，盖在自己和杨至恒身上。她看着窗外透来的微光，心里郁结的心思轻轻释放。

"杨至恒，我爱你……"她告诉自己一定不能再让杨至恒受到伤害，她要尽她所能，让他得到最大的快乐，她会用尽下半生的时间让他幸福。

"我也爱你。"杨至恒迷迷糊糊地回答了一句。

她惊讶他还没有睡着，可听到他的回答，她笑了起来。

第二天一早，蔡姚起来做了早饭，将热腾腾的豆浆和面包摆上桌，才去叫杨至恒起床。

他揉了揉惺忪的睡眼，看到蔡姚把一切都安排好了，连卫生间里的牙刷口杯也正正经经地多了一个。

他笑着看蔡姚忙碌的样子，手撑在门框上问："我怎么觉得你今天这么反常，贤惠成这样我真不太习惯。"

"老潘已经不在这住了，房子空着也是空着，不如你搬来吧。"蔡姚已经下定了决心，既然要在一起，就彻底在一起，享受每一天的生活，一起面对今后。

"是不是昨晚很享受，所以你想把我圈在你们家，天天……"

"流氓！"

"不知道是谁昨天不住地求我，要……"

蔡姚连忙塞了一个面包片到杨至恒嘴里，瞥了他一眼："闭上你的嘴。"

杨至恒嚼了几口，坐在餐桌旁，又喝了一口豆浆："很多人说结婚是感情的坟墓，如果每天这样的话，我看这坟墓还挺舒服的。"

"想得美，以后看你表现呢。"蔡姚解下围裙坐在餐桌旁，自己吃了起来，脸颊却明显红了起来。

第十七章
黑夜前的余晖

新的生活似乎开始平静了，除了母亲第二次化疗开始戴上了假发，其他的似乎都在往好的方向发展。她和杨至恒就这样真正住在了一起，每天像对小夫妻一样，一起看电视，一起打游戏，一起吃早餐。

前三次公司考核中，蔡姚和吴小茜的分数势均力敌，俨然最后一次考核成了胜负的关键之局，最近蔡姚发现吴小茜很少在办公室，时而在叶总那边，时而在郑副总那边，时而去肖经理那儿。

肖经理向来不喜欢别人讨好巴结，始终一脸严肃，尤其越到了最后考核的期限，越是严肃，甚至让人感到也许她们俩根本没人能留在营销部。

蔡姚每天下班都加班加点地看资料，一直看到深夜。杨至恒就负责帮她煮宵夜，陪她熬到很晚。

有时杨至恒也忍不住劝她："别太累着自己了，这不还有我吗？有我的收入不会饿着你，用不着那么拼，实在不行，我跟叶耀打声招呼，副经理的位子就给你留着好了，别搞得跟高考生似的。"

"别。"蔡姚赶忙否定他的计划，"你别插手，我的事我自己知道该怎么办，我要好好努力，凭本事竞聘，你少给我弄些走后门的事。"

"现在这个社会，不靠关系靠什么？"杨至恒打着哈欠抱怨她幼稚，"你这么努力除了我，谁看见了？你不找关系，那个小吴没准就找关系了，即使她的水平比你稍微欠缺一点，都不是问题，你不是说她还是你们公司副总的小三吗？她这个处境，肯定是尽力依靠那个男人往上爬了，你这傻姑娘恐怕根本斗不过人家。"

"斗不过就斗不过，实在不行我就回客服部去，没什么大不了。"蔡姚不听他的那一套，继续埋头看书。

蔡姚参加了竞聘的终考，业务题目出得较偏，从前复习过的都没派上用场，最终只能靠临场发挥，而现场答辩由之前的7个人增加到40个，包括营销部的同事，一些聘请的专家，公司股东。每个人手里均有打分权，还有现场录像，整个场面搞得很是宏大，这反而让蔡姚很不适应，之前在外面练了很多遍，心还是怦怦直跳。

吴小茜和她并排坐在候考的地方，人力资源部的同事拿来了抽签专用纸。

"你先来吧。"蔡姚招呼吴小茜。

"不，还是你先来吧，我紧张。"吴小茜示意她。

蔡姚点点头伸手拿了其中一个，展开来上面是"2"。因为只有她们俩考试，所以剩下的一个肯定是"1"。

"最终还是我先奔赴考场了。"吴小茜摇了摇头。

"没关系，不管是你赢还是我赢，我希望我们今后都还是好朋友。"蔡姚伸出手来等着她。

吴小茜笑了笑，紧紧地握住摇了摇："我进去了，好运。"

蔡姚重重地点点头。

两个月在营销部的经历，让蔡姚觉得这一行其实很辛苦，比客服部奔波、劳累，但却活得很精彩。和杨至恒在一起，她不用担心生计的问题，但她依然想好好地对待这次考试。

在心里默默理顺思路，等了二十分钟，才看到吴小茜出来，长舒了一口气。有人在门口叫她的名字，她来不及跟吴小茜说话，就直接进入了考场。

今天在大会议室考试，所有人都面对着她，那种感觉好像自己立即处于弱势，压制住害怕的情绪，轻轻地坐在凳子上，这么多双眼睛盯着她，她环顾过去，报以微笑。

接着先是汇报这一阶段的工作成果，然后进入问答阶段。几个业务问题过去以后，叶耀最终开口，他的问题却让蔡姚感到棘手："如果你成为营销部副经理，你打算怎么处理你的男朋友所在公司和这间公司存在的对立关系？"

蔡姚之前没有想过这么深远，她没想到叶耀都已经想到了，沉默了片刻，蔡姚抬起头来："这并不冲突，好像小李找了个美国老公，当美国队和中国队有体育赛事的时候，小李该支持谁呢？会不会因为她老公是美国人，她就忘了自己是个中国人？我想她一定会坚持支持中国，他老公也会坚持支持美国，各自保留信仰，保留意见，这和婚姻不冲突。如果我男朋友和公司是对立的，那我在工作外的场合绝不泄露任何商业机密，而且我相信他的为人，即使被他无意中知道了，他也会有职业操守，不会把偷窃来的信息作为商业武器。倘若他连这点起码的道德都没有，我们就不会在一起了。"

一瞬间场内没有一点声音，安静得让人紧张，叶耀没有表情，低下头去写分数，接着是记分员报时。

蔡姚简直不知道自己是怎么出的考场，她看到吴小茜还站在门外，见到她出来，连忙迎过来："怎么样？答得怎么样？"

蔡姚觉得手心全是冷汗，脸红红的，艰难地咽了口唾沫："紧张死了，里面气氛简直是冰点。"

"我也是,紧张得差点说不出话来。不过这一会儿好多了。"吴小茜轻拍胸口,整个人直哆嗦。

分数要在第二天出来,这一晚依旧不能放松,尽管每个人都说结果无所谓,可毕竟付出了这么多精力和心血,谁也不想就此打道回府。

"叶耀这个问题就是针对我问的,还怕你成为间谍?"杨至恒抱着蔡姚,不满叶耀提了这样刁难的问题。

"这也正常,谁让你们两家有利害关系呢?我觉得我这次应该没戏了,就凭我和你的关系,恐怕就是最大的拦路虎。"蔡姚揪着他胸前的两粒纽扣抱怨。

"没戏就没戏,到博亚来帮我得了,我想办法给你安排个好位置,比在宏盛强。"杨至恒一向对宏盛不屑,说起来也没当回事。

"你不怕我天天见到关征?"

"有我看着,他敢怎么样?"

"太自信了吧?"

"事实如此。"

蔡姚抱着他呵呵地笑了起来,不管是什么结果,她忽然并不那么在意了。

关征这几日在公司的情绪很差,每天总觉得有一堆忙不完的烦心事,回到家就面对空空荡荡的房子,烦躁的情绪更胜一筹。

最近每天看着杨至恒春风满面的样子,想起前几天蔡姚和他电话里说的那些话,沮丧情绪总缠绕自己散不去。

下班和一群朋友去泡吧,看着周围群魔乱舞的人,忽然觉得烦躁不安。

"关总,要不我给您找个漂亮的姑娘陪你喝两杯,看您最近挺闷的,是不是有不开心的事啊?前一个礼拜您还不是这样。"秘书小王猜到他有烦心事,赔着小心问道,这样的地方,要不是空虚寂寞,以关征这种人的做派,怕是很少来。

"没什么大事,就是觉得心里发虚,之前挺无所谓的一个人,忽然和别人在一起了,我觉得不是滋味。"关征捏了捏太阳穴,靠着沙发只顾喝酒,对旁边的人漠不关心。

"您不会说的是……"

"别瞎猜,你不认识。"

关征不想让别人知道他心里的糗事,故意否定了他的猜测,蔡姚的事,确实让他不开心了,并且比他自己想象的更不开心。

喝了一晚上闷酒，听了几个声音颇带野性的女人轮番唱了几首中英文混合歌曲。关征在两腿打颤之前就被小王搀着离开了。

开着车一路过去，关征觉得胃里翻江倒海，听着车里放着流行歌曲，皆是歇斯底里的缠绵情歌。关征一皱眉："你就不能听点正常的抒情歌，吼得人心里烦。"

小王连忙换了首轻快的，他侧靠在车窗上，看着外面的景色，淤积了一腔说不出的情绪，借着酒劲和小王絮絮叨叨。

小王是个大专毕业，工作一年多的小男孩，人够机灵，也是个真正想干出点什么的有为青年。

对关征的经历，多少有种崇拜。

"你还小，今后找女朋友一定要看清楚，以前有段刻骨铭心恋情的不能找，找了也别当真，当真就输了，女人不管你为她付出多少，总觉得是最初的最好，哪怕那个人多少年不联系，多少年不接触，她还是想着那个人，所以你做什么都没用……"关征边说边做手势，讲得头头是道。

"可不是么，我也见过这样的……"小王跟着附和。

"到时候你就知道，你在她前男友面前根本什么都不算，在她心里，你把心挖出来，她也觉得是黑的，你爱她十分，她只看到一分，前男友付出那么一丁点，她就觉得比天还大，所以这怎么比？"关征摇头晃脑，说到激动还猛拍了座椅两下。

"就是说啊关总，所以您也别犯傻，那女人也不是那么好，男人还是多为自己活着，什么样的女人找不到？"小王劝他，尽管关征依旧嘴硬说自己扯了别人的事，可小王明白，男人说起自己的伤心事，都会杜撰成自己朋友经历的，减少面子的损失，尤其是为了女人。

手机嗡嗡直颤，关征摸索了半天才从包里拿出来，喝得晕头转向，将屏幕送到小王面前："帮我看看谁打来的？"

小王在等红灯的空当伸头看过来，清晰地答了一句："蔡姚。"

关征脸色微变，没犹豫地按了接听键。

"喂？关征吗？"蔡姚在那头问道，声音急切而低沉。

"怎么了？肯定出事了吧？"关征不满，冷哼了一声表示抗议。

"我有事想跟你说。"蔡姚想到阿艇的事，决定和关征好好谈谈，只有稳住了阿艇，杨至恒才不会继续受到伤害。

"说吧。"关征知道她不会无故找他。

"关于阿艇,我是说唐一艇。你能不能放过他?"蔡姚的恳求让关征惊讶,他没想到是为了这件事。

"你怎么会认识他?"关征奇怪,"我本来也没打算对他怎样,你应该让他放过我,这家伙贪得无厌,不断地要钱,我不是自动取款机,如果每一个无能的家伙随随便便堵两次,我就得乖乖给钱,我岂不成软柿子了?"

"关征,我把我的首饰,存款都抵押给你,如果唐一艇再来找你,你给两个钱就算打发,别和他硬碰,也千万不要找人教训他,他刚出狱,什么事都做得出来。"蔡姚希望能用这种方式暂时压制住阿艇。

"你怎么了?我什么时候打发这样的人还需要你出钱?我怎么觉得你今天这么反常?你是不是听说了什么?"关征简直搞不懂蔡姚想干什么,竟然为唐一艇那样的人说情,想起自己曾经让他做的事,也许是他嘴不严,早已透了出去?想到这,关征恨得牙痒痒,或许早该解决这个人。

"他和我从前算是好朋友,后来因种种原因进了监狱,待了这么多年,难免功利一些,况且如果你心术正,根本不会被他纠缠。对付这种小混混,你不用太计较,千万不能把他逼到死胡同,不然……"

蔡姚还未说完,关征就接了过去,生硬地打断道:"可我怎么觉得对付这种人就该就让他一次死心,今后都不敢再这样?不然他会比《农夫和金鱼》里面的老太婆更贪婪!"

蔡姚知道说不过关征,只好另辟蹊径:"算我求你,你想做的事是犯法的,铤而走险的事,到了你这个层次,一定要谨慎。你放过阿艇吧。"

关征简直无法理解,命令小王停车:"蔡姚我实话告诉你,唐一艇就是当年绑架杨至恒的人,你和杨至恒已经在一起了,这种情况,你还要帮唐一艇?"

蔡姚在电话里叹了口气:"我知道……我不是帮他……我……算了,我不会勉强你了,我会想其他办法,你休息吧……"

关征"喂"了两声,听到蔡姚在那边将电话挂了,气得将手机扔到一边,情绪简直坏透了。

"怎么了关总?出什么事了?"小王忍不住问,不知道是不是继续开车。

"没什么,回去吧。"关征捏着眉角说道。

小王答应了一声重新发动了车子。

"以后唐一艇再来,躲着就行了,不用理他,原来说找人问候问候他的,先取消吧,等我的吩咐。"关征交代道。

第十八章　牢狱之灾

蔡姚第二天刚到公司就被肖经理叫到了办公室，进门后才发现吴小茜早已经坐在里面，脸色微红。

肖经理优雅地坐在办公桌前，示意蔡姚坐在沙发上，脸上挂着少有的笑容。蔡姚看出那是客气的笑，一般跟陌生人客气的时候惯用的表情。

"你们俩两个月的考察期到此结束了，稍后副经理的任用名单就会张贴到公司内网公示，不管是谁，希望你们能继续好好工作，虽然按照规则，另一个人就要回到原来所在的部门，但是我向你们保证，今后如果营销部有位置空缺，我第一个考虑你们。"肖经理说起话来和部门会议时候的语气差不多。

蔡姚想到刚刚她的表情，知道自己也许就是被淘汰的那一个，心里微微失落。

毕竟两个月的付出不长也不短，没有谁愿意失败，可有时候却总要取舍。

办公室里的气氛忽然变得诡异起来，蔡姚和吴小茜都不约而同地刷新着公司内网，直到10点半，公示栏依旧没有更新。

吴小茜悄悄地Q了人力资源部的同事，同样没有得到回答。

"小吴，不管什么结果，晚上我们一起去吃个饭好吗？"蔡姚先提议道。

"恐怕输的那个人是没心情吃了。"吴小茜摊了摊手，"部门的几个同事已经准备好庆祝了，赢的那个人可以和大家去庆祝，输的只能回原来的部门，还有什么好庆祝的呢？"

蔡姚无言以对。

忽然，靠近部门电话的小周朝蔡姚扬了扬听筒："小蔡，电话！"

蔡姚抬高声音答道："来了！"

她没想到会是潘渔舟，好一段时间没联系了，直到他送了她那尊工艺品。

蔡姚总觉得没脸面对他，因为她确确实实抢了杨至恒，并且很确定地要和他一直走下去，所以她只能放弃潘渔舟。

坐在公司的员工餐厅里，潘渔舟就在对面，却明显比以前更瘦了，更像一根竹竿。

"最近还好吗？"潘渔舟先开了口，似乎还像从前一样，"上班时间把你叫下来，耽误你时间了。"

"客气什么，你的事，我随叫随到。我很好，你呢？你瘦了很多。"蔡姚回答，她有时候自私地想，要是潘渔舟喜欢的是别人，那该多好，他们还会是朋友，还能像以前一样。

第十八章
牢狱之灾

"杨至恒怎么样?"潘渔舟果然问到了他,始终放不下的东西,离开了也是牵挂。

"他也很好。"蔡姚说完竟后悔了,因为她发现潘渔舟的脸色变了。

"跟你在一起,他当然高兴,不像从前……"潘渔舟声音渐低,两手交叉,神色也暗淡了。

"老潘,你现在住在哪?如果你有不习惯的地方,原来的家还为你敞开。"蔡姚赶忙表示,希望他能忘记那些不快,尽管这可能微乎其微。

"我回去,杨至恒怎么办?你现在已经和他同居了,我还去做什么?"潘渔舟自嘲地反问,眼神望向窗口。

蔡姚没再说话,她没办法和他说心里话,她希望得到他的原谅,又觉得那很残忍。

"老蔡,我今天来找你,是向你道歉的。"潘渔舟郑重地说。

蔡姚赶忙摇头:"你没有什么对不起我的,相反我对不起你。"

"不,老蔡,我是希望之后不管发生什么,你不要怨恨我,因为我也是没办法……"潘渔舟捏着指尖,眼光躲闪。

"怎么了?为什么这么说?"蔡姚不解他的意思。

"老蔡,杨至恒对于我的意义非同一般,这些天我整个人都觉得空了,我每天没闲着,我跟着你们,看着你们,看着你们甜蜜地出双入对,而我就彻底失去了心爱的男人和最好的朋友,这样下去,我真的活不下去。"潘渔舟抓了抓头发,眼圈发红,喉结一紧,连忙用手擦掉眼泪。

"老潘,你别这样,我们都冷静冷静,还有别的办法的,你好好地生活,相信过不了多久,另一个境遇就会出现……"蔡姚不知道他今天来的目的是什么,只是尽量苦口婆心地劝着。

"我没有退路,我已经跟你说过,你还有别的选择,可我没有了,我要么去选择一个不爱的女人结婚,那对我对她都是不负责任,要么就这么孤老一生,我妈妈又不同意,我真的已经没有退路了。我必须做一个决定!这是我筹谋已久的决定!"潘渔舟眼睛越来越红,脖子上青筋也逐渐明显。

"老潘……"

"老蔡,你对我的好,我都记在心里了,这几年咱们的友情不是假的,我都知道,可我没办法,我不想以后活在压抑痛苦中,我只能这么做了,不管怎样,请你原谅我……"

潘渔舟哭了,咬着嘴唇,站起来扭头朝餐厅外跑去。

蔡姚知道他今天的情况不同寻常,吓得连忙追出去:"老潘!"

他沿着马路,一路狂奔,穿过车水马龙,穿过长长的视线消失在人群中,蔡姚不知道他想表达什么，可现在心里前所未有地害怕，她张望着外面，抑制不住地心里怦怦直跳，一直在餐厅外站了很久。

晃荡着回到办公室的时候，进门就迎来了一阵欢呼声，同事站成两排笑着朝她鼓掌，肖经理站在最里面。反而不见吴小茜的身影。

"这是怎么了？"蔡姚一时间懵了，被潘渔舟的事扰得没有回过神。

"恭喜你成为新任营销部副经理！"肖经理走过来，笑盈盈地伸出手来。

蔡姚没想到竟然获胜的是自己，一时间还没来得及消化这个好消息，就被一群人推挤到新的办公桌前。

"今后这张桌子就是你的。明天到办公室去领你的新胸牌，这个季度的片区经理会议就由你来主持。"肖经理俨然一副委以重任的感觉。

而蔡姚环顾了一周，突然问道："小吴呢？"

"她已经回前台了。"肖经理说得并不客气，好像那是她理所应当的结果，这让蔡姚心里不是滋味。

"她也很努力，她一直不喜欢前台……"蔡姚想说些什么，却被肖经理打断了。

"当年我还不喜欢营销部呢，最后一干就是十来年，工作不是能由人挑的。"肖经理说得决断。

"我明白了。"蔡姚知道没有回旋的余地，尽管对于自己竞聘成功满怀喜悦，可注定有人要被淘汰，她还是觉得愧惜，毕竟相处了这么久。

"今天晚上一起去庆祝，小蔡，你可要埋单，今天吃定你了！"小李首先提出，接着得到周围同事的响应，一听说可以免费吃白食，大多数都是乐意的，况且她俨然已经成为他们的上司了，有些人见风转舵的功力可是青出于蓝的。

中午吃饭的时候，蔡姚定了新西湖的位子，那边东西精致可口，就是价钱贵了些，她不想显得太吝啬，干脆定了间好的。

蔡姚不想冷落了吴小茜，中午专门跑到前台招呼她："我们去吃饭吧。"

吴小茜又回复了原来的前台装扮，见到蔡姚过来，脸色依旧不好："少来可怜我，我在哪儿都过得好。"

"我知道，我早就说过，不希望这次竞聘坏了我们的友情。"蔡姚双手撑着台面，"晚上一起去吃饭吧。"

"我不去，心情差。"

"你别这么想……"

"和竞聘的事无关。"

"那……"

"郑国斌的老婆回来了,他简直像只老鼠,吓得连我电话都不接,根本就是个没担当的。"

吴小茜恼恨地瞪着眼睛,将手里的各部门电话翻得稀里哗啦。

"我早就说,别去搞这种事了,郑副总根本不是你的真命天子。"

"他答应我的事一件也没做到……"吴小茜捶了东西,锁门出了吧台。

"别寄希望于不是真心对你的男人了,你全心全意找个踏实未婚的,好好地生活。"蔡姚知道吴小茜本性不坏,内心幼稚了些,总认为郑国斌能帮她实现她想要的,可现实却不是这样。

"前台这点工资,加上和他掰了,今后我差不多要喝西北风了,从前可以和你混小餐厅,今后只能点大锅菜了。"吴小茜沮丧着脸说道。

蔡姚在身后推着她笑道:"没钱我请客,直到你重振旗鼓走上正道为止。"

"什么嘛,好像我以前走的是歪道。"

"还真差不多。"

"蔡姚!"

吴小茜的声音高得整个楼都传遍了,回荡在中午空荡的大厅里。

晚上的庆功宴,蔡姚请了全部门的人,想要共同分享这个好消息。回到家她还打算另外摆一桌,叫上叶耀、关语沫、杨至恒,还有自己的父母,谢晨晨等等一起吃上一顿,庆祝她的事业步入另一个阶段。

如果可能的话,她希望还有潘渔舟,只是她的直觉,他根本不会参加。

两桌人都坐定了,肖经理先来了一通开场白,接着拉起蔡姚来准备开启正题,蔡姚端起杯子,下面人开始起哄让她唱两句。

还没来得及说上一句,包间的门忽然被打开了。三个穿着警服的人进来亮了证件,所有人都愣住了,警察走到蔡姚身边,用公事公办的语气开口道:"蔡姚小姐,请您跟我们回警察局一趟,关于之前丽港大剧院省文艺汇演事故的问题,请您协助我们调查。"

周围的环境让蔡姚觉得压抑,两位审问她的警官脸上写满了严肃,加上周围的布置和晚间时分的天色,一切让她难受极了。

"请问事发当日上午8点你在什么地方?"警察开门见山问到当天的情况。

"我在公司参加竞聘考试,当时我记得很清楚,我是第一个进入考场的,是1号,我出来的时候还不到9点。"蔡姚回忆着,当天的事她还算印象深刻,到底是让人难忘的事，那种惊心动魄的时刻让人记忆犹新。

"那你从考场出来以后去了哪里？"警官一步步深入，似乎不想放过任何一个细节。

"出来以后，我在街上碰到了关征，我们在小咖啡馆坐了一会，他的秘书小王打电话来说大剧院发生火灾，我忽然想到我公司总经理叶耀和关征的姐姐关语沫还在看表演，于是我们俩一起赶往那里，后来关征进去救人，我就在外面，一直等了很久，当时很多人在我旁边，而且关征救人的事是大新闻，我想你们也应该听说了。"蔡姚不知道他们把她叫来了解情况是什么目的，从始至终，她实在想不到自己和这件事会有什么牵连。

"那蔡小姐，你和关征先生是什么关系呢？"旁边一直没讲话的女警官忽然发问。

"他是我前男友。"

"你们是因为什么分手的呢？"

"其实我也说不清楚，可能追求的东西不同吧。"

两位警察相视了一眼，女警官继续问："我们调查过，你现在的男朋友是博亚集团董事长杨海成的儿子杨至恒，是这样吗？"

蔡姚越来越搞不懂他们想知道什么，只好点了点头。

"那你应该认识照片上这个人。"女警官将一个女人的生活照拿到蔡姚眼前。

她看到那上面竟是程娇，茫然地抬起头："我认得她，她和杨至恒之前是同学，一直关系还不错，可惜这次事故中去世了……"

"你确定仅仅是同学？"警察的表情显然带了不相信，"据我们了解，那一段时间关于他们恋爱的绯闻一直不断，甚至有传言说他们已经打算订婚了。"

"那都是谣传，杨至恒和她真的只是好朋友罢了。"蔡姚已经隐隐猜到了点什么，警方怀疑的方向越来越接近自己忍耐的极限。

"我们搜集了一些资料证明，你一直喜欢杨至恒，并且托自己的父亲做媒想方设法和他在相亲中认识，你对程娇小姐一直怀有敌意，尤其是他们传出要订婚的消息以后。你知道自己的身家背景不能和程小姐想比，于是想出利用事故的事，让程娇永远消失。"

"胡说！"蔡姚遏制不住地吼道，她无法接受警方竟然这样猜测，猛然站了起来，两眼冒火地瞪着他们。

"蔡姚小姐，我们在你的家中发现了一个大铁盒，当中还有剩下没有开启的烟幕弹，丽港大剧院的布局图，电力系统控制说明，还有演出出场顺序表以及一些其他工具。"警察细数从她家里搜罗的东西，俨然已经有一半以上的把握了。

"怎么可能？如果我是凶手，我会把这些东西藏在家里吗？！"蔡姚想到

第十八章
牢狱之灾

自己曾经见到过那个铁盒，锁得紧紧的，当时她以为是潘渔舟的工具箱，没在意，之后放在厨房最下层的柜子里，因为长期看不到，逐渐就忘记了，现在想来，心里一阵后怕。

"我们在你家里详细地搜查过，相信那里就是策划这场事故阴谋的筹备现场，在你的客厅里找到了一个改装过的彩色玻璃如意，下面的底座上是空的，打开来，里面是演出当天后台自动化系统的服务改装器，能对设定好的一键启动升降台系统程序进行修改，经过专家鉴定，这就是造成程娇跳飞天舞时摔下来的真正原因。"警察的每一字每一句就像刺在蔡姚心底最深处的钢针，她忽然间想到了什么，一个让她觉得可怕的答案呼之欲出。

潘渔舟……她抑制不住心底的猜测，可毕竟是曾经的死党，她不敢贸然把任何人拖下水，也许另有隐情……

"认识我的人都知道，我对电脑程序的认知，只停留在办公自动化和简单的看电影玩游戏，至于编写程序，改写程序，这太复杂了，对于我这个段次的人来说，根本没可能！"蔡姚努力解释，事实上她讲的全是事实，她根本不懂程序，她确确实实就是个电脑菜鸟。

"这是一个黑客编写的程序，在黑市兜售，使用者不需要有太高的计算机水准，学会基本的操作即可，而在你的抽屉里恰好发现了一张小字条，正是记录操作步骤的备忘录。"警察每一句都在试图证明她就是策划那场大事故的凶手，无论她怎样解释，警察都有更充分的理由反驳她。

蔡姚觉得眼泪都快掉下来，两手握拳，眼睛睁得大大的："我的家人会帮我找辩护律师的，现在我什么都不想说！"

蔡姚被带进公安局问话的消息半天的时间传遍了全公司。叶耀直接跟关征拨了电话，他明白这件事非同小可。

关征早晨还在疑惑杨至恒竟然没来开晨会。自从他进了公司，杨至恒的工作态度比之前勤奋好几倍，每天晨会也来得极早，除了出差，很少有不在的时候。

今天却是真的反常，不过听叶耀的透漏，他完全明白了情况。下了晨会叫司机带他出门，边下楼边让小王给他拨打电话。

"找那个大风洗车行的唐一艇，让他在老地方见，立即就来，三十分钟见不到人，让他自己跳南沙江！"关征脸色凝重，咬着牙，脸部轮廓棱角凸显，他没想到这件事还牵连到了蔡姚。

想起前两天她曾经打电话来让他避着唐一艇，甚至还要出钱让他打发，显然是受到了唐一艇的威胁，当时他喝高了，没当回事，没想到事情已经发展到这么严重的地步。

唐一艇还穿着洗车专用胶靴，身上绑着皮围裙，后背还有"大风洗车行"的字样，显然还没来得及换衣服就赶来了，一路跑得气喘吁吁，到达石窟区仓库后门时，他已经跑得眼冒金星。

"征哥……"唐一艇底气明显不足，唯唯诺诺地站着，不知道关征这么急把他叫来是为什么。

"注意你的措辞，我们关总可不是黑社会老大，别什么哥的。"小王先斥责了两句。

唐一艇畏畏缩缩地点了点头："关总，您有什么事？"

"你心里清楚！之前白天堵晚上截的，刚刚表扬你识相了，这几天不见踪影了，没想到你在筹谋更孙子的事！"关征恼得沉声骂道，心里的恨意随着今天蔡姚的事更盛了几分。

"关总，我最近老老实实工作，本本分分做人，没再怎么样，我也不知道您今天叫我来是做什么，我答应您，以后都不再提钱的事了，之前的事，我谁都不会告诉的，您放了我吧……"阿艇看出关征今天的情绪很差，显然遇到了窝心的事，想到前几天告诉蔡姚的事，也许她已经告诉了别人？

阿艇很快又否定了这个猜测，毕竟他还对蔡姚有所了解，既然杨至恒的把柄都在他这，她没理由敢泄露出去。

小王跟旁边的两名保镖示意，两人一起将唐一艇按在满是尘土的地上，扣住他两只手腕。

唐一艇吓得连连求饶："你放了吧我关总，你说什么我都听！我这么多年在监狱里不容易，出来也想过过好日子，您给过我的钱，我可以全都退给您，我什么都不要，求您放了我！"

关征走过去蹲在他旁边，手指重重敲了他的头部一把："我问，你老老实实地回答，答得好你继续回到你的洗车行，答不好……可就难说了……"

"我答，我好好答！"唐一艇连连点头，呼出的气息伴着地上的尘土，半边脸都沾脏了。

"你当时从黑市买来的东西，现在都在哪？"关征低声问，想要弄清这当中的问题。

"我当时按照说明设定好了，我就出来看表演了，因为按设定，杨至恒的出场时间要在最后颁奖，他之前没有到场，我以为主办方既然都说了他会来，他最多是中途过来，不可能不到场，没想到从头到尾都是那个年纪大的邓副总出来的。"唐一艇急切地想解释，"演到一半，我发现升降台提前启动了，竟然变成了在飞天舞的那段，而且舞蹈的高度比我设定的高很多，那个女

第十八章
牢狱之灾

演员就摔下来了,当时场内都乱了,接着就着火了,这中间时间很短,我看到着火了,心里害怕,根本没敢去找我带来的东西……不过这么大火,应该烧得不剩什么了……"

"像你这种成事不足败事有余的家伙,做事想当然,我真后悔当时把这件事交给你!我以为坐过牢的人,胆大心细,没想到你是这么个废物!"关征怒斥。

两个保镖冲唐一艇猛踢了两脚,疼得他直叫唤,仍不断地喊关征:"关总,别打了关总!我真的没想到,那都是意外!"

"你给别人留下多少把柄,真正的凶手利用这些轻易改成了自己想要的结果,还把罪名轻易地推给了别人,我告诉你,这件事你很可能变成替罪羔羊,让你直接判死刑立即执行!而我和一些其他人也会被牵连进去!"关征之前想过这件事的应对方式,甚至在警察过来了解情况的时候,他都想好了万全之策,可他唯独没料到这件事会牵连到蔡姚。

这让他慌了起来。

"关总!您放了我,我什么都不会说,如果有警察问我,我一定不会提您一个字,真的,真的……"唐一艇第一次见到关征发这样大的火,知道事情不妙,想先脱身再说。

"我不会再相信你,你这种人活着就是祸害!如果蔡姚出了什么事,你等着去见上帝吧!"关征走到一边,狠狠地示意了旁边人。

两个保镖拉起他,拖行了几米,吓得他登时哭了起来,连连求饶:"关总!关总!您听我说!我还有对您特别有利的东西在手上!我真的有!"

关征回头盯着他,似乎想从他脸上看出真假来。

"我有杨至恒的把柄,足够让他一蹶不振,永世不得翻身!只要您有了这个,我保证您很快就是博亚的董事长接班人,没有之一!"唐一艇见到情况危急,只有拿出自己的杀手锏护身,这是他手上剩的最好一张牌了……

杨至恒开车来到潘渔舟的婚纱店,看到他依旧如常地打点生意,似乎对发生的事一无所知,见到杨至恒站在门口,连忙迎了出来。

"你来了。"潘渔舟的语气没有太多惊讶,更多的是平静和意料之中。

"蔡姚被带进公安局了,你知道吗?"杨至恒确定他已经知道,他的举止做派,这些日子已经和从前的潘渔舟差别很大,他没有婆婆妈妈,没有惊异和担忧。

只说了一句:"是么?"

"只有你能救她。"杨至恒点到关键,"她从前对你很好……"

"我从前对她也很好,掏心掏肺,任劳任怨,我一直觉得我们真的是死党,但其实是我想错了……"潘渔舟平静得让人觉得可怕,"包括你也想错了,她的事我一无所知。"

"那次演出事故的真相……"

"真相也许就是她嫉妒程娇,女人的嫉妒心是不可估量的!"

潘渔舟的回答句句针锋,完全不是软软弱弱的作风,在他的内心里似乎充斥着一股莫名的怨气,使他异于常态。

杨至恒知道再说什么也没用,转身离开了婚纱店,潘渔舟却在身后叫住他:"婚纱店的生意很好,包括九鹭别墅那边,托你的福,我已经是个中型连锁企业老板了,如果你想通了,我的收入也完全可能让我们两个过得很潇洒,如果你想不通,今后我不希望再看到你来指责我,逼问我。"

杨至恒没回头,开车绝尘而去。

他没有回公司,也没有回家,将车开到江边喝了两罐啤酒,他能猜到大概发生了什么,和蔡姚的律师通了电话,加上自己的分析,整个过程让人觉得压抑。

如果真是自己猜的那样,那真的可怕,最可怕的是,潘渔舟的转变……

关征不失时机地打来电话,这几乎是杨至恒在非工作场合接到的关征第一个电话。

"杨至恒,蔡姚被人诬陷了。"他的声音很急。

杨至恒庆幸他很急,至少除了自己以外,还有个男人是真正关心蔡姚的:"这还用你说?"

"你的对策呢?"关征质问道。

杨至恒顿了顿:"没有对策。"

"没对策她就完了!"关征吼了一句,压抑不住心中火气。

"你这么神通广大,居然也没对策?"杨至恒讽刺道,他听出关征少有的着急,从前总是关征比他能沉得住气,今天似乎反了过来。

"能想的对策我都想了,能找的人我也找了,这个案子要想赢,难度就在于找出事故的真相。"关征想跟杨至恒分析这当中的状况,事到如今,他也不怕杨至恒知道当初他想要设计让他受伤的企图了,如果这对找出真凶有用的话,怎样都无所谓。

"这么多警察都查不出真相,查出真相找不到凶手,猜到犯罪嫌疑人却没有足够证据,我们能怎么办?"杨至恒说得似乎根本不想再追查什么。

关征气得七窍冒烟:"你什么意思?说这么多丧气话,看来你不打算救蔡姚了?"

第十八章
牢狱之灾

"谁也不知道她是不是凶手,没准这一切就是她操纵的,女人的嫉妒心是不可估量的。"杨至恒用了潘渔舟的话,说得似乎比他更平静。

关征简直被杨至恒的事不关己气到极点:"别忘了,你是她男朋友,出了事,你应该坚信她是清白的,蔡姚这人很单纯,如果她都能做出这样的事,那我这种人早该成头号通缉犯了!"

杨至恒只是在电话里轻笑了两声,一言不发。

"我明白了,这件事你是不打算插手了是吗?"关征完全不能理解杨至恒的反常,他本应该一样着急一样担忧才对,这是怎么了?

关征挂了电话,手机攥得紧紧的,连走路的步伐也加快了很多,脑子里全是杨至恒的最后一句话:"我插手有用吗?"

如果蔡姚在看守所里听到这样的话,他知道她会伤心死。

秘书小王迎面走过来,看到关征一脸铁青,关切地问:"怎么了关总?"

关征木然地摇摇头,咬牙道:"没什么,有些人要做缩头乌龟,我关征不会的。"

关征和蔡姚的父母一起见了律师,听了案情的分析。案卷很详细,甚至关征已经能猜到大体情况,却没有证据证实。

"升降台系统的改写程序是我让一个叫唐一艇的在黑市买来的,本来其实很简单,杨海成近来身体不太好,跟我透漏过想选接班人的事,其实这件事杨至恒的胜算更大些,毕竟他才是杨海成的亲儿子,但因为他前些年的做派,让老爷子不太赏识,所以心里至今还揪成个疙瘩。现在博亚一半的业务都是我分管的,已经不同以往,加上邓副总年纪大了,总有想回家休养的意思,我觉得时机应该差不多了。只要杨至恒有段时间不能工作,和赵鲲鹏的那个项目争取一下,会对我很有利,部署得好,也许情况就会扭转。"关征坦白这些事,不希望蔡姚因为当中的哪个环节而成了替罪羊。

"也就是说,你在这场事故中,是开始的策划者?"姚君玉知道这件事一定不是这么简单,加上这个案子牵扯很广,伤亡众多,一旦定罪,那一定是死刑。

"唐一艇自己找来的,我跟他透漏了这个意思,那小子刚从牢里出来,急于做点赚大钱的事,所以很快接招了,后来我才知道,他曾经绑架过杨至恒,就是因为那件事才坐牢的,他们是有过节的。"关征皱眉,这件事的演变确实超出了他的想象,"但唐一艇跟我说,在演出当中,有人改写了程序,让升降台提前下落,刚巧在飞天舞的时候,可能也是因为操作不当,才造成失火。其实我怀疑,那些东西早就在大火中烧没了,即使有,也是残破不全的,不会像从蔡姚家搜出来的东西那么完整,也就是说,是有人故意栽赃。"

所有人都看着关征,听到这里却不约而同地点头,姚君玉显然紧张得多:"她的公寓从前和一个叫潘渔舟的合租的,再后来杨至恒搬了进去,一直到现在都是这样,其他的人应该很少有作案的可能,包括那个玻璃如意,也是潘渔舟修补好给她的,这么说起来,潘渔舟的嫌疑应该最大!"

"我现在反而觉得杨至恒的犯案嫌疑较大,从前我一直以为他是真的关心蔡姚的,今天打电话的时候,他似乎对蔡姚被抓的事漠不关心,言语中还有点风凉话的感觉,加上那次事故本来是杨至恒出席演出,还负责颁奖,事发当天,他突然让邓副总参加,虽然邓副总没受重伤,但年纪大的关系,受到惊吓,至今还躺在家里。这么突然的决定,不是很可疑吗?"关征经过今天的事,反而更怀疑杨至恒了,这种反常的态度是难得一见的。

"不可能吧,小杨人挺好的,从前还是他妈妈的学生,认识很多年了……"蔡父忍不住为杨至恒辩解,在他眼里,杨至恒不像能干出这种事的人。

"从之前的案例上看,熟人作案的可能性还是很大的,很多看似不可能的,最后证实都是真的。"律师分析道,他对关征的分析倒算赞同。

只有姚君玉没有讲话,她不知道该怎么评价杨至恒,这些年,经过了很多事,她知道蔡姚和杨至恒之间的感情不是谁一两句话能说得清的,这当中有很多她也不能完全了解的情况,她不敢妄加判断,不管真假。

杨至恒躺在沙发上,找了博亚的法律顾问来聊天,整个人看起来精神状态不够好,对于这个案子,他心里有数,却无从对别人说,只来来回回咨询了几个法律问题,就让别人都出去了。

潘渔舟向来心思缜密,没有各种计划好的步骤和实施过程,不可能下手,即使他内心再生气。

现在仅凭合租房子和赠送玻璃如意这一点,不能给任何人定罪,而蔡姚却是实实在在的证据。

他反复想着潘渔舟说的话,心里像有万根钢针齐戳,闭上眼睛就是蔡姚的样子,他难受极了,捂着胸口,深吸了一口气,手掌抓住皮沙发咯咯直响,他知道没有什么更好的办法,只有另辟蹊径,而能做这些的人,或许只有他了。

关征在接下来的三天里,都没看到杨至恒来上班,晨会上杨海成发了火,命人给他打了电话,却是无人接听状态。听说他并没有请假,是忽然间不来的。关征忽然意识到了些什么。

第十九章　寻找真相之路

关征和杨至恒忽然间好像走入了不同的道路，杨至恒就像人间蒸发了，没和任何人讲他去了哪里，公司的一堆烂摊子都放在那里。

关征一时间没了竞争对手，里里外外只看到他一个人在忙碌，他知道这种情况是不正常的。下了班就和蔡父蔡母一起商量对策。

"我今天了解到，蔡小姐情况不太好，一天几乎吃不下几口饭，整个人面黄肌瘦的，进去才一个月就熬不住了，前几天听说在里面发了高烧，不过现在好些了。"赵律师见过蔡姚以后，将她的情况反映给她的家人。

蔡母听到这话后，立即就哭了起来，她知道女儿从小娇生惯养，没受过什么苦，突然间发生这样的事，她一定受到很大打击。

"阿姨，您身体不好，千万别太伤心了，我不管付出多大努力，都要把蔡姚救出来。"关征连忙保证，这几天他想了很多，和别人商量了一些办法，有些尽管不够光彩，但也是没有办法的办法。

"关征，这些天来，阿姨看出你是真心为姚姚好的，她之前和你种种原因分开了，但你却不计前嫌，这么卖力地帮忙，阿姨很感动。我账上还有五十万存款，名下还有一套房产，阿姨把钱给你，有什么需要的，你就拿去用，活动关系少不了要用钱，如果这些都不够，阿姨去借，砸锅卖铁也要想办法把姚姚保出来。"姚君玉做完手术一直身体虚，眼看要做第三次化疗，可最近她的整个心思都不在养病上，一是女儿进了看守所，二是赵鲲鹏从她生病后，一次都没有出现过。

"阿姨，我怎么能用您的钱，我跟蔡姚认识很多年了，即使不是恋人，也是最好的朋友，她出了这种事，我理所应当全力帮忙。"关征安慰蔡父蔡母，不想让他们思想负担太重，"你们别多想，尤其是阿姨还要好好休息保养，至于蔡姚的事，就交给我吧，我一定尽最大努力把她救出来。"

其实关征想到了一种方法，确实冒险，但不失为一种方式，毕竟这个案子已经查了很久，警方也急于破案，搞不好罪名坐实了，就永世不得翻身，他不能让蔡姚变成替罪羊。

关征走了以后，姚君玉才轻轻地靠在沙发上，抱着毛毯，整个人虚弱得很，蔡父就在旁边端茶倒水，见她一直蹙着眉头，就坐下来安慰她："女儿会没事的，出生的那一年，还有个瞎子给她算过，说她这辈子大富大贵，大灾小灾都能化解，加上还有关征帮她……"

"老蔡，我这辈子，可能作孽太多，太不懂生活，追求一些虚浮的东西，导致人到中年，什么都不顺。赵鲲鹏已经走了，他房间里的几块名表，他的证件和他平时喜欢的东西全拿走了，我们俩共同投资的票据他也带走了，我刚才告诉关征的那些钱，是我这些年瞒着赵鲲鹏攒的，比起他手里的资金，这只是九牛一毛。他不是个好男人，可当年，我和你刚刚离婚那会，曾经觉得他才是我想要的男人。现在觉得真是幼稚……"姚君玉叹了口气，轻轻擦了擦眼泪，"你不用在这儿总守着我了，都是我自作自受。"

蔡父没理会，只是依旧帮她拿药端水，打扫房间："你是姚姚的妈妈，即使我们离婚了，这一点还是不能改变，我还是会帮你，照顾你，直到你好起来。尤其现在她也出了事，更没人照顾你了，难道让你一个人躺在医院里？"

姚君玉脸靠沙发背不想让别人看到她的眼泪。

"不知道为什么，从前我挺不放心关征这小子的，现在却说不出的放心，以前总觉得你给姚姚介绍的那些男人没几个真正好的，现在看来，你的眼光不差。"蔡父这些天一直愁眉不展，可关征的态度是让他唯一觉得开心的事。

"我和你感觉一样，觉得姚姚身边真的有个一心为她的人。"姚君玉看着蔡父，心里愧疚之情油然，这些年她除了抱怨除了冷漠，其实没给过蔡父什么，离婚后各自生活，蔡姚是他们唯一的纽带，她怎么也没想到，他会在自己生病的时候来照顾她，并且是不遗余力地照顾。

关征再次叫阿艇出来的时候，他整个人都吓得哆嗦，见到关征就往后缩，没等他开口就求饶。

"你害怕什么？我又没让你去死。"关征冷冷的，轻轻敲了敲阿艇的头。

"关总，您放了我吧！我以后保证都不再骚扰您，不会再问您要一分钱，我老老实实做人，以后都不会找事，您放心吧！"阿艇这些天来每每怕关征找上自己，甚至想逃到外地，可关征的保镖却是随时跟着他，似乎早已经料到他的举动，将他看得死死的。

阿艇满脸颓废，衣服脏兮兮的，头发也湿了，坐在地上整个人毫无形象，像个等待人施舍的乞丐。

"给你个机会，再帮我办一件事，事成以后，上次答应你的三百万酬劳一分不少，我再追加一倍，六百万，怎么样？"关征一直相信重赏之下必有勇夫，尤其是阿艇这种走投无路的人。

这次阿艇似乎并没有表现出对钱财的趋之若鹜，反而更多的是惊恐和无奈："关总，您肯出钱，一定都是让我做铤而走险的事，我已经是坐过一次牢

第十九章
寻找真相之路

的人了,知道牢饭不好吃,我想要钱,可更希望有命去享受,所以我真的不能再为您做什么了。"

关征盯了他几秒钟,语气忽然没有之前那么冰冷:"我听说你曾经是蔡姚喜欢的人,后来她喜欢上了杨至恒,所以你恨极了杨至恒,是吗?"

阿艇冷哼了一声,似乎对这段往事早已经深埋心底:"他岂止是抢走阿姚,他让我在台上输给他,说给我比在酒吧唱歌多十倍的好处,让我出人头地,后来一样也没实现,那根本就是他许的空头支票,从那以后,他成了酒吧的红人,别人一来到都想见到传说中的他,我的风头全没了,我能待见他吗?!"

"所以你纠结了一帮人,对他绑架,而后……"

"而后的事你也看到了,关总,我知道您想让我做什么,但我没法答应您,我可以向您提供两套照片,一套是八年前拍的,一套是最近两天拍的,主角都是杨至恒,您会明白他的底细和现在的状况……"

"你有什么目的?"

"我想好好生活……"

关征笑了,跟小王使了个眼色,让他按照阿艇说的去拿照片,又拿出一张卡来递给阿艇,轻敲了他的脑门:"好好生活!"

这些照片底子被阿艇藏得很好,在一个加密的硬盘里,打开来分了两个文件夹,都是满满的。

关征坐在家里一一翻看着照片,眉头越皱越紧,直到一种说不出的情绪淤积在胸,推了桌子去冲咖啡。

八年前的照片,无非是杨至恒被绑架被欺负的内容,这个他之前就有所心理准备,看后触动不大。可显示最近两天的照片让他瞠目结舌,杨至恒没有请假就离开公司多天,之后这是他第一次见到杨至恒,并且是在照片里,他去饭店,在车上,在足疗馆,在商场,地方各有不同,可同样的是,他旁边多了一个人,是同一个人——潘渔舟。

关征有点懵了,看这些照片,全部是别人偷拍的,没有修饰的痕迹,而且从画面显示的情况来看,确乎是最近两天,因为背景有一处连锁店是昨天才开业。

也就是说,杨至恒最近和潘渔舟在一起?

他简直无法理解最近杨至恒的举动,虽然关征说怀疑他,可心里明白杨至恒不会不顾蔡姚的生死,可现在的情况直逼他心中底线。

他没有多想,直接开车去了潘渔舟那家婚纱店,如果没有亲眼看见,他永远不能相信这件事的真实性。

潘渔舟放下摄影机，冲着杨至恒打了个响指："换个动作吧，今天怎么老让我帮你照相，你从前不喜欢自己当模特的。"

"也许是兴致来了吧，多拍几张，回头到南沙江那边拍，我特别喜欢那边的开阔。"杨至恒换了件衣服，摆了个其他的造型，一上午拍了两百张了，依旧乐此不疲。

潘渔舟笑了，卖力地帮他多拍了一组，在他眼里，这几天的日子像梦一样，很久很久没看到杨至恒这样轻松地和他说话，他曾经以为，他和杨至恒真的结束了，有蔡姚的存在，他们之间就不可能有那几年的时光，他的心境和目标已经被蔡姚改变了。

他再傻也知道杨至恒这次一定是有目的的，他不可能单纯地愿意和他和好，可尽管这样，潘渔舟还是希望这样被欺骗的日子能长一些，或者他还能有一天真的喜欢上这样的生活。

"至恒，翠竹山的景色才是最漂亮的，我们可以去九鹭别墅拍，不一定在这边的，南沙江有什么可看的？"潘渔舟边调相机边提议，丽港这边情况复杂，随时随地会有新的变化，可翠竹山那边不同，那边天高皇帝远，更逍遥自在。

"我喜欢丽港，这边的每一个地方我都喜欢，想多留点照片，趁现在。"杨至恒并不想去那里，似乎并不是考虑风景，而仅仅是留影，他调整好最佳状态，对着镜头露出一个灿烂的笑容。

关征突然直接闯进了摄影棚，伸手将潘渔舟的相机镜头关掉，走到杨至恒跟前。

杨至恒好像并不意外，抱着胳膊看着他："怎么了关总？"

他知道他一走，关征就真的是名副其实的关总了，尽管这曾经是他不愿意看到的。

"跟我出来，我有事跟你聊。"关征瞥了一眼旁边的潘渔舟，不耐烦地催促。

"公事私事？"

"全有！"

"那就在这里说吧，渔舟不是外人。"杨至恒表现得刀枪不入。

关征简直气结，握着拳头走近他："他不是外人，蔡姚是外人？你知不知道她在里面待了一个月了？"

"还没开庭，当然要暂时在里面，有什么奇怪的？"杨至恒摊了摊手，好像根本不在意这些，一副事不关己的样子。

第十九章
寻找真相之路

"事情没弄清楚之前，你不去关心这些，整天声色犬马地享受，不觉得太无耻了吗？何况公司里，你假也不请，杨爸到处找你，这才几天，你就缩头乌龟成这样了？"关征抑制不住气愤，不只是气他对蔡姚的事，更重要的他一直视杨至恒为一大敌人，一直认为自己和他会有一场你死我活的较量才能分出胜负，可现在战争没开始，对手已经退出了，他忽然觉得没趣，觉得窝心。

"蔡姚的事，自有警方处理，你着什么急？至于我不去上班，这不正好给你个上位的机会吗？你应该觉得高兴才对。"杨至恒笑了笑，冷得让人觉得那绝不是笑，是拒人于千里之外的姿态。

"杨至恒，以前我觉得你比我君子，但是现在我觉得，你才是真小人！"关征转身出门，碰得摄影架和门帘哗啦啦直响。

杨至恒没有说话，站在原地不动，只有潘渔舟在关征走到门口的时候补了一句："不送。"

他注意到杨至恒的表情，僵了几秒，一种沉重压抑的表情，无法掩饰，却极力把它丢到一边，强打起精神："继续拍吧，别去管他。"

潘渔舟似乎看出了杨至恒的心思，浅浅地朝他笑了笑，"嗯"了一声。

关征恼恨地出了婚纱店，边开车边拨通了叶耀的电话，最近他姐姐那边也在为蔡姚的事奔波，一直联系紧密："杨至恒和潘渔舟在一起了，说实话，我觉得很诡异。"

待在里面的第五十天，除了中途见过律师两次，她几乎与世隔绝了，听律师说，这个案子还在调查，但她作为第一嫌疑犯，仍然不能出去。律师带来了父母的话，关征的话，甚至有叶耀和关语沫的话，唯独没听说杨至恒的消息，她隐隐感觉到了什么，连吴小茜都能托律师带话来问候，杨至恒没理由不这样做，这两次，律师完全没提到杨至恒这个人。

她忍不住问了，答案却是没见过杨至恒，自从她进了这里，杨至恒就成了她悬在心里的人，和那八年的感觉一样，那个人似乎变成真空的了。

蔡姚终于去找了医生，这些天的精神压力，搞得眼圈发黑，毫无气力，面对大夫，整个人都显得紧张难安："我两个月没来例假了，我想知道，我是不是怀孕了……"

大夫似乎没想和她多说话，伸手递了张验孕纸。

她领了过来，无精打采地站起来去卫生间测试。这些天牢饭她难以下咽，每天只有少量饮用水供应，尽管她在这里的生活有人已经托关系打点过了，可依然黑暗得如地狱般。

对着光亮看着那张纸条，上面清晰地显示只有一条线，她还是有常识的。递给大夫看的时候，旁边也有两个人排队，看她的眼神却都带着不屑和鄙夷，她不明白她们是哪种心态。

"没怀孕，月经不调，别多想了，好好待着吧。"大夫两句话驳回了她，将那张纸扔进垃圾桶，对后面说了一句，"下一个过来！"

蔡姚站起来缓缓朝外面走去，她没怀孕，只是压力太大的缘故，这里的日子不是常人能受得了，压抑、恐惧，最重要的是不知道将来的审判结果，尤其是现在，连杨至恒也没了音信。

"想指望怀孕了出去养胎呢？"一个三十几岁的狱友揶揄地问，倚在墙边身子晃晃的，一口黄牙笑得讽刺极了。

蔡姚没有说话，默默地朝前走。

"不来那个了，没准绝经呢？哈？"另一个在旁边调侃，而后两人哈哈大笑起来。

走廊上回声很大，有狱警伸头过来呵斥道："不准喧哗！"

蔡姚依旧没有说话，像抹游魂一样往前走，心里的伤感和委屈越积越多，可一滴眼泪都流不出，心里干涩得好像裂了一道道伤口。

从律师的口中所知，所有人都没有放弃她，都在关心她，唯独杨至恒，他忽然间离开了她的生活……

杨至恒每天的生活变得单一却并不轻松，面对潘渔舟，他依旧表现得和从前一样，每天过着简单的吃喝玩乐的日子，聊聊摄影，吃个饭，看场电影，再或者就是一起打游戏。

有时也陪潘渔舟一起去做体检，他身体不好，每天都要坚持吃药，还有许多要忌口的东西，过得很艰难，或者谁都不能理解他现在的心情。可潘渔舟这些天却很开心，每天都挂着笑容，常常像个孩子。

杨至恒一直没忘记他这些天的目的，可潘渔舟是个很仔细的人，明面上能看出来的东西，根本不存在任何问题，白天他们总在一起，唯一下手的机会只有晚上。

他偷偷地在潘渔舟的书房装了个针孔摄像机，又旁敲侧击地和婚纱店的几个同事聊着最近潘渔舟的情况，想套出些猫腻，可一天天地过去，还是没发现异样。

第十九章
寻找真相之路

他趁潘渔舟去婚纱博览会进货的一天,悄悄托人想看看出事当天大剧院现场和后台的监控。那人却好像已经厌烦了:"这监控被公安局封存了,已经查了多少遍了,至今也没看出什么问题,这个案子也挺怪异的,后台根本不允许别人进入,检查挺严格的,除了几个送表演服装的进去过一趟,也匆匆一会,根本看不出有什么问题,那几个送货的也都被审问过了。现在抓进去的那个女人不是已经有目击证人证明她一天都守在剧院外面看热闹吗,事发之前一个礼拜还到这边来踩点,杨先生您也看到了当时,她的嫌疑最大。"

杨至恒没说什么,他知道这里已经被公安局彻查过了,监控也早已经不在这里,整个烧毁的剧院还围了起来,根本找不出什么证据。他围着后台看了一圈,那边已经烧得面目全非,之前的音响等设备焦黑一片,仔细看过去,只能隐隐地发现放置服务器的地方被人移动过,边缘有浅浅的被撬过的痕迹。

"这些公安局早发现了,但是当时失火的时候,有人闯到这里来躲避,难免碰到擦到,东西移动了地方,所以也没看出什么,杨先生,我劝您还是别好奇这个了,搞不好把您牵连了。"留守大剧院的师傅语重心长地劝他,从前他是很多演出的投资方,老师傅对他的大名早有耳闻,一番劝说倒像是自己人。

杨至恒离开了大剧院,整个人思维都混沌着,打车回到潘渔舟的婚纱店,今天的生意算近些日子来比较萧条的,加上下午的光景,店里只有一对情侣在看婚纱样片。

所有员工都对杨至恒毕恭毕敬的,进来后大都热情地招呼他。在他们看来,杨至恒才是这里的大老板。

他跑了一天,累得一句话也不想多说,心里的懊恼没办法对别人讲,这些天一直在原地打转,没有任何线索,或者根本已经找不到线索了。连警方也无从下手,破案期限又紧,从表面上看,目前的不利证据使得蔡姚最接近于凶手了。也许有人早已经相信了,但他永远都不信。

杨至恒坐在婚纱店的沙发上,才发现进来后唯一没和他正面打招呼的一个员工正在埋头整理各种票据。焦头烂额的样子,其他无一人帮忙。

"你在找什么?"杨至恒忍不住问他。

那男孩抬起头来,扶了扶眼镜:"没什么,前几天有笔货送错了,现在单子找不到了,买主不高兴了要投诉呢。"

杨至恒尽管已经累得没力气,可看到他的样子,依旧没忍心,伸手拿了一叠单子:"我来帮你吧。"

那个小员工大约没想到杨至恒会插手,这里没一个人愿意帮他重新返工找单子，而杨至恒居然愿意，顿时羞愧地看着他："不用了，我自己可以的。"

杨至恒没等他回绝，已经把单子拿了过来，边询问他是哪天丢失的，边逐张翻找。

婚纱店的生意的确很好，从单子的数量就可见一斑。一张张翻过去，不一会儿看得头晕眼花。

旁边人看到杨至恒来帮忙，也不好意思袖手旁观，也纷纷加入这个行列。

"潘经理回来看到这个场面，肯定会发脾气的，开店到现在，第一次遇见集体找订单的事，被客人撞见了，哪儿还敢在我们这照相？"一个资深些的员工抱怨道，说得已经极尽委婉，却还是忍不住指责那人弄丢了东西。

那个小员工头低低的，显然心里带着担忧。

杨至恒低头看着那些单子，找了一会才发现了规律，那全是按照类别分的，同一类别当中又按时间来分，已经很细致，一张张编号，订在一起，算是比较完善。

有婚纱照，有写真，竟然还有一小叠是服装定制，这让他来了兴致："这边还送服装？"

刚才阴阳怪气的那位资深员工接了话："是啊，咱们这也算是个戏服的中介地，很多地方拍戏，演出什么的，都在我们这订服装的，潘经理和服装公司联系，经常进货很多，之前就销售了不少，主要是咱们这边代理那些做工好的戏服，演出装什么的，有专门的货源，别的地方很难找到。"

杨至恒翻开了那叠服装订单，上面很多是给某晚会送货，某剧组送货的签单，果真是五花八门，甚至有不少是寄送到影视城的，也有部分留下来拍照用，但总体来说这些衣服价格不菲。

他注意到订单竟然有6月16日的一张，九套广袖霓裳裙，其中一套是华丽的银白色，另外八套是黄绿色带金丝边，下面的送货地点竟然是丽港大剧院……

"这张单子当时你们谁去送的？"杨至恒连忙挑出来问道。

所有人都愣了一下，戴眼镜的小员工凑过来看了一眼，解释道："我和非非姐两个人，怎么，有什么问题吗？"

杨至恒看到上面规定的时间是早晨八点送到，那时候节目应该是刚刚开始："这些衣服是送给谁的？"

眼镜哥大约没明白他的意思，旁边那个叫非非的女孩反而先开了口："就是给跳飞天舞的程小姐送的。原来她的演出服不是我们这边做的，不知道为什么，好像听说她忽然觉得原来的衣服不好看，不能衬托这个舞蹈的气质，所以临时换的，我们连夜加班让服装厂送货，一大早就送去了。她当时别提多高兴了，看到衣服直夸我们这边质量好，还说没想到我们这儿做婚纱照的居然能提供这么好的衣服。"

眼镜哥也跟着衬了几句："是啊，当时她急着换衣服，都是临时换的，也没跟我们多说，我们送了货，签了单子就走了，不过真的好险，出来不到半小时，她上场就出了事。"

杨至恒觉得眉心跳动了两下，压抑住自己的猜想："这件事潘经理知道么？我说的是这笔单子，他知道么？"

"他当然知道。"非非到一边坐下，"这就是他接的单子。不过话说也挺奇怪的，平时这样的单子都是公司章和他的私章都盖上，这张单子只有公司的印章而已，而且出了事以后，这九套衣服钱都没要回来，相当于店里赔本。不过潘经理还算仁慈，可能是觉得程小姐出了事，人都不在了，怎么能去要钱呢？所以……"

"所以现在这些衣服在哪？"杨至恒原本坐在沙发上的动作瞬间前倾，像是找到了某个切入点。

第二十章　潘渔舟的决绝

关征没想到杨至恒主动打电话过来，开口想骂两句，就听他特严肃地说道："你能帮我个忙吗？让别人帮忙，我不放心。"

"哟哟哟，瞧你说的，我什么时候成了你最信任的人了？你可真让我受宠若惊！"关征夹枪带棒的讽刺，杨至恒和他从来都是虚情假意的寒暄，几乎没有交心过，今天他却说对他放心。

"我知道你关心蔡姚，所以我想让你帮我去做一件事，去查查和程娇当天一起跳飞天舞的演员，另外问问她们，演出当天的服装在哪？尤其是程娇穿的那件。"杨至恒没等他反应过来，就将电话挂了。

关征觉得蹊跷，按照杨至恒的个性，不声不响地离开公司已经很引人猜疑，加上在这个当口，他竟然重蹈覆辙和潘渔舟搞在一起，如果一个人的转变这么快，没有任何征兆，这很不正常。

关征思考了片刻，拿起电话让秘书小王进来："帮我查个事情，尽快给我答复。"

关征带着心思在办公室里走来走去，一直觉得这个案子的疑点越来越多，这些天托人给待在里面的蔡姚捎去的东西不知道她收到没有，最近没机会见到她，但可以想象里面的日子度日如年。

"关总，董事长让您去他的办公室。"秘书小李敲门进来，一如既往带着春天般的笑容。

关征只是点点头，满腹心事让他无从顾及太多。

走进杨海成的办公室，关征才觉得他叫自己过来似乎并不简单。邓副总竟然也在旁边，这些天自从出了演出事故后，他受了惊吓在家休养，这是关征之后第一次见到他。

"老邓，咱们的决定应该是对的，这几年，我从对至恒全心栽培，到越来越失望，到现在彻底绝望，真的找不出更好的词来形容我的心情了，他现在不声不响，连假都不请，把重要物品都带走了，连句话都不说，简直就是没把我放在眼里，之前我还在考虑选谁做接班人的问题，至恒这孩子是挺聪明的，但是做出来的事件件没让我满意过！"杨海成显然对于杨至恒的离开耿耿于怀，这次他也许真的下定决心了。

"那天演出，为了那个娘娘腔，至恒直接不去了，让我过去，我一把老骨头了，那天差点没把老命送了，要不是关征及时冲进来，把我推了出去，还救了两个孩子，我还不知道怎么样呢！"邓副总显然也站在关征这边，他来的时间不长，可确确实实处心积虑地讨好了不少人。

只不过现在却没有想象中的开心，他知道这次杨海成极有可能选他当总经理，这是他一直以来的目的，他创业六年，吃了很多苦，看了很多人的脸色，才混成了一家小公司的经理，依旧需要事事亲力亲为，可如今仅仅是傍上了杨海成，命运却完全不同了，原本打算和杨至恒继续斗法，却没想到他以这种方式退出了，这反而让他觉得无趣，觉得无法接受。

"关征，这次董事会以后，我想推举你作为总经理人选，我和邓副总已经商量过了，现在只有你才能让我放心。"杨海成显然寄予了厚望，看这种情势，是真的想让他接任总经理位子。

"杨爸，至恒也许只是一时有自己的想法，他回来以后再决定也不迟。"关征不是不想当总经理，而是想等杨至恒在的时候，光明正大地赢他，正正经经地当这个总经理，而不是现在这样。

"这件事我考虑得已经很成熟了，就这么决定了，回头开会之前，我会跟几个关系好的董事打好招呼的，我已经老了，最大的愿望就是退休高高兴兴地去养老，什么也不想。其他的就交给你们这些年轻人。"杨海成拉着关征，像是寄予了厚望，说起来都带着期盼。

关征只是点点头，心中没有特别的惊喜，一是这种胜利来得没有嚼劲，二

第二十章
潘渔舟的决绝

是蔡姚还在里面待着，这种胜利跟谁分享呢？

在杨海成的办公室里待了很久才出来，刚回到办公室，小王就迎面走了过来，一脸急切："关总，刚才被我查到，事故发生以后，伴舞的八个人的服装全都在丽港歌舞团存着呢，唯独程娇的那件，因为她当场被送进医院，衣服很可能在家里，但是按照惯例，那件衣服很可能随着火葬烧掉了。"

关征边思考边点点头，过了一会忽然像想起什么，吩咐说："把当天的舞蹈视频和彩排的视频想办法都弄来，我想看看。"

小王无奈地笑了笑，对关征调侃："关总，当您的秘书真不容易，必须得全能啊。"

"放心吧，我是不会亏待手下人的，下个月开始，我就是博亚的总经理，你就是总经理第一秘书。"关征笑了笑，伸手拍拍小王的肩膀，他知道小王是个机灵的下属，这样的人需要的不止是钱这么简单。

关征回到家，才发现父亲早早地吃完饭出去散步了，关语沫出去约会还没回来，最奇怪的是母亲竟然有约，至今还没人影。

母亲是个居家女人，平时很少有约会，尤其是晚上更不可能，最多几个老友聚聚会，也都是选在中午，今天的情形是很反常。

洗了洗澡，又和蔡父蔡母通了电话才算放心。蔡母已经在等待第四次化疗，可整个人因为担心蔡姚而吃不下饭，睡不着觉，恢复得并不好。关征每次去看他们的时候，尽量都说些有希望的话，希望让他们放心些。

熬到晚上11点半，小王才打来电话，说两段视频已经发到了他的邮箱里。一段是彩排时候的完整视频，一段是事故当天拍的。

关征点了支烟坐在电脑前，打开来仔细地观看，杨至恒给了他一个线索的引子，虽然并不确定，可他隐隐觉得有了方向。

飞天舞是个难度较高的舞蹈，这次的编舞不仅领舞要飞天，其中四个伴舞也要有腾空的动作，真正出事的是中间的一个高台，旁边的台阶均无事发生，也就是说，舞蹈当中出事的只有程娇一个人。

第二天趁出门开会的空当，关征直接让司机开车到丽港艺术学院，小王最先知道了他的意图，除了程娇外，那八个伴舞者全部来自这间学校，是舞蹈学院统一选拔的。

坐在舞蹈室的时候，小王一直没闲着，到处看周围的美女，兴奋劲可想而知。他还是个没女朋友的男孩，这种场合他总是跟打了鸡血似的。

"关总，其实蔡小姐也并不是多漂亮的女孩，只能说还可以，可您对她的事真是上心。"小王不太能理解关征的动机，作为一个已经分手的前任恋人，关征给予蔡姚的关注太多。

"有女孩两年当中坚持每天早晨给你送早饭吗？"关征忽然问道。

"我哪儿有这么好的命。"小王自嘲，这种事他也只是梦里想想。

"有女孩听说你一穷二白，还到处鼓励你，支持你创业么？"

"要是有，我现在就娶她。"

"有女孩子和你分手以后，让你觉得极不适应，甚至生活都有些找不到北的感觉么？"

小王听他一连串的发问，终于明白了端倪："您说的这些感觉，都是蔡小姐给您的？"

"你说呢？如果不是她，我会这样吗？"关征搓了搓脸颊，站起来叹了口气，"你以后就会知道，你会有这种不问为什么就特别想对一个人好的冲动，哪怕没结果。如果没有一个女孩让你有这种冲动，那她一定不是你的最终目标。"

小王听得有些懵，后来才懵懂地点点头："大概明白了一点。"

关征笑了起来。

"可蔡小姐不是都已经和杨总在一起了吗？说实话，我不能接受和别人在一起过的女孩子，如果那个男人还是我认识的，就更不能接受了。"小王依旧不能理解关征的内心，那是他不能明白的心理状态。

"我曾经比你想的还单纯，我觉得我得找那种从没恋爱过的女人，单纯得把我当成她的毕生目标的女人，她的世界里，不管是过去还是以后，只能有我一个人才行。后来发现，除非你有机会和你的邻家小妹妹恋爱，并且保证你们从小到大一定相爱，最后一定结婚，否则，那个你爱的女人，永远有你没参与过的过去。"关征这次没有笑，眼睛睁得大大的，"但是这并不影响你们在一起。"

"这些衣服我都检查了，还专门问了几个人，其实别的倒没什么，就是有一点，她们的衣服都有一个金属的隐形架，听说是在这个舞蹈当中有个动作是悬空而坐，这个架子有支撑的作用，就在裤子上设计的，这是唯一一点特别的，不过这个设计，在程娇的那件衣服上是没有的，因为她没有这个动作。"小王的调查可能出了些成效，也难得他一件普通的衣服也能看出特别的。

关征点了点头，拿出手机来，打开当中的飞天舞片段，反复看了两遍，才发现当时出事的时候，正是在这个悬空而坐的动作上，八个伴舞的围成一个圈，中间领舞的程娇从高台上飞身而下，依靠威亚落地，按照设计，一片桃花落地，加上灯光效应，正是这支舞的高潮部分，可也就是在这一刻出事的。

第二十章
潘渔舟的决绝

"就是在这个地方，高台提前启动了，可能程娇还没准备好，接着就摔了下来，您再往后看，后排的人全站起来了，可能很惊讶出这种事，然后过了没有一分钟，从一边开始骚乱，会场着火了。"小王指着手机屏幕跟他分析。

"衣服你都收着，我认识一个特别懂设计程序的熟人，我得请他来看看，这里面一定有问题。"关征示意小王把衣服全借走，边出门边给叶耀打电话，想请他出来。

这些天逐渐思考的不是工作，不是玩乐，不是别的，而是怎么将这些线索串起来，关征知道有一个人也许能帮上忙，他约了叶耀来他租的小公寓，进门却发现关语沫和母亲也在，他们似乎早就知道他这些天忙忙碌碌的目的，茶几上咖啡和柠檬水都准备好了，他们坐成一排，就等着他来说点什么。

关征被这样的阵势惊吓了，拎着包站着不知道该说什么。

叶耀站起来拎过他的包，随即拍了拍他的肩膀："坐下说吧，这些天你一个人忙来忙去不跟别人交流，我们也很着急，蔡姚的事涉及很广，不是哪一个人能解决的，你凭一己之力去查，最后很可能一鼻子灰，有很多关键环节的取证，你做不了。"

关征憋了这么多天，一直没敢跟家人说，没敢把这个心理负担给别人，每天压抑得快疯了，如今看到这个场面，反而心里一酸。

"蔡姚也算我们半个家人了，现在出了这种事，我们理所应当帮忙，现在进行到什么程度了，你不要藏着掖着，和我们说说，也许我们能帮得上忙。"母亲总是和颜悦色，这些年儿子只带回来一个女人，他很少和女人接近，蔡姚算是少见的一个。

"妈和姐姐恐怕是帮不上忙了，叶耀我倒是有事找你，我弄了一批衣服，怀疑和事故有关联，但是我道行可能不够，暂时还没看出问题所在，我知道你之前搞过软件开发，又是个对系统、对机械都比较在行的人，所以你来看看。"关征将一个大包拖进客厅，示意叶耀来看。

母亲和关语沫也一起凑了过来，关征把小王告诉他的情况跟叶耀讲了一遍，又用电脑播放了一遍当时现场的情况。

放到一半的时候，叶耀忽然按了暂停键："这个动作设计得很独特，但是问题可能就出在这个上。"

关征的直觉反应，他和叶耀的想法有些相似："我也觉得这里有问题，但就是说不上来有什么问题。后台的程序警察都已经查过了，我也看了，好像根本没被人动过手脚的样子，有破损的，也不能证明是事故发生前有的，毕竟事故当时，很多人为了逃命都冲进那间屋子，那里面有间窗户，窗外没着火，大约有上百人都是从那里逃生的。"

"我觉得这衣服可能有问题，虽然我不懂，我不知道是不是女性直觉问题。"关语沫细心研究着这些衣服，"一般舞蹈为了表现女性身材婀娜多姿，腰身和裙子设计得都很好，这个舞蹈的衣服设计的是裤子，裙子是假，裤子是真，并且里面还有隐形架，这么小的隐形架，完全可以把裤子设计得更瘦一些，可事实却不是这样，我不知道这当中还有什么讲究没，这个隐形架好像不那么简单。"

关母感觉到了什么，掏出手机来，靠近隐形架，竟发现有信号干扰，发出嘀嘀的响声。

所有人的神经都紧绷了起来，关征连忙从厨房找出一把剪刀，果断地将衣服剪开，从里衬当中拿出隐形架，在大腿关节处有找到一颗小小的发射器，发射器被拆解下来以后发现，背面用彩笔标注了一个小小的"3"。

"这可能是第三个发射器，凶手可能用这个记录编号的。"叶耀分析，用一个干净的保鲜袋装好，"我拿去研究一下，你们把其他衣服的隐形架都拆下来，看看是不是每个都有。"

几个人七手八脚地拆解，8件衣服，果然每件都在大腿关节处，编号从"2"到"9"。

"没有'1'，看来只有一种可能。"叶耀看着排成一排的微型发射器，心中终于有数。

"'1'一定是程娇那一件。"关征想到唯一没找到的那件，所有猜测都有了方向。

关征想给杨至恒打电话，却发现他的手机一直不通。

"你跟谁联系呢？"关语沫看到关征不停地在拨按键，好奇地问。

"杨至恒。"关征没抬头，脸色却极严肃。

"你不是和他一直不对付吗？"关母不解，皱了皱眉头。

"程娇那边，我们都不熟，杨至恒却不一样，而且从服装查起，这条线索是他告诉我的，我有一种感觉，他在想办法帮蔡姚。"关征起身到阳台去拨号。

杨至恒找到了程娇的家中，自从她出事以后，他定期会来程家慰问，但每次见到的都是程家父母苦丧的脸，尽管家境很好，尽管晚年无忧，但独生女儿的去世，让他们不复从前的快乐。

"你别再来了，我们老两口下半辈子已经这样了，老程受了刺激，现在已经开始有帕金森的症状了，不想再记起从前。"程母摇了摇头，已经不欢迎杨至恒，虽然这件事和他无关，可还是不能过了心里这一关。

第二十章
潘渔舟的决绝

"伯母，我想知道，程娇当天演出穿的那条裙子现在在哪？"杨至恒不敢这么空等下去，只好开门见山。

"你怎么还提这个？关于娇娇的事，我们不希望再听到，每一次说，都是在戳我们的心窝。杨至恒，我也听说了，你的现任女朋友现在已经是嫌疑犯了，她很可能就是害死娇娇的人，你三番两次到我们家找线索，不就是想救那个姓蔡的吗？我倒要问问你，在你心里，是娇娇重要，还是那个女人重要？"程母说话的腔调已经变了，声音颤抖，言语当中眼圈也跟着红了。

"伯母，蔡姚不会是凶手的，她是被人陷害的，您不要听外界的议论就认为那是真相，为了不让程娇枉死，为了抓住真正的凶手，请您帮帮我。"杨至恒知道现在只有程母才能知道那件衣服的下落，只要没在火葬场被烧掉，就一定要想办法拿出来看看。

程母抹了把眼泪，终于让杨至恒进了门。悄悄地引着他到程娇的房间里，打开了那间还带着温馨感的小屋。

"娇娇最喜欢那件衣服，之前光看设计的时候就说喜欢，本来真的想让她带走，但是衣服破了，已经不成样子，我怕娇娇嫌脏，在家里干洗了一遍，放在她的柜子里的，打算过些日子烧给她。"程母带着杨至恒进屋，打开白色的纯木柜门，里面整整齐齐一排衣服，一动没动，房间还是她生前的样子，一切都没有改变。

"伯母，我想看看这件衣服。"杨至恒指了指挂好的那件舞蹈服装。

程母没有反对，只是眼圈渐渐红了。

杨至恒来来回回看着衣服，可能由于事故的问题，衣服破损过，又被修补好了，现在看上去和新的一样，没有任何破绽："这衣服后来是谁修补的？"

"是我。"程母答道，轻轻叹了口气，"娇娇的最后一件衣服，我们也想留个纪念，后来干洗过以后，我把破损的地方补好了。"

"您修补的时候发现有什么问题没有？"杨至恒想问出一些线索，毕竟程母有可能是最先接触这件衣服的人。

"没发现，除了有血迹，其他的和一件普通衣服没什么两样，怎么？你觉得有问题？"程母疑问地抬起头，已经有泪光在眼眶。

杨至恒正不知怎么和程母说，忽然听到手机响了起来，这段时间，他已经将自己的铃声改成舒缓的轻音乐，可在这样安静的房间里，还是显得有些刺耳。

杨至恒接了起来，就听到关征沉厚的语调："你赶快去程娇家查查她出事那天跳舞的衣服，看有没有一个小小的金属片一类的东西，可以接收到信号，上面不出我所料的话，应该用彩笔标注了'1'。"

杨至恒连忙上下翻找,连裙子的里层每个角落都检查了一遍,完全没有关征所说的那个东西,他不死心,又一次追问程母:"阿姨,您再好好想想,是不是这件衣服上有什么东西遗落了,您给放起来了,或者您在这件衣服上见没见到什么类似金属片的东西?"

程母显然只顾伤心,不想听他的一连串问题,皱着眉头连连摇头:"没有,这件衣服我拿回来就一直这样,我只是干洗了一下,修补了一下,其他的什么也没看见!杨至恒,你是真的想帮娇娇找出凶手还是想帮姓蔡的女人洗脱罪名?阿姨曾经很赞同你和娇娇在一起,但是我现在很失望,因为你已经不再记得娇娇了。"

杨至恒没办法跟她争辩,加上最近程母一直伤心过度,他不敢去刺激一个这样的老人,只得告辞离开。

出了程娇家的门,杨至恒心中一直像压了一块大石,关征突然让他找那个金属片,看来一定是发现了线索,而且按照关征的性格,那一定是很确定的线索,不然他不会轻易给他打电话。

而程母也不像在说谎,她可能确实没看到那个东西,那金属片是遗失在了演出场地,还是在别的地方呢?

杨至恒边出神边往前走,忽然听到身后有人按汽车喇叭,回过头来,发现是潘渔舟的车,他伸头朝他打了个招呼,那感觉好像是从很远的地方奔来的,因为他的头发前额部分已经竖了起来。

"你怎么这么快回来了?"杨至恒诧异于他上百公里的奔波,竟然这么快就回到丽港,一时间刚才的情绪还没完全调整过来。

"想你了,进货我带了老万去了,他能搞定,何况生意的事,少一点多一点无所谓。"潘渔舟笑了,白净的脸露出一抹微笑。

杨至恒却忽然觉得心里一寒,从潘渔舟的眼睛里,他似乎看出了点什么:"这么赶一定挺累的。"

"你也很累,还专程来看程家父母。"

"他们都是我的老熟人了,我理应经常照顾他们的生活。"

"可我听说,今天你在店里问了很多关于程娇从我这里定做衣服的事?"潘渔舟倒是一点都不避讳,直奔主题,这和从前的他有所不同。

"噢,随便问问而已,我以前不知道你还兼顾做衣服。"杨至恒想回避这个问题,尽量说得轻描淡写。

"一直有很多想定做婚纱的客户,有些女人很挑剔,这个不行那个不行,

第二十章
潘渔舟的决绝

要量身定做，甚至有想自己设计的，所以我才开始发展这项业务，演出服从一定程度上来说，和定做婚纱异曲同工，我找了一个有名的设计师，程娇恰巧很喜欢。"潘渔舟边开车边解释。

"哦，我也只是好奇。现在你那边的业务越来越宽了，是件好事。"杨至恒浅浅地笑了，用笑来掩盖心中早起的百转千回。

"至恒，今天我在家里准备了一顿晚餐，时间紧，是叫的外卖，回去踏踏实实地吃饭洗澡休息，别的什么也别想了好吗？"潘渔舟的话好像在暗示什么，他也在害怕事情往下发展，这是在恳求。

"渔舟……其实吧……"

"你先听我说，咱们认识时间不短了，我对你怎样你比谁都清楚，我不求你能对我像我对你一样，但至少……至少我希望你内心还是为我好的……"

潘渔舟没再说话，杨至恒也没再出声，两人一直开车回到公寓。

气氛已经低到冰点，杨至恒知道潘渔舟不是傻子，他一定是察觉到杨至恒在怀疑他，在调查他，他的提醒已经明确而诚恳了。

可杨至恒没办法不进行下去，除非他真的能找到这件事的真相，不然他不能放弃，因为蔡姚还在那里。

关征已经连续两天没有睡着觉，生怕有什么环节被自己遗漏了，他把自己的想法告诉了律师，又和叶耀、关语沫几个人商量了当中的始末，现在的关键点就是那个标号"1"的金属片了，如果顺利找到，很可能能揭开这当中的谜题。

关征想办法和律师一起进了看守所去见蔡姚，她比从前瘦了很多，黑眼圈也更重了，肤色微微发黄，整个人精神并不好。

"蔡姚，你在里面怎么样？我找人关照了你的生活，他们不敢对你怎么样。"关征两个月没见蔡姚，看到她的样子，心里揪了一把，因为她看起来过得很不好。

蔡姚笑了，样子却很苦涩："我爸妈还好吗？"

关征用力点了点头："他们都很好，你放心，我会照顾他们的，阿姨已经开始第五次化疗了，情况还不错，不过需要休养，赵鲲鹏和那个女主播的破事，已经被晒到网上了，你妈和他彻底分了，这两个月，一直是你爸爸在照顾她。"

蔡姚终于听到了点欣慰的内容："关征，谢谢你帮我，这些日子，要不是时时听到你带来消息，让我好好地等着出去，我都怕自己坚持不下来，这样的日子，其实很压抑。"

"你放心，这个案子现在已经有些眉目了，我一定会想办法帮你洗脱罪名，从前你总说我点子多，我会用我所有能想到的办法，保你无罪。"关征说得肯定，他想让蔡姚有信心，无论怎样，他都不能让她没指望地等下去，"你是无辜的，法律会保护你的权益，不会冤枉好人，真正的凶手一定会被绳之以法。"

蔡姚受到鼓舞，用力地点了点头。

"你听我说，蔡姚，你好好想想，有没有见过一个标号'1'的金属片，无论在哪里，这对你很重要。"关征切入正题，这也正是他今天最想问的，每一条线索都对查清案子的真相有很大帮助。

蔡姚见关征说得严肃，意识到这样东西不寻常，仔细地想了一圈，却发现确实没印象："我没见到过，那是什么？"

"说得通俗一点，是个接收信号的东西，和程娇的案子有很大牵连，我想是个重点。"

"可惜我真的没见过。"

"没关系，说明这东西藏得比较隐蔽，或者说可能已经丢掉了。"关征安慰她，心里不停地在思考利用什么方法找到剩下的这一个金属片，不管找不找得到，他都要想办法争取蔡姚出来。

"关征，不管最好结果怎么样，我都谢谢你为我做的一切，你让我相信，我绝不会老死在这里的。"蔡姚笑了。

关征也笑了，他想如果蔡姚没有和他隔开的一层玻璃，他此刻特别想抱紧她。

"关征，我想问一个问题，想请你如实地回答我。"蔡姚将憋在心里多天的问题问出口，心里却一直怕得到失望的答案，"你告诉我，杨至恒这些天在做什么？"

关征料到她会问到杨至恒，她还算沉得住气，到这时候才问，他知道她憋了很久。

"他和潘渔舟在一起了。"

关征的话一出，蔡姚的脸色霎时变了，整个人微微一僵。

"但是我又觉得，他俩不是真的在一起……"关征说实话，他之前觉得蹊跷，直到杨至恒让他查收发器的时候，他才确定杨至恒没有见风转舵。

"我明白了，其实这些天，每次你们不能进来也会托律师带话，久而久之，我听到所有人对我的慰问，却唯独没有杨至恒的，我就知道他一定有问题了。"蔡姚将一缕头发放到耳后，眼圈微微一红。

"真的，蔡姚，我觉得杨至恒在筹谋一件事，这件事一定是和你有关。"关征不想帮杨至恒说话，可也不想看到蔡姚伤心，对于恋爱中的人来说，那个人就是支撑她的动力。

第二十章
潘渔舟的决绝

"也许吧。"蔡姚失望地笑了笑，眼皮下垂看着握紧的手。

关征出了看守所，整个人心情说不出的抑郁，也许近来想得太多，每天殚精竭虑，想得最多的就是怎样查出真相，如今离真相越来越近，他却觉得头上阴云越来越重了。

关征趁夜深的时候给杨至恒拨通了电话，他想来想去，现在只有直接从潘渔舟身上着手，才能节省时间，才是最有效的。

杨至恒的声音很低，关征想他应该是在卫生间里。

"标号'1'的金属片我没找到，我想应该不在程娇家。"杨至恒分析着，"我会想办法另找线索的，有消息我会联系你。"

关征对着窗外的夜景，心里却一直忐忑："蔡姚在里面不太好，她想着你。"

杨至恒沉默了片刻，回答："如果你再见到她，不要提到我。"

"不可能，她会追问到死。"关征失笑，蔡姚的为人他很清楚，如果她认定了谁，是不会不管不问等着事情的发展，她会找到他，问得一清二楚，无论分手还是在一起。

"不管怎样，照我说的做。"杨至恒挂了电话，关上水龙头，悄悄地来到潘渔舟的卧室里，发现他仍旧睡得很沉。

一晚上杨至恒都觉得头晕晕的，也许是晚上酒喝多了，整个人看东西都觉得重影。

他轻轻关了门，摸索着走进书房，悄悄拿出自己早已经安放好的微型摄影机，取出来观看当中的内容。

潘渔舟书房里陈列的全是他珍藏的东西，例如他的获奖作品、奖杯、母亲送的生日礼物、自己和他的合影等等，从前这间屋子里也有蔡姚的东西，只是后来被拿了出去，这也许是宣告他们已经不是朋友了。

凭着杨至恒的直觉，他觉得如果那个东西在潘渔舟手上，也许就在这间屋子内。

他拿着手电筒到处翻找，将摄影机里的内容从头到尾看了两遍，在中间的位置，录到一段潘渔舟进屋将一个小盒子放在保险箱中。

杨至恒觉得浑身发热，脸上全是汗，他隐约知道潘渔舟放保险柜钥匙的地方，就是他书房一排从上到下七个抽屉的其中之一，那里面全放的杂物，一般人不会仔细找，他无意中看到过潘渔舟从那里拿出过东西，所以判断钥匙应该还在里面。

杨至恒一个个地找，在封闭的空间和压抑的气氛下，身上已经被汗水浸透了，抽屉里的东西却比他想象中还要难找，杂物好像最近忽然多出很多。

窗外忽然刮起了一阵风，窗帘也被吹起，身后的门咯吱一声响了……

第二十一章　深夜的血光

"你在找这个吗？"杨至恒忽然听到身后有个阴沉的声音反问道，他猛然回头，看到是穿着睡衣的潘渔舟，一脸不明阴晴的笑容，右手捏着一个金属片，屋子里没开灯，只能透过外面的月光隐隐看到，凭感觉，那一定是标号"1"的那个。

杨至恒没有说话，整个人却异常紧张，嘴唇也在微微发抖。

"这个东西很重要吗？"潘渔舟晃了晃，邪魅的眼睛多了一抹恨意，在月光的映照下更加明显。

杨至恒觉得头晕得厉害，猛摇了摇头想赶走这种感觉："渔舟……"

"你告诉我！你整天和我在一起，说什么重归于好，说什么不分彼此，是不是都是你的谎言，其实你最终目的就是找到我手上拿的东西，破解了高台提前启动的程序，好拿来解救蔡姚？"潘渔舟的声音开始变得尖利，甚至震得整个屋子都有回声。

"渔舟……"

"你说！"

"对，你说得很到位！其实就是这样，这么大事故，蔡姚绝不可能是主谋，她是被人陷害的，而我很清楚，你就是始作俑者！"杨至恒声音不大，而情绪都聚积在一起。

潘渔舟失望之极，脸上表情随着抽动显得扭曲："杨至恒，我对你怎样，这些年你不会不清楚，我所做的一切都是为了你！"

"那是人命！"杨至恒忽然打断，"不止是程娇，更有200多个人受伤和死亡！我没想到我认识的潘渔舟这样变态！这是草菅人命！"

"你认为我会做出这样的事？"潘渔舟觉得讽刺极了，"我想除掉的人只有一个，就是程娇，因为她是受到你家承认的儿媳人选，有她在，你以后都不会再和我有交集，所以我要尽一切努力让她消失。不管你信不信，会场的火不是我放的，因为没那个必要！"

杨至恒瞪着潘渔舟，盯着他手上的金属片："是不是你，自有公论，不要把无辜的蔡姚扯进来。"

第二十一章
深夜的血光

"蔡姚和你都不是好人！你们串通一气，一起骗我，把我当傻子！她和我当室友这么多年，我对她掏心掏肺，有好吃的和她分享，有好玩的叫她一起，有心事不对她隐瞒，可她怎么对我？利用我的信任，骗得我团团转！我恨她，特别恨！她抢走了我最珍惜的东西，我就让她好好尝尝牢狱之灾的滋味！即使你不和我在一起，至少你和她也没机会走到一起了，我知道这个就满足了！"潘渔舟的眼睛变得透亮，甚至闪着可怖的光，笑容冷冷的。

"你疯了！"杨至恒觉得头晕得厉害，眼前的景物都开始重影，却极力支撑住，体内的血液澎湃地全涌进脑中，"蔡姚和我很多年前就认识了，我们之间的恩怨，也许很多人都不能明白，也包括你！但是她一直都顾及你的想法。我告诉你，我根本不是因为蔡姚要而和你划清界限，我已经跟你说得很清楚了，我要过新的生活，要和过去的那些混混沌沌的日子说拜拜，我是个正常人，要做正常事，谈正常的恋爱，不是畸形的，扭曲的，见不得光的！"

"够了！"

"不够！而你却一而再再而三地钻牛角尖，你认为你是代表正义的，是合情合理的，但你的偏执伤害了很多人，而且直到今天你仍然没有醒悟，仍然在为你的残忍无情找理由！"

杨至恒说到一半，感到腹部猛地一疼，低头看下去，才发现潘渔舟手里拿了一把刀，狠狠地朝他刺来！

眼前一阵发白，他瞪大眼睛看着他，想反制住他却怎么也使不上力气，潘渔舟猛地抽刀，鲜血滴在木质的地板上，狰狞而触目惊心。

杨至恒站立不稳，一把扶在墙上，一个清晰的血手印烙在雪白的墙壁上："潘渔舟……你……"

"至恒，别怪我……"潘渔舟又重新补上了一刀，杨至恒痛叫，整个人彻底倒在地上。

杨至恒看着地上的那个金属片，已经被血染红了，就丢在离自己不到两米的地方，他没有叫人，也没有反抗，却用尽最后一点力气想抓到那个金属片……

脑中闪现了无数和蔡姚在一起的画面，一瞬间他好像看到蔡姚朝他走过来，带着微笑，他伸手想拉住蔡姚，却忽然觉得漆黑一片……

房门忽然间被人拍得奇响，潘渔舟浑身的每根筋都紧绷起来，他瞪着门边，看着躺在地上奄奄一息的杨至恒，想不出声掩盖过去。

"您好，我是小区物业的老李，潘先生，您的车被这位先生撞了一下，他是专程上来找您解决这件事的。"他听出是老李的声音，紧张得满脸是汗，他依旧没说话,想继续拖延着,没想到这个时候出了这样的事,如果被人看到,就全部暴露了。

关征就站在老李的旁边,他感觉事情不对,他的手机上忽然接到三个来自杨至恒的短信,并且内容都是空白的。他感到事情不妙,连夜专门到这边来,杨至恒的铤而走险能不能成功,他一点把握都没有。已经到深夜了,如果不是特别重要的事,根本没理由这个时间来打扰别人。他把车开进潘渔舟的小区,在车库的位置看到了潘渔舟的那辆车,他灵机一动,踩了油门撞了过去……

爱车被撞,所有人都会起来查看,何况他的家里从外面看上去还有一盏灯亮着,关征确定他们还没睡。

"救命……"杨至恒听到了外面的声音,无力地喊了一句,声音不大,不确定外面有没有听到。

潘渔舟却紧张得掐紧他的脖子,低声威胁他不要出声,瞪着眼睛,额上全是汗水和青筋。

外面人似乎听到了这声微弱的叫喊,敲门的声音越来越大:"潘先生,您是不是出什么事了?"

潘渔舟紧张得快不能动弹,他握紧短刀,暗骂了一句"该死",他完全没想到这个时候会有人来,竟然还是这种事。

关征掏出手机来拨打了潘渔舟的电话,铃声大作,直接穿透门板传了过来,他连忙跟老李说:"师傅,业主潘渔舟还在里面,一定是出事了,他身体不好,很有可能一夜就睡过去了,我刚刚隐隐听到有人喊救命,有没有办法打开门?"

老李也着急了,他原来听说过潘渔舟总跑医院的事,其他的了解不多,本身又是个热心的人,听到关征的催促,立即想到10楼有个开锁匠出身的邻居:"您先等会,我这就找人来开门。"

潘渔舟听到外面情况不好,用力拖拽杨至恒到里面屋子,将大衣柜的东西全部拿出来,将杨至恒塞进柜子里。

没等李师傅上来,潘渔舟红着眼将门打开了。门口站着关征一个人,他开门的瞬间,整个人已经做好了准备,眼光冷冷的,笑容冷冷的,和这深秋的夜里一样。

"关总深夜过来,有什么事吗?"潘渔舟问了一句,身子朝里撤了撤,似乎在邀请他进去。

关征隐隐觉得屋里的气氛不对,潘渔舟的脸色不对,最关键的是,他的手一直放在身后。

第二十一章
深夜的血光

一脚踏进屋子,脚下的垫子软腻腻的,好像湿的,他低头看下去,从垫子的一边正渗出血来,他惊得浑身细胞都充涨起来,仔细看地上,斑斑血迹,连墙上也有血印。

关征惊得回头想看潘渔舟,身后忽然被狠狠地插了一刀!

关征提前警觉了,回身用力一脚,潘渔舟被踢到一边,但很快他重新站了起来,拿起刀继续朝他冲过来。

关征打开门往安全梯的方向跑,从潘渔舟的力气和屋子里的情况,他感觉到潘渔舟疯了,血流了一地,他疼得跑不快,可听到安全梯的上一层,潘渔舟已经锲而不舍地追了下来。

他拼命地往楼下跑,用尽仅有的力气。

外面已经出现了亮光,路灯的光芒让他看到了希望。如果不是深夜,他应该已经得救了,可这个时间,下面空无一人。老李是巡视的保安,他还在楼上,按照惯例,下面还会留一些安保人员的,他喊了几声,直到跑到门口,才叫醒了一个已经在半睡状态的保安。

保安见到关征的样子,吓得浑身哆嗦,他只不过是混口饭吃的,没想到遇到了这样的事。

"赶快报警……潘渔舟可能杀人了,包括老李师傅可能都凶多吉少……"关征觉得后背疼极了,嘴唇白得像一张纸,小保安手足无措还未及安置他,关征已经昏倒在地……

天旋地转,耳边到处是吵杂和喊叫,关征感觉到自己被人抬上了车,眼缝里透入的灯光,是黄白混杂的颜色,好多人出现在他眼前,保安、路人、医生、护士……

他用尽全力想张口说点什么,可眼前却彻底陷入了黑暗。

梦里混沌的感觉让关征几次都处在恐惧的边缘,身上疼痛,感觉到周围一片混乱,但睁不开眼睛,他疲倦极了,是失血过多的缘故,心却一直悬着。

关征再次醒来的时候,已经趴在床上,背后应该是上了药,但不能动弹,一动就疼。旁边是父母、关语沫和叶耀,还有一个秘书小王。

他们看到关征醒来,激动不已,尤其是关母,守在床前哭得眼泪婆娑。

"潘渔舟他……"关征的第一句话就想说他的情况,昨晚的事,是他最关心的。

"他被抓起来了。"叶耀反应最快,首先回答了他急切想知道的问题。

"那杨至恒……"关征想起昨晚的事,浑身毛骨悚然。

"在潘渔舟的家里,找到大片属于杨至恒的血迹,但是目前还没见到杨至恒的人……可能，他已经死了……"关语沫声音渐渐放低。

"谁说的？没见到人怎么能说他死了？"关征显得很激动，甚至想翻身，被一阵剧痛阻拦。

"大衣柜里面全是血，还有客厅里，按照这个流血量，一般人是撑不住了。在大衣柜里发现了一个小包，是用丝巾裹着的，上面全是血，里面是那个标号'1'的金属片。"叶耀说到了关键。

关征沉默了，突然间他感觉明白了很多问题。

关征在床上整整趴了一个礼拜，他知道叶耀会帮忙处理好外面的事，如今只有一个担忧，怕蔡姚在里面见不到熟悉的人，会胡思乱想。

杨至恒应当算失踪了，潘渔舟牙关很紧，尽管被警方审讯多天，仍然没透漏一个字关于杨至恒的去向。

杨海成和杨夫人来看过他，他们夫妻很激动，听说关征事发当天在现场，哭着求他告诉她杨至恒的消息。关征从前很讨厌杨至恒的母亲，但如今却不得不同情。警方已经告知家属，按这种情况很可能杨至恒已经被害了。

病房里，杨夫人因为心肌梗塞住了进来，儿子出了这种事，每个母亲都接受不了，尤其是杨夫人这种心气高的女人，她把儿子看成她的希望，看成是这种浮华而空虚的生活中唯一的寄托。

关母给杨夫人递了水，第一次这样客气，这样坦诚地面对。而杨夫人却始终没有表情，脸上已经哭得浮肿，眼里还带着泪光，整个人却显得有几分呆滞。

"咱们有三十年没什么交集了吧？"关母倒了杯水递给她，轻轻坐在窗前的凳子上。

杨夫人比她显得年轻，从年轻时就是这样，也许正是如此，三十年前，杨海成选了杨夫人而不是她。

"你来看我笑话的吧？我三十年前没输给你，现在也不会输给你，我读书没你好，家世没你好，但我比你漂亮，比你会嫁人，你这个穷了一辈子的老女人，没资格嘲笑我！"杨夫人脸色不好，如今却憋足了劲朝关母骂道，她不允许任何人侮辱她的尊严，她依旧要保持完美的姿态，高傲地活着。

"没人嘲笑你，你还和三十年前一样，容不得一点不完美，其实人生不会总是完美的。"关母轻轻地说，"但我相信至恒没事。"

关母只说了几句就出了病房门，心里无限感慨，外面的阳光很刺眼，将医院照得明晃晃的。

第二十一章
深夜的血光

看到关语沫就在门外,已经整装待发的模样,她说不出是什么滋味。

今天蔡姚当庭释放了,而她却坚持想见见潘渔舟,她一直等着盼着见他,就像有很多话必须当面问清楚一样。

"妈,杨夫人和你无亲无故,何必和她扯什么关系,她现在心情特别差,别人去见她,反而是火上浇油。"关语沫劝说着,她始终不能理解母亲的举动,老年人往往行为怪异。

关母没说话,过了好一会,反而絮絮叨叨地讲了起来:"几十年前,有一对好姐妹,一个是刚被平反后的教授家庭出身,一个是纯粹的工人家庭出身,一个成绩很好,一个长得漂亮,她们喜欢上了同一个男人……"

"妈,您这太狗血了,三角恋的故事,您这样的居然也能讲出来?"关语沫不知道今天母亲怎么了,她平时不是这样的人,她内敛、平和,几乎从不议论他人的个性,在所有人眼里都是个明理的贤妻,年纪大了以后,渐渐地有些絮絮叨叨的毛病,但没有一天像现在这样。

"你猜这男人后来怎么样了?"关母忽然笑了笑,问身边的女儿。

"难道是脚踏两只船?不,按照言情小说的套路,男主都喜欢那个成绩好的,而那个长得漂亮的就嫉妒,百般阻挠,小人做尽。"关语沫发挥了这些年看小说的功力,天马行空猜了一通。

"不,那个男人很聪明,他说喜欢那个成绩好的女孩,开始和她恋爱,跟她一起奋斗,那女孩放弃了原来的学业,跟他一起打拼,对他鼎力相助,还一同创办了公司,五年时间,已经成了当年第一批富起来的人。"关母笑了笑。

"浪漫啊,当年就富了,现在肯定不得了。"关语沫忽然来了兴致,那个年代的爱情总有意想不到的结果。

"后来他富了以后,娶了那个漂亮的女孩。"关母讲的结局残酷又现实,直接将关语沫设想的所有美好画面都打碎了。

"怎么会这样?"关语沫不太能接受,一连追问了两遍。

"因为那个成绩好的女孩,又聪明又能干,可以帮他创业,帮他渡过难关,而那个漂亮的女孩,是他想娶的,因为那是面子的象征。"关母叹了口气,这段故事,这些年来她没跟任何人讲过,她当年背叛家庭和杨海成走到一起,五年时间,他向她许了无数张空头支票,最终无一兑现,他最终娶了如今的杨夫人,一个漂亮、拿得出手的女人。

"后来呢?"

"后来那个成绩好的女孩明白了一个道理,有一种男人,在没有发迹以前,对一个女人百般讨好,一旦功成名就,共富贵的就变成了另一个女人。"

关母想起几十年前的往事,至今还觉得感慨,她像个傻子一样付出了五年，最终的结果却遭到了所有人的嘲笑，她忍辱负重。

直到遇见了关立民。其实关立民一点儿都不出众，唯一的就是踏踏实实过日子。几十年过去了，她觉得庆幸找到了这样的老公，尽管直到今天，她和杨夫人穿金戴银的生活依旧天壤之别。

"怪不得您不想让关征到博亚去工作。"关语沫听懂了母亲的故事。

"关征那小子我拦不住了，只希望他能够有分寸吧。"关母摇了摇头，挽着关语沫朝前走。

蔡姚再见到潘渔舟的时候，位置完全反了过来，她在外面满心痛恨，而潘渔舟却轻松自然，好像从未发生过什么一样。

"你妈妈哭得很伤心。"蔡姚故意把"你妈妈"几个字说得很重，她知道现在唯一能打动他的也许只有潘母了。

"我给我妈留了养老钱了，她下半辈子不用愁，我做每件事之前，都充分考虑好了后果，不会留有遗憾……"潘渔舟显得更瘦了，胡子楂明显了很多，却前所未有的决绝。

"你把杨至恒怎么了？他现在在哪？"蔡姚的眼中明显带着泪光，还有愤恨和决裂，曾经的死党，如今的仇人，这个身份的改变多么的可怕，她做梦都没有想到。

"在庭上的时候，我已经说得很清楚了，杨至恒被我杀了，尸体扔进南沙江了。程娇也是我杀的，关征那一刀也是我捅的，我就恨没再多补两刀，那样关征那孙子就必死无疑了。"潘渔舟咬牙切齿，眼里的光芒带着可怖，手掌也紧紧地攥起来。

"潘渔舟，我从来都没想到，你内心会是这样，你犯案累累，过了今天，你就是死刑立即执行！你会受到所有人的谴责，得到最悲惨的下场！"蔡姚从没想过这么恨一个人，从骨头里恨。

"没关系，至少我把至恒带走了，谁都不能跟我抢了，这已经足够了。"潘渔舟笑得冷冷的，整个人都在颤抖，却带着让人惧怕的胜利的笑。

"你这个变态！"

"是，你说得对，我是变态！并且从来没觉得愧疚过……"

蔡姚咬着牙，眼泪直流，她恨所有事情最后竟然变成这样。

"明天我就要死了，那么今天我再告诉你一件事，一件所有人可能都不会清楚的事……"

蔡姚瞪大眼睛，戒备地看着他，恨不得用眼睛将他穿透。

"其实……那场火，与我无关……"潘渔舟看到蔡姚愣愣地看着他，忽然

第二十一章
深夜的血光

间大笑起来，声音凄厉尖细，"放火的人，一直想让我死……"

狱警开始在后面催促他，蔡姚慌忙想再多问些什么，他已经走了进去，回过头来，留了一个意味深长的笑容。

"潘渔舟！潘渔舟你说清楚！"蔡姚使劲在外面砸着相隔的玻璃，一瞬间她好像意识到了些什么。

从和杨至恒认识到如今，经历了太多无法言说的事，一直到如今，她恍然分不清是什么力量让他们在一次次即将看到希望的时候分开。

她一直在那里站了很久，是狱警最后将她拖走的，她不能接受杨至恒就这样消失了。

当蔡姚又一次见到这个城市的傍晚时，外面停了三辆车，一辆是父母的，一辆是叶耀和关语沫的，还有一辆是杨海成和杨夫人的。

她站在那里，一时间鼻子酸酸的，她终归是有人关心的，活了二十几年，尽管任性，尽管骄横，尽管没做过惊天动地的大事，而如今依旧有很多人在想着她，也许不只是想着她，却至少让她觉得，她不是真空的……

这个城市的夜景竟然这样悲凉，冷得刺骨，尽管霓虹灯将大街小巷映照出光怪陆离的景象，繁华的背后，却隐藏着无数残酷。

她还没来得及和杨至恒说一句告别的话，他就在她的生活中湮没了，像八年前一样，她不知道该怎样安放这段感情。

蔡姚是第二天去的医院，整个人依旧没调整过来。

关征趴在床上拿着iPad，不停地点击着今天的新闻，脸上没有一丝笑容，直到蔡姚走过去将iPad抽了过来，他才回过头来，愣了两秒，而后露出一个欣慰的笑容。

"关征……"蔡姚的声音微带沙哑，这些天喉咙干涩，补水也不够，整个人肤色蜡黄，瘦得像根火柴。

"先让我说吧。"关征打断了她，"你知道我这人一向爱说实话，潘渔舟发起疯来很恐怖，你早该防范他，我这一刀差点送命了，现在每天晚上还在做噩梦。杨夫人最近精神恍惚，估计是担心杨至恒，杨海成昨天正式任命我为总经理了，但说实话，我一点也没有觉得高兴。还有最后一句，杨至恒可能死了……"

"关征，谢谢你。"蔡姚知道这段时间，一直是关征不遗余力地四处奔波，想尽办法让她洗脱罪名，他付出了很多，她心里清楚。

"你别憋着，我知道你难过。"关征没有接受这个道谢，趴在床上呆呆的。

"第一，老潘我已经见过了，他疯了，但是他仍然是我曾经的死党。第二，恭喜你成为总经理，不管你高不高兴，你都是前途无量的。第三，我相信杨至恒没死。"蔡姚哭了，轻轻地倚在关征病床前的墙上。

关征叹了口气，从病床的柜子里拿出两个大大的信封，里面满满地塞着冲洗出来的照片。

"这些是我从潘渔舟的相机里拷贝出来的，然后冲洗留存，你拿着做个纪念吧。"关征递给她。

那东西很厚重，蔡姚接过来打开封口，里面掉出一叠照片，她一张张捡起来，全是杨至恒的单人照，日期都是在自己进去的那段时间，各个不同的背景，摄影棚的，街景的，南沙江的，还有家里的生活照，光冲洗出来的就有几百上千张。

照片上每张都挂着笑容，换了很多服装，去了很多地方，他好像刻意拍了很多很多。

蔡姚哭着将照片摊在关征的病床上，铺得满满的，剩下的没地方放，全铺在了地上，病房的地面给占了一大半。

外面阳光正好，光线反射在地上，映出彩色的光芒。

蔡姚坐在地上看着每一张，从抽泣变成大哭，每张照片都沾满了眼泪，而后又被风干。想起这些年走过的每一步，她终于不得不承认有些人是自己用尽全力也没能留住的。

窗帘随风在屋内飞舞起来，吹得照片飘得满屋子都是，倏倏的像片片雪花……

关征不知何时艰难地下床来，和蔡姚并排坐着，伸手揽过她，紧紧地抱着，用一个别扭却深情的姿势……

第二十二章　趁时光还在

两年后

两年的时间，好像已经过了很久很久，中间无数次去看过从南沙江打捞出来的溺水尸体，却是没有结果。而潘渔舟至死仍然一口咬定自己杀了杨至恒并抛尸南沙江了。

这是让蔡姚最伤心最恼火的地方，她不信杨至恒就这样死了，从一开始就不信，可周围的人却好像已经放弃了，越来越多的人劝她面对现实。

直到最后，她不得不接受了这个结果。

关征在行刑前见过潘渔舟，潘渔舟好像更瘦了，但精神却前所未有的好。

"一个人别把砝码都压在另一个人身上，别觉得为了一个人，哪怕得罪全世界都可以，那是错的，因为一旦那个人走了，你的整个世界就坍塌了，于是你就疯狂了，所有人都骂你，而你除了承受，没别的办法。"潘渔舟笑着跟关征说了几句，好像看透世事的表情，"再吃最后一顿，这辈子就结束了，没有什么特别留恋的，只是有句话，在死前我还想问问你。"

关征不知道他想表达什么："说吧。"

"那场火，你当真一点不知情？你冲进去，只是为了救你姐姐？"潘渔舟的眼神明显带着早已心中有数的表情。

关征几分吃惊，却不显现在脸上，只饶有兴致地瞪着潘渔舟。

"我一个将死的人了，还有什么不能听的？"潘渔舟的笑意更深了。

"你没资格质疑我。"关征收起笑容，眼神变得凌厉。

"我身上多一条人命，少一条人命没区别，杀一个人是死，杀两个也是死，杀两百个同样是死。你还有大好前途，现在没人跟你争了，包括蔡姚，你也可以连续进攻下去，一年两年，她早晚是你的。"潘渔舟好像一切都看清了，说完后笑得直颤，"你是大赢家……"

"侥幸而已，如果杨至恒还活着，结果不会是这样。"关征起身朝门外走去，他的使命已经完成了，他只是来看看，不想听任何人的评论和质问，他心里知道，一直都知道，他当然是大赢家，肯定是大赢家，因为那是他蓄谋已久的结果，谁都抢不走……

他的眼里闪现出那场大火的情形，当时的种种野心都付诸了那场火。

关征每天还是准时接蔡姚下班，两年未变，故意把车停在显眼的位置，见到她出来，用力朝她挥了挥手。旁边的同事依旧用羡慕的眼神看着蔡姚。

在大多数女同事的眼里，蔡姚是个传奇又幸运的人，时至今日，还有关征这种男人不放弃地追求她，在别人眼里，这是可遇不可求的。

"关秃瓢，要是我跟你说，我一辈子找不到杨至恒下落，一辈子都不会结婚，你还会这么锲而不舍吗？"蔡姚坐在车上，试探地问道，尽管关征的头发早已经长起来，她却坚持这个称呼。

"我也想跟你说，我之所以这样保护你，不是为了你有一天让你跟我结婚,我不想让别人嘲笑你可怜你,我想让别人知道,任何时候,你都是有人追的。"关征说得认真。

蔡姚觉得鼻子一酸,却不知道说什么好:"是你把我的QQ设置取消了吗?"

关征没看她,却微微笑了:"你怎么知道?"

"除了你,没人会做这种事。"蔡姚捏着手里的钱包,将自动扣开了又关,关了又开,心里微微酸楚,将脸转到一边。

"我只是不想你……"

"别说了……"

关征将想说的话咽了回去,轻轻将车里的音乐打开,他总是喜欢听那种舒缓的外文歌,从前开着一辆小货车的时候也这样,当时蔡姚曾笑他装高雅,今天却听得很投入。

歌里唱得撕心裂肺,唱得肝肠寸断,唱得人心无法释怀……

很久的时间里,蔡姚的生活圈子好像就这么固定了,上班下班,回家面对父母,周末只有少数几个好朋友见见面。最庆幸的是母亲和父亲复婚了,尽管隔了很多年,尽管中间无数种种,但最终一家团圆了。生活中除了没有杨至恒,一切好像都没改变,甚至变得更好了,她好像又回到了那八年的光阴。

如今最常见的人就成了关征,在父母眼里,在朋友的眼里,在所有同事的眼里,她和关征在一起是迟早的。

"最近报纸上传闻不少啊,听说杨海成到美国养老去了,是不是真的?"蔡姚靠着车窗的一边问道,她知道这当中关征一定筹谋了很多。

他似乎料到蔡姚会这么问,轻笑道:"你消息还挺灵通的,是真的。"

"他那么轻易就去了?"

"你觉得呢?"

"我一向觉得你是个野心家,不过这次我想听听,你是怎么把他弄走的?按照我的理解,他不会那么轻易地放弃自己在这边的事业。"蔡姚质疑地看着他。

"如果一个人身体不好,还能继续工作吗?"关征抛出了最引人深思的一句。

蔡姚没有说话,思忖着他这话的意思。

"想让杨海成告老还乡不难,他培养的接班人,先后都离开公司了,除了我。而现在公司上下除了邓副总以外,其他人已经在我这边了,邓副总年纪又大,这两年腰椎病犯了,连走路都困难。"关征用指背摸索了一把嘴唇,露出一丝轻笑。

蔡姚抬手鼓起掌来,不知道是一种什么心情,却觉得关征已经算是成功了:"你以前跟我说,你不会一辈子只是一个小老板,才几年的工夫,你就成功了，其实我早就知道你会成功，但比我想象的要快得多。"

关征深深地靠在座椅上："你应该不知道，杨海成从前欺骗我妈妈，让她陪他一起创业，后来他发家了，娶的人却不是妈妈，他是个能利用别人上位的心狠手辣的人，而我为什么不能以其人之道还治其人之身？"

蔡姚终于体会到，关征已经不同以往了，他已经在一个卑微谨慎的角色上蛰伏太久，蜕变成了一个真正的成功人士，她想他的内心一定前所未有的满足，而对曾经他恨过的人，也会加倍的残忍："那你下一步的计划呢？"

关征看着蔡姚，挠了挠头："你希望呢？"

"我可不敢给关总你提什么希望，就是有个小小的个人打算。"

"说说看。"

"我想去一趟翠竹山。"

"做什么？"

"没什么，就去看看，从前去的时候，觉得那只是一片普通的风景，现在忽然觉得，有些东西，或者该去祭奠一下。"

关征明白了她的意思，忽然笑了，没等她再发言："我陪你去。"

蔡姚知道关征是个说做就做的人，而且不容她的反对，第二天一早，当蔡姚还在睡梦当中，就听到楼下有人在按喇叭，接着单元门的门铃响了起来。

蔡姚迷迷糊糊地醒来，趿拉着拖鞋去拿起听筒，就听到关征的声音："快起来，出发了，你手机关机了，应该是没电了，记得带充电器。"

蔡姚想跟他说自己不是想今天去，可伸头看到外面他车里带好的装备后，她终于缴械投降了。

"你真请假了？今天可是工作日。"蔡姚简直不敢相信，见他一后备箱的出行装备，穿得休闲无比还戴了一副太阳镜，简直觉得无法招架。

"什么请假？我是公务出差！"关征扶了扶镜架强调。

"切……"蔡姚忍不住讽刺。

"现在我是董事长，我说是出差就是出差。"

"腐败！你这让公司员工情何以堪？"

关征边做手势让蔡姚上车，边催促："快上车吧，晚了高速上车就多了。"

"我可不是董事长，我不可能说走就走。"蔡姚身子往后撤表示反对。

"你们老总叶耀是我姐夫，说一声的事，何况请假就几天而已，他有什么理由不同意？"关征几乎是把蔡姚塞上车的。

蔡姚没想到只是一句话的事，关征却当成了大事来办，并且速度惊人。

蔡姚早晨没睡醒，行李也是匆匆收拾的，坐在车上忍不住打哈欠，到翠竹山的路程开车要好几个小时，她困得断断续续睡了好几觉，梦里杨至恒还站在她的学校门口，每天把她揪回家写作业，他的笑容永远那么灿烂，照亮了她整个青春……

她想伸手去抓住的时候，忽然间又一片漆黑。

蔡姚头一歪，额头碰到了玻璃框上，硬生生地被硌醒。转过头看到关征仍在专心开车。

揉了揉眼睛，蔡姚抱歉地问道："你累吗？"

关征没有直接回答："你说呢？"

"我来开吧。"蔡姚笑了笑，自告奋勇。

"你刚才做梦都被吓醒了，精神恍惚的，我怎么敢让你开车？"蔡姚没想到关征连这个都看出来了。

"那你猜猜我做的什么梦？"

"……杨至恒。"

蔡姚脸微微一红，不知道该怎么回答，关征一向这么直接，可这次她却是苦笑。

"我猜的，但看来我猜对了，如果不是他，你也不会是这副表情。"关征好像对她的心思已经完全了解了。

蔡姚笑了，也直截了当地回答了一句："你猜对了。"

一直到下午接近三点钟，他们才终于到了翠竹山景区，因为天气开始冷了，树叶纷纷掉落，踩在脚下发出咔嚓咔嚓的声响。

进入十一月下旬，山上景色没有旺季的繁茂，呈现出一种别样的风采，景区的人明显少了很多，加上不是休息日，整个上山的道路几乎看不到人。

"这个时间出游真是个好时机，不用人挤人，就是悠悠闲闲地看风景，心里也舒坦。"关征往前跑了几步，又喊了几声，对面山上传来了悠远的回音，天高云淡，这干净的空气让人觉得心旷神怡。

"那边山上红了一大片，应该是枫叶，上次来的时候，就没看到这么美的景色。"蔡姚感叹，跑了几步，因为游客少的关系，从前抬轿的人也不见了，上山的路人烟稀少，好像这片景区就他们两个。

"蔡姚，你就属于那种适合生活在沙漠的人，看到这边满山落叶，一片凋敝反而赞叹，夏天满山墨绿看着就硌眼？"关征反驳，跑了几步到一棵枫树下面示意蔡姚过来留个影。

第二十二章
趁时光还在

"发挥点文学细胞,看到这片山,想到点什么了?"蔡姚边拿出相机边提问。

"一首唐诗。"关征伸出手指比划着。

"哪首?"蔡姚疑问。

"千山鸟飞绝,万径人踪灭……"关征记不清下面的两句,眨了眨眼睛编到,"山道余两人,荷戟独彷徨……"

蔡姚狠白了他一眼表示鄙视:"看来关总您对鲁迅挺惦记的。"

"哪儿像你,业余时间就喜欢看点小众文学一类的,我每天应酬这么多,除了上班,基本都在睡觉,对这些了解少点也情有可原。"关征帮自己找借口,"不然你说说你想到了什么?"

"待会儿到山那边再告诉你。"蔡姚拿着相机大步朝山上迈,声音也跟着步伐颤抖。

"山那边是枫林大峡谷,到那边都日落了,没意思的,咱们先到山顶住下,明天一早起来再去,或者半夜起来,我给你找件军大衣,咱们到那边看日出。"关征边追上她边说自己的想法。

"你可真俗,你能想象到咱们俩穿军大衣站在山边是什么情景么?"

"革命情谊,最真诚了。"

蔡姚终于回过头来,忍不住笑了,这是这么久来她第一次开怀的笑。

"咱们晚上住九鹭宾馆吧。"蔡姚早已经想好了。

"九鹭已经被别人承包了,潘渔舟坐牢以后,财产都归他母亲管理,他母亲年纪大,也没有做生意的经验,干脆就转手了,现在那边比较商业化。"关征变相地劝她。

"没关系,至少大体面貌还在,那边挺亲切的,何况现在这个季节,游客应该不多。"蔡姚依旧坚持。

关征终于妥协了,带着她一路朝那边走去。

上山的路很长,两人徒步上来,已经累得气喘呼呼,看到九鹭宾馆的时候,夜色已经降临了,一片暖融融的灯光让人觉得踏实。

关征开了一个中间的套间,他睡了外面沙发,蔡姚睡在里面,门开着,两人隔着一道墙对话,今晚这家宾馆的人出奇的少,连前台的服务员也偷了会儿懒,走廊上空空的,有时候让人觉得恐怖。

屋里打开灯却是另一番情景,窗外是一片竹林,如果站在阳台上,白天能看到枫林大峡谷的瀑布,晚上只能听到远远的水声。

蔡姚看着窗外,突然想到从前和杨至恒来过这里,当时的情景还历历在目，现在却完全不同了。

"我打电话叫点吃的吧，饿了一天了，吃完洗个热水澡。"关征在客厅里自言自语，过了一会，蔡姚听到他在后面念菜单。

"其实我一点都不饿。"蔡姚看着窗外回答，走了一路，除了中午在服务区对付了两口，什么都没吃。

"你是铁人，谁能跟你比。"关征的语气很是不满，他知道蔡姚不是不饿，而是站在这里有心思。

"明天说好了，凌晨3点钟起来，到枫林大峡谷看日出。"蔡姚回到房间里强调了一句，和关征并排坐在沙发上，把腿伸在茶几上找到舒服的位置。

关征推了推她："你倒是很会享福，这边等会还要放饭菜呢。"

"饭菜当然放餐桌上了，哪有放茶几上的？"蔡姚反驳，跷着腿不让。

"你不知道我乡下人就喜欢在茶几上吃饭吗？"关征坚持，将烟灰缸和餐巾纸盒全拿到了一边。

两人奔波了一天，还没等服务生送来饭菜，已经在沙发上累得睡着了。直到凌晨闹钟的提示。

凌晨的翠竹山很冷，零下的温度，关征果然找了两件军大衣，竟然还是八成新的，厚重的感觉，穿在身上很暖和。

蔡姚长这么大第一次穿军大衣，上山的步伐因此减缓了，但浑身一丝冷意也没有，唯独露在外面的鼻子冻红了。

两人绕了半个山，从黑漆漆的山顶绕到枫林大峡谷。站在山顶上，整个山头只有他们两个，看着峡谷里的景色和层峦叠嶂外一线天地，忽然觉得在城市里的日子从来没有这般感觉，天地开阔，心旷神怡。

两年来，她想了很多，缘分这个东西，她从前是不信的，可如今经过了太多太多，她不得不承认，人和人之间存在着那么一点关系。

"关征，有没有人跟你算过，你八字命硬。"蔡姚忽然问道。

这让关征吃了一惊，接着大笑出声："这还用算，我家里养花花死，养鱼鱼亡，养鸽子飞了，养猫跑了，只有我一个活得很彪悍。"

"彪悍这词太适合你了，我以前苦思冥想不知道怎么用两个字来总结你这个人，现在从你自己口中得到答案了。"蔡姚笑着嘲讽他。

"我怎么觉得你特爱说我的风凉话？"

"彼此彼此。"

关征看了她一眼，若有所指地说："其实我想正正经经地养个人，却没人让我养，所以我天生就是孤零零的命。"

第二十二章
趁时光还在

"谁说没人让你养？你可以去孤儿院领养一个孩子。"蔡姚帮着出主意。

"我说成年人。"关征强调。

"那可以去敬老院养一位老伯。"

"我想养女人。"

"那就供养一个老奶奶。"

关征气结，朝前走了两步抓住景区的护栏，看着渐渐变白的天空，他知道蔡姚懂他的意思，只是故意装作不懂而已。

"你生气了？"蔡姚见他的样子，想起他昨晚精心帮她准备的一切，觉得愧疚，可这个坎她跨不过去。

关征不说话，脸色却不好看。

"我不会让你养的，因为我会自己养自己，我不是花，不是鱼，不是鸽子，不是猫，我有能力让自己过得更好。"蔡姚咬了咬牙，她知道自己的生活不过是回到从前了而已，就像那些年，她没遇到杨至恒，也不认识潘渔舟一样，这一切就像光阴一样瞬间逝去了，但她永远不能忘记。

关征没说话，却忽然间转身抱着她，抱得紧紧的。蔡姚没有反抗，就这样静静地站着，她知道到了如今，真正关心她的除了父母以外，只有关征。

隔了两层棉大衣，可蔡姚还是能感觉到他身体的温热。

红色的霞光穿透云层洒落在整个山头，半面山的枫叶，在初露晨曦的时光里全染成了红色，红得通透。

"我觉得咱们俩特土。"蔡姚侧脸看着整个山头的美景，忍不住感叹。

"怎么土了？你还鄙视军人了？"关征没放开她，揶揄道。

"这后山全是红的，我们俩却一身绿……"

"这才说明我们的个性。"

蔡姚笑了起来，关征拉着她倚着栏杆，看着半个山头的红枫叶，忽然间心头被什么熨帖了一样。风将束好的头发吹散了，身上的军大衣却厚实得不透一丝冷风，蔡姚用力裹了裹紧。

太阳慢慢地升起，已经跃出了地平线，映得两张被冻得通红的脸更添了一层色彩。

关征跳到观景台上的一块大石头上，站着朝下面看，伸开两只手举过头顶。

"吼……"关征忽然间对着大峡谷喊了一声，山谷的空旷，将这一声传得很远，又有源源不断的回声传来。

"你吼什么？"蔡姚撞了他胳膊一下。

"过来一起。"关征拉她，示意她站在石台上来。

"没你那么傻。"蔡姚不肯站过去。

关征撇了撇嘴对着峡谷大吼道:"蔡姚……"

"别喊了,喊什么。"蔡姚在下面拽他的军大衣下摆。

关征却喊得更起劲:"蔡姚白痴……"

"你才白痴!"蔡姚使劲在下面扯他的衣服,憋得红红的脸拉得他晃晃悠悠。

关征干脆蹲在石头上,高度竟和她站着相同,他的头发被吹得根根竖起:"你上来,有本事你就在这里告诉我,你还在等什么?"

蔡姚脸一红:"我……我没等什么。"

"没等什么,晃晃悠悠两年了,你还在不冷不热地观望?你真想把自己弄成李莫愁了你才开心?还是你打算为杨至恒守节一辈子?"关征问得直截了当,他从来不是个会回避问题的人。

"我想当灭绝师太,行了么?"

蔡姚话音未落,已经被关征抱上了那块大石头,吓得她直想挣脱。

"你能严肃点吗?"关征黑着脸,按着她的肩膀晃了两下,显然憋着口气。

"我还不够严肃吗?"蔡姚举着两手反问。

关征被她弄得哭笑不得,他从来不会表白,尤其是面对蔡姚。

"我听小王跟我说,你经常教育他,决不能爱上一个曾经有段刻骨铭心恋情的女人,既然你会教育他,为什么自己还钻牛角尖?"蔡姚抓着关征的军大衣保持站稳的姿势。

"教育别人当然容易,我之所以告诫他,就是不想让他重蹈我的覆辙。但我恐怕都病入膏肓,无药可救了。"关征尴尬地笑了笑,隐约能听到他的叹气声。

"关征,我想自己在这里待会儿。"蔡姚商量地晃晃他的胳膊。

关征点点头,把小包给她:"好,我在北面的重光寺大门出口等你,到今天晚上六点为止,我等你下山。"

蔡姚轻轻点头,眼睛渐渐有些湿润。关征走了,山上却显得更冷了。

尾声

蔡姚在山上站了很久,直到火红的太阳让整面山明亮起来,她远远地能看到关征绕着下山的路远去的背影,渐渐地变成一个小黑点。

长舒了一口气,对着山另一边像只白色大鸟形状建筑的九鹭宾馆,蔡姚眯着眼睛笑了:"杨至恒,你又一次失约了……"

蔡姚在峰顶坐了一天,从朝阳看到了夕阳,脑海里早已经将这些年来发生的所有事都过了一遍。伸开手,将手里攥着的几片枫叶扔到山谷里,枫叶随着风飘飘荡荡,慢慢地消失了。

她看了看时间,站起来拍了拍屁股,打起万分精神朝山下走去。

蔡姚背着背包,踩着一路的红枫叶下山,耳朵里塞上了耳机,调到适当的音量,她徒步走得踏实,脚下软绵绵的,石路几乎被枫叶掩盖了,像一层红地毯。她闭着眼睛一路向前,耳边还回荡着音乐,而她忍不住跟着轻唱:

"在山腰间飘逸的红雨,
随着北风凋零。
我轻轻摇曳风铃,
想唤醒被遗弃的爱情。
雪花已铺满了地,
深怕窗外枫叶已结成冰。

缓缓飘落的枫叶像思念,
我点燃烛火温暖岁末的秋天。
我把爱烧成了落叶,
却换不回熟悉的那张脸。

缓缓飘落的枫叶像思念,
为何挽回要赶在冬天来之前……"

走了两个钟头,直到太阳的余晖隐没不见了,漫天开始聚集着乌云,她才隔得远远地看到景区的大门，还有那一条无人的盘山路边停着的车。

在空荡荡的索道口，蔡姚买了一张索道票，走了太远的路，脚已经受不了了。这个季节游人太少，能偶尔看到一两个，都像是稀罕物，双方往往都抱以友好的微笑。

索道上下，坐缆车似乎只有她一个。蔡姚拿出相机来，对着深秋的山景拍了几张。下索道的出口已经很看得清了，下山后就是回家的路了，短期内她想她不会再来了，这边的一切应该都尘封在记忆里。

过去的那些，也许只属于那段的青春岁月，有一个人的名字，即使留恋，也只能放在身后了……

缆车的外包围玻璃上忽然溅起了水滴，噼噼啪啪地打在玻璃上，竟然下雨了。蔡姚收起相机，将包里的伞拿到最上面。

手机忽然响了起来，是吴小茜的号码，蔡姚接起来，信号却不怎么好，小吴东拉西扯地问了一圈，才知道她这几天在翠竹山。

"快入冬了，那边有什么好看的，这个季节不适合旅游。"小吴对她的安排很是不解，当然也在变相地催促她回去工作。

"不是旅游，是了结一桩心事罢了，我明天晚上就回到丽港了。"蔡姚拿着伞在手里转来转去。

"关征跟你一起回来吗？"

"嗯，他现在在山下等我，明天就一起回家了。"

"看来你们好事将近了，到时候一定要通知我。"

"放心好了，绝不可能落了你那份的。"

那边吴小茜还在电话里说着什么，蔡姚将头倚在玻璃舱门上听着，时而跟着笑了起来，她知道下山的路，就是她另一段生活的开始。

忽然间隔着雨帘，蔡姚看到对面上来的缆车里竟然有了游人，缆车越来越近，从身边交错过去，雨雾朦胧得看不太清，但对面的缆车也只有一个人。

擦肩的两秒钟，蔡姚脑中闪过一个激灵，趴在玻璃上往外看着，那边的人感觉熟悉极了，她惊愕地转过身，想通过身后的玻璃看到已经走远的缆车。

不知怎么了，刚刚的一瞬间，她竟然觉得看到了杨至恒……

"喂？喂？蔡姚你怎么了？听不到吗？"吴小茜还在电话里催促。

蔡姚脸色苍白，努力定了定神："听，听到了，我刚才好像眼一花，看到了一个人……"

尾声

　　"别胡思乱想了，荒山野岭的，赶快下山吧，别让关征着急。"
　　"嗯。"蔡姚答应了一句。
　　她知道在这两年里，自己无数次有认错人的经历，最后都被证实只是自己意念太重出现幻觉，久而久之，她已经死心了。
　　索道的下站口到了，速度减慢了起来，舱门缓缓打开。
　　她走出来，对着身后的山景舒了一口气。
　　打着伞朝景区大门的方向走去，隔着大门的马路，就是蜿蜒的盘山路。

　　关征就站在车边，撑了一把伞，倚着车门看着她，隔着很远的距离，蔡姚看到他笑了，她也笑了……
　　（全文完）